公元787年，唐封疆大吏马总集诸子精华，编著成《意林》一书6卷，流传至今

意林： 始于公元787年，距今1200余年

青春最美，梦想出发
中国式优质轻小说第一品牌

我的青春，以你为名 ②
蜜炼偶像

悠雨 著

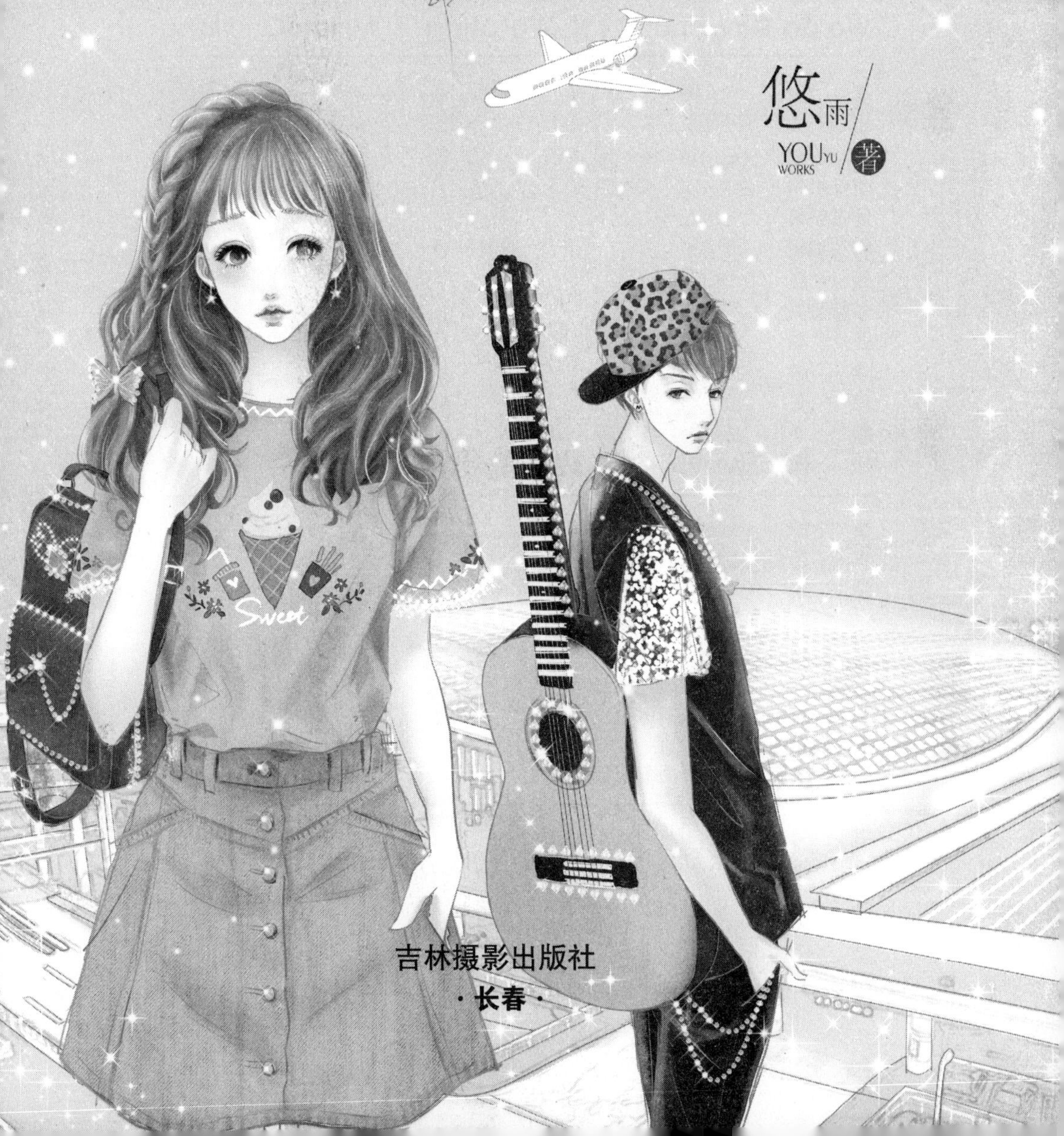

吉林摄影出版社
· 长春 ·

图书在版编目（CIP）数据

我的青春，以你为名.2,蜜炼偶像／悠雨著.――长春：吉林摄影出版社,2017.3
（意林·轻文库.恋之水晶系列）
ISBN 978-7-5498-2994-1

Ⅰ.①我… Ⅱ.①悠… Ⅲ.①长篇小说－中国－当代 Ⅳ.①I247.5
中国版本图书馆CIP数据核字(2017)第037774号

我的青春，以你为名②蜜炼偶像
Wo de Qingchun, Yi Ni Wei Ming ② Milian Ou'xiang

著　　者	悠　雨
出 版 人	孙洪军
总 策 划	安　雅　张　星
责任编辑	施　岚　胡晓路
图书统筹	三木卷卷
特约编辑	雷凌云
绘　　图	E.Pcat
书籍装帧	刘　静
开　　本	700mm×1000mm　1/16
字　　数	210千字
印　　张	12
版　　次	2017年3月第1版
印　　次	2017年3月第1次印刷

出　　版	吉林摄影出版社
发　　行	吉林摄影出版社
地　　址	长春市泰来街1825号
	邮编：130062
电　　话	总编办：0431-86012616
	发行科：0431-86012602
网　　址	www.jlsycbs.net
经　　销	全国各地新华书店
印　　刷	河北鹏润印刷有限公司

书　　号	ISBN 978-7-5498-2994-1	定价：23.80元	

版权所有　侵权必究

如发现印装质量问题，请与印务部联系退换，电话：010-51908584

目 录
Contents

- 001　第一章　人心惶惶的日子
- 017　第二章　逆境之中的对抗
- 035　第三章　来之不易的团聚
- 053　第四章　秘密策划的惊喜
- 071　第五章　痛不欲生的分离
- 089　第六章　重新开始的决定
- 109　第七章　刻骨铭心的承诺
- 129　第八章　不被遗忘的代价
- 147　第九章　谎言背后的真相
- 167　第十章　灿烂美好的未来

Love

人心惶惶的日子

第一章

春季的气息已经非常浓郁,雨后清新的暖风中带着花和青草的香气。日渐回暖的气温令这座海滨小城散发出一年中最盎然的生机。在这个万物复苏的明媚季节,一切似乎都理所当然地应该向着最好的方向发展。不过,对于疲惫地躺在床上,用黯然无神的双眼呆呆凝视着天花板的陆依依来说,这样的想法似乎只是一种自欺欺人的深度催眠。

上午十点的阳光被厚重的遮光窗帘隔绝在外,房门紧闭的昏暗卧室中,陆依依懒洋洋地躺在床上发呆。使不出力气的右手软绵绵地搭在床边,五指微微向上屈着,而屏幕还在发亮的手机却早已从掌心滑落到地板上。

坐不起来,不想去捡,只想这样一动不动地继续躺在床上发呆。地板上的手机成为房间中唯一的光源,白荧荧的光映在陆依依茫然沉思、欲哭无泪的脸上。

安寂单方面宣布与经纪公司S TOWN解约,脱离亚洲当红偶像组合OMI已经是三天前的事了。今天是星期六,也是陆依依可以把装满课程的脑袋稍微清出一点儿空间,好仔仔细细地思考粉丝论坛"安于沉寂"未来发展的第一天。

手机QQ(聊天软件)的图标依旧不停跳动,每秒钟都有好几条发言跳出,屏幕一遍遍地被各种新闻报道和小道消息刷屏……这样的状态已经持续了整整三天,陆依依也不知道什么时候才会消停。所有人都等待着身为管理员的她现身表态,但是她又一次选择了沉默。

不是无话可说,而是不知从何说起。她是为数不多的知道安寂解约内幕的人,正因如此,才更谨言慎行,不能在这个风口浪尖上给独自承受质疑和污蔑的安寂增添不必要的麻烦。

安寂宣布解约的当天,这个爆炸性的消息就传遍全球。不仅是OMI固有的粉丝,就连很多对偶像不感兴趣的人,都抱着一颗凑热闹的心涌过来围观。毫不意外地,安寂再次成了众矢之的,从一年前出道至今,已经闹出无数负面新闻的他,本就属于"易黑"体质,这次的解约事件更是让曾经围攻过他的网民把更猛烈的炮火集中到他的身上。

寻衅滋事、任性妄为、仗势欺人、私会粉丝……各种无中生有的罪名冒出来,成了不明真相的普通群众对安寂的第一印象。这些陆依依曾经率领论坛朋友费尽力气去辟谣的假新闻再一次死灰复燃,短时间内就把安寂的才华和努力烧为灰烬,只剩下一个焦黑的污名。

说实话,真的有点儿累。也许这是一个放弃的好机会。安寂脱离OMI,自己关闭论坛,所有人都回归从前平淡而普通的日常生活,远离辉煌瑰丽的聚光灯和无处不在的侮辱谩骂……

正想到这里,手机QQ突然连续响了几下,令沉思中的陆依依微微一震,重新把意识

第一章
人心惶惶的日子

拉回现实。她艰难地动了动已经躺得僵硬的身体，捡起掉在地板上的手机。屏幕上论坛群的画面早已被刷了好几遍，之前大家还在猜测安寂突然退团的原因，言语中透露着不安和失望，但是现在却突然团结一致，开始商量怎么把"某段发言"转到各大论坛去。

不等陆依依看清楚，QQ突然又响了几下，点开一看才发现已经有六七个论坛里活跃的小版主在两分钟内给自己发来消息，而内容无一例外地是让她去看一条长微博。

"关于安寂解约，我有一些话想说……"陆依依下意识地念出了长微博的标题。

这三天她看过不少类似的发言。有的是粉丝写的，谈一路追星的感受和这次受到的打击；有的是记者写的，捕风捉影地讲述着所谓的内幕；还有的是娱乐公众号写的，趁此机会炒作，提高自己的知名度。看多了也就腻了，所以这次当陆依依看到这条长微博时，一开始并不抱任何期待，甚至下意识地把拇指放在屏幕右上方，做好了扫几眼就随时关闭的准备。

但是，当她看完第一段话后，目光却死死地锁定在了屏幕上。心脏在一瞬间的紧缩后，立即剧烈地怦怦跳动起来，有力地撞击着激动得无法扩张的胸腔。紧张和激动混杂在一起，惊诧和难以置信也融合在一起，令陆依依的脑海刹那间空白了一下。

那段话是："关于安寂解约，我有一些话想说。我是安寂的舅舅，这次是我鼓励他做出解约的决定的，我也将会与他共同承担由此带来的所有后果，并为他争取他应有的权利……"

对所有网友来说，这个自称"安寂舅舅"的账号，只是一个半小时前才注册的微博号，但是陆依依知道"他"是谁。他发布了一篇将近两千字的长文，站在亲情的角度对S TOWN种种不近人情的做法进行了委婉的谴责，对因为安寂退团而在感情上受伤的粉丝做出真诚的道歉，也对那些不怀好意的人提出了郑重的警告。文章思路清晰、逻辑严谨，语言看似平淡无奇，如话家常，却字字珠玑，暗藏锋芒。虽然他从头到尾没有对自己的真实身份透露一个字，但是所有阅读者都可以从字里行间感觉到这个人的威仪。

"……直到最后，安寂依然非常矛盾，他深爱着他的团队和队友，也希望与他们一起继续创造更辉煌的成绩，但是正因为考虑到团队的利益，他才只能选择离开。他并不是自私，相反，这才是最无私的做法。如果要说自私，真正自私的人是我，因为我希望他能回家……"

看上去有些矛盾的话，但是陆依依看懂了。还记得那晚安寂用压抑的声音告诉她："以我现在的状态，根本无法应付接下来马不停蹄的宣传期。"他知道他已经成为OMI的累赘，只有离开才能让OMI以最完美的姿态站上舞台，问心无愧地享受掌声和欢呼声。

"……我非常感谢公司对安寂的栽培，把他打造成一颗璀璨的明星，但是作为孩子

的亲人，我们更想看到的是他拥有健康的身体和快乐的青春。病了，让他去医；伤了，让他去治。这些年安寂落下的不少伤病都需要慢慢调理，偶像说到底只是一份工作，工作固然可贵，但是人生中还有其他更重要的东西值得去珍惜。令我欣慰的是，安寂懂得这个道理。"

看到最后，"安寂舅舅"安逸凡依然没有说出安寂解约的真相，只是把大家的目光引到安寂本人的身体状况上，而对安寂母亲安诗韵的病情只字不提。作为宏宇唱片公司的CEO（首席执行官），安寂新经纪公司的老大，他明知道公布真相可以扭转整个舆论的风向，让大家把矛头指向不近人情的S TOWN，但是他没有这样做，似乎是有什么更深层次的顾虑。

看完长微博后，陆依依的心情久久无法平静。她恍惚间想起了一句曾听过很多次的话："其他人只关心你飞得高不高，只有家人才会关心你飞得累不累。"直到此刻，陆依依才深深地被这句朴实而感人的话震撼了心灵。

安逸凡的长微博之所以感人，是因为他的眼中没有舞台上光鲜亮丽的明星光环和名利荣辱，只有一个舞台下最普通的安寂，一个同样会痛会累的血肉之身，不眠不休地拼搏在掌声和谩骂声共同交织出的残酷战场上的普通17岁少年。

坐在床边的陆依依凝视着手机屏幕上不断刷新的评论：

"舅舅说得对，身体健康才是最重要的。"

"无论安寂是否留在OMI，我都支持他。"

"安寂不可能无缘无故地解约，肯定有什么不能公开的原因。"

"大家都帮忙转发长微博，让那些黑安寂的人统统闭嘴。"

……

看着看着，面无表情的陆依依微微扬起嘴角，不自觉地露出淡淡的笑容。她也是欣慰的，欣慰于还有这么多愿意相信安寂，继续支持安寂的人在。既然如此，她还有什么理由关闭论坛呢？现在不正是安寂最需要她的时候吗？不能再沉默下去了，陆依依翻身起床，迅速穿好衣服坐在电脑前。她要保护好安寂，让安寂看到这些一如既往支持他的粉丝有多么忠诚。

安逸凡的长微博发表后，之前网络上几乎一边倒地指责安寂的网民分化为势均力敌的两个阵营。陆依依和论坛朋友们在网上积极奔走，要求管理员删除对安寂的污蔑言论，用有理有据的澄清帖为安寂正名。大约一个礼拜后，网上黑安寂的声音终于渐渐消停下来，看热闹的围观群众也都散去了。不过，关于解约的后续消息却迟迟没有传出，

第一章
人心惶惶的日子

安寂彻底在整个娱乐圈销声匿迹，而S TOWN除了宣布OMI新专辑将以四人阵容登场外，也没有其他动静了。仔细想想，大概是双方正在私下交涉吧。

时间流逝得飞快，陆依依已经把长袖外套换成了短袖T恤。长发披在肩上有时会闷闷的，于是她干脆束起了干练的马尾。十六七岁的美好年华，即使朴实的素颜也显得水嫩白皙，俏丽可爱，再加上学霸特有的聪慧眼神，显得她气质文雅，在人群中十分抢眼。纤长的四肢和白皙的颈项都被初夏柔和的阳光晒成健康的颜色，看上去成熟了不少。

班上不少人都开始商量五一小长假去什么地方玩，但是陆依依只想安静地留在家里，把前段时间因为学业繁忙而疏于管理的论坛打理好。

自从安寂单方面宣布解约后，论坛的人气就一路下滑。最近一个月的新注册用户还没有过去一个礼拜多，老用户也都不如以前活跃，大家似乎都有点儿"累觉不爱"的症状出现。陆依依和几个值得信赖的老版主商量，决定利用小长假在论坛里搞些有趣的活动，调动大家的积极性。活动早就策划好了，有抢楼游戏，有征文征图，有视频汇总，还有大礼包下载。活动预告早已发出，礼物也都准备齐全，各大版主蓄势待发，都盼望着小长假能开开心心地大玩三天。

但是，就在五一假期前一天的晚上，陆依依刚坐到电脑前，就看到屏幕右下方弹出一条消息："依依，论坛打不开了，你快去看看！"与此同时，浏览器上被设定为首页的论坛主页正好打开，可是出现在眼前的不是熟悉的安寂照片，而是错误提示，无论怎么刷新都没用。

管理群里乱作一团，不只是陆依依，所有人都遇到了同样的问题。

究竟是怎么回事？刚才还好好的，为什么突然打不开了？抢楼游戏马上就要开始了……

陆依依十万火急地登录后台，结果发现首页竟然莫名其妙地被人改名了，所以才无法打开。她立即把名字改回来，可是论坛刚正常了十多分钟，就再次出现相同的问题。不仅如此，论坛还在几分钟内出现二三十个新注册用户，而且用户名全都是乱码。"他们"在各个板块发布垃圾帖。虽然版主们立即行动起来，火速删帖，可是依然赶不上"他们"发布的速度，陆依依只好关闭了新用户注册功能。

本以为这场闹剧终于平息，接下来就能好好搞活动了，没想到仅一个小时后，论坛就彻底瘫痪，连后台都无法登录了。管理群的人纷纷出谋划策，陆依依也想尽办法，无奈网络对面看不见的敌人技高一筹，最后被折磨得筋疲力尽的陆依依不得不选择了放弃。快到深夜12点时，她无奈地在官博上公布了"论坛被黑客攻击，暂时无法使用。请大家不要慌张，我们会尽快恢复"的消息。

这几天大家都铆足了劲,想把小长假的活动搞得热热闹闹,没想到却在节骨眼儿上被人暗算。不甘心归不甘心,尽快让论坛恢复正常才是当务之急。群里大家都议论纷纷:

"对方肯定早有预谋,不然怎么专挑活动开始的时候捣乱啊?"

"把安寂往死里黑对他们有什么好处?"

"我认识一个做网络安全工作的人,我找他帮忙看看。"

"就算这次恢复了,也无法保证以后不会遇到同样的问题。"

"依依,不如我们集资招聘一个技术员吧?"

"是啊,很多数据都被删掉了,要专业人士才能恢复。"

以前有电脑达人美嘉帮忙,技术上的问题陆依依可以放心地交给她处理,但是自从美嘉离开以后,陆依依就越来越感到能力有限,力不从心了。安寂本来就是易黑体质,偏偏这次论坛活动的宣传有些高调,所以激起了一些无聊人士"爆棚的正义感",酝酿出这次的"网战"。

就在陆依依思考是否真要集资招聘技术员时,群里突然冒出了不和谐的声音。

"可是,安寂已经宣布退团,我们为什么还要花这么大力气维护论坛呢?"

"你什么意思?你不想做版主就辞职好了。"

"我不是不想做,只是觉得没有必要花钱,保持现状不就好了?"

"是啊,论坛规模应该不会扩大了。与其招新做大,不如就当成老粉丝的回忆。"

"就算安寂离开OMI,他还是那个安寂,无论以后他做什么,我们都应该支持!"

"如果安寂退团,应该重新建一个论坛,这里只属于他在OMI时期的粉丝。"

……

陆依依还没有反应过来,管理群就已经吵得不可开交。围绕着是否应该继续把论坛做下去的问题,双方矛盾越来越尖锐。陆依依反复用红色的最大字体发了好几遍"大家冷静一点儿",可是依然不起半点儿作用。吵到最后,三个被围攻的主张关闭论坛的版主都愤然退群了。

陆依依一边安慰着群里义愤填膺的大家,一边私下劝说退群的版主回归。

"今天论坛被攻击,大家都很不开心,语气有点儿急躁,希望你们不要生气。就算安寂退出了OMI,也依然会留在舞台上,我们还要继续支持他走接下来的路……"

"他真的还会回来吗?"

不等陆依依把话说完,对方的这句话就令她彻底呆在电脑前。

安寂真的还会回来吗?这一个多月里,陆依依也问过自己无数遍,但是始终没有得到答案。还记得安寂曾亲口对她说,为了安诗韵生命中的最后三个月,可以放弃作为艺

人的整个人生。安寂已经做好了最坏的打算,他真的有可能从此永远离开舞台……

想到这里,陆依依的双眼蒙上了薄薄的泪光。隔着这层朦胧的水雾,她突然看到对话框中跳出一行字:"论坛是要就此关门,还是继续做下去?是要成为OMI时期粉丝的回忆,还是支持单飞的安寂?你是时候做个决定了,大家应该都会听你的。"

盯着这句话,陆依依终究不知道应该如何回复,只能看着对方的头像熄灭,下线。

自从安寂宣布解约后,各大论坛的管理者都纷纷发出公告表态。有的反对,有的支持,有的中立,唯独陆依依一直沉默。这次大家之所以争吵,与她模糊的态度也有一定关系。

下学期就是高三了,精力有限,也许无法把论坛做得更好……

缺乏专业技能,论坛一旦被黑客攻击就毫无还手之力……

解约事件令管理群人心涣散,大家都倦了累了,丧失了当初的激情……

安寂是否还会回归?回归后能否重现OMI时期的辉煌?

一切的一切,都让陆依依听到自己心中传来一个真实的声音:也许,就这样让论坛永远地沉睡下去,也算是一件好事。若干年后,当曾经的会员突然想起安寂,回来翻翻旧帖,还能回忆起过去的那段美好时光,她作为管理者也就心满意足,功德圆满了。

关闭电脑后,思绪混乱的陆依依躺在床上。当筋疲力尽的身体接触到温暖柔和的床垫时,由体内最深处散发出来的疲倦感,令她三分钟内就进入昏昏欲睡的状态。本以为会有一个充实的小长假,但现在所有安排都随着论坛瘫痪而变成一片空白,明天都没有起床的动力了。

迷迷糊糊快要睡着时,陆依依隐约听到耳边传来手机QQ的响声。以为是刚才退群的版主还有什么话要说,陆依依强打起精神,撑开眼皮瞄了手机一眼,没想到在画面中跳动的居然是很久没有出现的博美犬头像!

YUKI?陆依依一骨碌翻身坐起,顿时睡意全无,眼睛睁得比猫还大。

YUKI和安寂同为OMI的中国成员,两个人的关系一直是组合里最好的。陆依依曾经是YUKI的铁杆粉丝,但是后来渐渐被安寂吸引,成了安寂粉丝论坛的管理员。为此,YUKI还有点儿吃醋似的拿这件事开过玩笑。不过,自从安寂宣布解约后,他们就一次也没有联系过了。

白天忙得没有一点儿自由时间的YUKI总是半夜出没,对于这点陆依依早已习惯,但是许久没有出现的YUKI今天突然主动联络,令她吃惊不小。她双手捧着手机,就像虔诚拜佛的尼姑似的正襟端坐在床上,非常夸张地深吸一口气,然后战战兢兢地点开了

那条消息。

"听说你的论坛瘫痪了?"

论坛今晚刚瘫痪YUKI就知道了?他的消息未免也太灵通了吧?受到惊吓的陆依依眨巴着眼睛,小心翼翼地回复了一句:"是的,你怎么知道?"

YUKI很快发来回复,不过却是一句直截了当的"你还能联系到安寂吗?"。

陆依依的心脏"扑通"一跳,心想自己的预感果然没错,YUKI就是冲着安寂来的。

安寂宣布解约后就一直住在逸凡家,远在日本的YUKI应该非常担心他吧。想到这里,陆依依毫不隐瞒,一五一十地回答:"最近很少联系,但是我知道他住在哪里。"

"那太好了。他自从宣布解约后,就和我们彻底失联了。这次弗罗娜同意让我回国见他一面,希望可以劝他回来。你能帮我和他约个时间吗?"

原来S TOWN没有放弃安寂,还在试图做最后的努力。听到这句话,陆依依忍不住激动起来,刹那间产生了一种幻想,觉得安寂还可以回到OMI,一切都可以恢复如初。

她急忙说:"当然可以,你什么时候有时间?"

"最近在准备新专辑,不用跑通告,所以我随时都可以回国。弗罗娜一定不会阻拦,毕竟现在没有比劝回安寂更要紧的事情了。"虽然是打字,但是字里行间都充满了焦急的语气。

这个忙陆依依必须帮,她毫不犹豫地一口答应下来。心里想着无论YUKI能否劝回安寂都必须让两个人见一面,听一听YUKI带来的S TOWN方面的态度。

"对了,你是怎么知道论坛瘫痪的?"互道晚安之前,陆依依忍不住问起最初的疑问。

"现在网上可热闹呢,你自己去微博看看吧。"YUKI故意卖了一个小关子,留下这句话后,发来一个"盖被子睡觉"的卖萌表情便下线了。

陆依依满腹狐疑地打开微博,结果首页瞬间弹出几百条回复和转发,吓得她木然地盯着屏幕看了两三秒才反应过来。对了,刚刚自己发了一条宣布论坛瘫痪的消息。不过那时已是深夜12点多,一般人早就睡觉了,她万万想不到在不到一个小时的时间内,竟有如此多的回复和转发。根据以前的经验,能让网友半夜三更还如此兴奋的事件,通常都是唇枪舌剑的精彩掐架,但是陆依依想来想去也想不出,刚才那条消息到底有何掐点。

带着被易怒易躁的网友骂成筛子的觉悟,陆依依硬着头皮打开了回复。但是,想象中恶毒的字眼没有出现,嘲笑和讥讽的话语也没有出现,取而代之的是对黑客的谴责,以及对论坛管理者的同情和鼓励。

"管理员加油!顶你!"

第一章
人心惶惶的日子

"弱弱地问一句,五一活动还搞吗……"

"这么有正义感为什么不去抓小偷?躲在电脑后面欺负人有意思吗?"

"安于沉寂是我常驻的第一个论坛,在这里认识了很多朋友。管理员加油啊。"

……

看着看着,陆依依的眼眶就湿润了。一句句温暖的回复,令她卸下了这段时间为了保护安寂而披上的全副铠甲,更令她找回了最初在网上交到朋友时的感动。

突然,她想通了一个道理。网络上不仅有暴戾,也有正义。"安于沉寂"的存在,就是为了过滤那些不分青红皂白的污蔑和指责,为渴望真心交流的人创造一个和谐的空间。自己没有时间,没有能力都不要紧,因为可以招到合适的人帮助自己。只要有热情,就能继续坚持下去。管理团队总有老人离去,但也总有新人加入,一批一批,一代一代,只要安寂还在舞台上,粉丝就不会消失。看着大家温暖的话语,陆依依觉得自己有责任把大家凝聚起来。

想通后,第二天陆依依起床做的第一件事就是发布一篇公告。

"论坛昨晚被黑客攻击,大家都非常关心论坛及粉丝们今后的去向。我向大家保证,论坛不会消失,我会一直坚守在这里。关于安寂的解约,有人非常失望,到处嚷着说要脱粉;也有人心存幻想,以为最后会有和解的可能;还有人兴奋地宣布自己已经被安寂的勇敢打动,变成他的粉丝。我尊重你们每个人的态度,但作为论坛管理者,我也要宣布我的态度。无论最后安寂做出怎样的决定,只要他不是被强迫的,而是凭自己的意愿做出的决定,我都会无条件地支持到底。"

经过昨天一夜,陆依依的心终于不再迷茫了。虽然也曾失望过、痛苦过,但是此刻的她豁然开朗,越是这样人心不稳、舆论动荡的时期,她越应该像安寂一样勇敢地去面对布满荆棘的未来,在压倒性的否定声音中寻找并团结支持者,帮助安寂扭转局势,逆流而上。

小长假的第二天,蔚蓝的天空一碧如洗。柔和的阳光下,就连空旷的机场停机坪也不像平时那么荒凉干燥,而是带着一点儿泥土湿润的清香。

上午十点,陆依依准时在这里接到了以为用鸭舌帽和墨镜就能掩人耳目的YUKI。他穿着一套黑白相间的条纹休闲服,略显宽大的设计不但没有让他显得臃肿,反而把他出众的身材衬托得更加颀长高挑。从他出现在通道口的瞬间,陆依依的目光就牢牢地锁定在他身上。真不知道他的伪装有什么用,浑身上下散发出来的华丽明星气质早就把他出卖了。

"还真只有你一个人啊？"陆依依向YUKI身后张望，发现他连一个助理都没带。

"答应了一个人来，当然就一个人来，不然我怕安寂不让我进门。"YUKI用食指把墨镜滑至鼻尖，低下头，从镜片的上方望着陆依依，半开玩笑地说。四目相对的瞬间，陆依依紧张得向后缩了一下，不过YUKI目光中流露出的一抹憔悴却没能逃过她的眼睛。

安寂的突然退出导致OMI专辑发售日延后，大部分歌曲都要从五人演唱改为四人演唱，编舞也要进行改动，就连MV和宣传海报都要重新拍摄。从YUKI瘦削的下巴和黯淡的目光中，陆依依不难猜出他这段时间的训练有多辛苦。即便如此，YUKI也没有在陆依依面前抱怨一句，依旧保持着温文尔雅、不骄不躁的态度，仿佛从来都不会生气一样。

从机场直接坐大巴到安寂所在的城市要四个小时，陆依依早就买好了车票。不知道是因为旅途疲倦，还是因为心事过重，一路上YUKI没有太多言语，大部分时间都靠在椅背上睡觉。这样的画面，不禁令陆依依回忆起第一次在飞机上遇到安寂时的情景。

他们在舞台上的光彩照人和活泼热情，经常让人忘记了他们也是需要休息和睡眠的普通人，而不是一台可以永远运转的机器。

"盯着我干什么？"

YUKI突然出声，吓得看出神的陆依依抖了一下，尴尬地笑着问："原来你没睡着啊？"

YUKI调整了一下姿势，侧身面向坐在靠窗位置的陆依依，依旧用半开玩笑的语气说："一想到待会儿要和安寂见面，我就紧张得睡不着。"

陆依依小心翼翼地询问："解约……会赔很多钱吗？"

YUKI想了想，故作深沉地说："普通人家会赔得倾家荡产，三代吃土，不过听弗罗娜说，安寂好像投靠了一个不差钱的土豪亲戚？"

"嗯。"陆依依轻轻点了一下头。

看到这个动作后，YUKI就像泄了气的皮球似的，整个人都萎缩下去。他发出一声长叹，似乎连最后一点儿信心都被击碎，不安地问："那你觉得他还会重新归队吗？"

在YUKI直直的注视下，陆依依忐忑地低下了头，低声说："无论会不会，我都希望你们能见一面，因为有些心结只有成员之间才能解开。"

YUKI似有所悟地轻轻点头，浅金色的发丝在他额前轻拂，透过窗照射进来的明媚光线更是为他镀上一层柔和的光泽，画面十分令人心动。隔着深褐色的墨镜镜片，陆依依看到他眼中的无奈和疲倦。

也许YUKI早就已经猜到结果，但他依然愿意去做最后的挽留，因为他就是如此在乎。

第一章
人心惶惶的日子

位于市中心边缘位置的一处高档欧式别墅区内,一辆黑色的商务车载着陆依依和YUKI缓缓行驶在一尘不染的道路上。路旁是修剪得十分讲究的草坪和树丛,正值百花盛放的季节,目之所及都是可以拍成月历的五彩花田,稍远处还有非常高级的运动场和游泳池。河岸草坪上,有不少正在遛狗和玩耍的人,每个人都神态惬意,享受着大好的悠闲时光。

不一会儿,商务车驶入私人车库。陆依依和YUKI刚下车,就看到穿着白色连衣裙居家服的安琪儿站在车库后面小花园的石板路上。蓬松的长发软软地搭在她瘦弱的肩膀上,略带稚气的长相和仿佛从未晒过太阳的白皙皮肤,令她看上去很像一个昂贵的洋娃娃。她是OMI粉丝会东南分会的会长,也是YUKI的铁杆粉丝,还是刚与安寂相认不久的表妹。

"安寂在楼上等你。"趿着一双可爱兔头拖鞋的安琪儿快步来到YUKI身边,用目光示意了一下斜上方二楼的一个小房间。近距离看到偶像,本应是兴奋而又羞涩的,但是安琪儿的脸上却没有迎客的笑意,紧锁的眉眼间笼罩着深深的阴郁和不安。

这样的表情预示着接下来的谈判应该不会太顺利。早有心理准备的YUKI点了一下头,帅气地把手上提的登山包甩到肩膀上,迈开长腿,对安琪儿平静地说:"带路吧。"

这是陆依依第二次来安琪儿的家,进门后依然被教堂般神圣而华丽的装修风格震慑。空气中飘散着清新的芬芳,乳白色地砖犹如镜面般,在自然光的照射下,清晰地倒映着四周的墙壁、家具,以及天花板上水晶装饰品的光影,令整个空间变成了自带光芒的圣域。

安琪儿先安排陆依依在一楼客厅的沙发上坐下,然后又带着YUKI从铺有柔软地毯的旋转楼梯走上二楼。望着两人的背影渐渐消失,陆依依把目光移到茶几上,发现面前摆着一杯还微微冒着热气的果茶和一盘摆盘十分讲究的水果沙拉,应该是专门为她准备的。本以为要在这里独自等待很长一段时间,但是不到一分钟,安琪儿就走下楼梯,坐到她的身旁。

"昨天你说YUKI想见安寂时,其实我是不想帮忙的。"安琪儿没有看陆依依,目光平视着前方的电视机,有些强势地缓缓开口,"因为无论YUKI说什么,安寂都不会改变主意,见面只会让他们发生争吵,纯属浪费时间。"

这就是安琪儿一直紧锁双眉的原因吧。作为OMI粉丝会的分会长,她最不愿意看到成员之间的争执和内讧,然而偏偏这次安寂解约是由她父亲幕后支持的,令她变得非常尴尬。她旗帜鲜明地反对安寂退团,但她也明白这样的反对无法阻止事态的发展。

"我看到你昨天发的公告了……"说到这里,安琪儿终于扭头盯着陆依依,严厉的目光令人不寒而栗。

陆依依下意识地直起身,呆呆地回望着她。本以为她会谴责自己公然支持安寂退团,没想到她却用真诚中带着哽咽的声音,问道:"虽然希望非常渺茫,但也许这是最后一次劝安寂回心转意的机会了。如果待会儿YUKI失败了,你愿意帮他再劝安寂一次吗?"

当陆依依第一次从安寂口中听到他要退团的消息后,她已经做过一次劝说,最后却惨败在安寂坚定的目光下。而昨天她已经公开表态,无论安寂何去何从都会支持到底,那就不应该再干预安寂的决定了。面对安琪儿的乞求,陆依依为难地低着头,迟迟没有吭声。

"你这算什么意思?"忍无可忍的安琪儿突然爆发了,"当初录节目时,你当着所有人的面说OMI是个大家庭,大家要团结,为什么现在你却站出来公然支持他们分裂?我、YUKI,还有其他人都在为挽留他做最后的努力,你却故意跟我们作对,拥护他退团。你有没有为OMI这个团队和其他成员想过?"

"我想过,安寂也想过,而且他想的应该更多。他也不想损害团队的利益,但是他被逼着必须在亲情和事业之间做出选择。最后他遵照自己的内心,做出了更能说服自己的决定,无论其他人如何看待,这对他来说难道不是最好的结果吗?"

"但是他凭什么为了自己而害整个团队陷入信任危机,连累YUKI也受到质疑?如果安寂成为背叛者,YUKI作为另一个中国成员,公司一定会修改合约,把他牢牢地绑死,让他失去更多自由,也有可能失去更好的发展机会。在安寂做决定的时候,他有没有想到这些?"

安琪儿越说越激动,深深压抑在喉咙深处的声音显得更加哽咽,带着声嘶力竭的感觉。看来比起安寂这个从天而降的表哥,她更在乎YUKI的权益。

陆依依忍不住反驳:"这样对安寂不公平,任何事都不可能做到尽善尽美。他也损失了自己的利益,牺牲了光辉的前途。他没有损人利己,只是带着自我毁灭般的觉悟去坚守着在他心中更重要的那份亲情,只不过在这个过程中不可避免地连累了无辜的成员,也伤害了粉丝的感情。如果可以选择,他也不愿这样,但是没得选,他除了硬扛着之外还能怎样?"

"说到底你还是支持OMI分裂,你当初说的团结就是撒谎!"

"我不是支持分裂,只是支持安寂的决定。这是他自己的人生,无论是对是错都将由他自己走下去。如果他重归OMI,你开心了,但是在接下来的人生中,他对丢下重病母亲不顾的自责和悔恨,你能帮他去承受和分担吗?如果不行的话,你凭什么对他的人生指手画脚?"

第一章 人心惶惶的日子

安琪儿被陆依依顶得半天说不出话来，气得鼓起腮帮，瞪圆了眼睛。过了好一会儿才稍稍冷静下来，她深吸一口气说："不管有什么理由，从事实上来讲，他就是背叛了OMI。"

背叛者，这是未来永远会贴在安寂身上的一枚标签。

陆依依已经不再反驳这点，因为当安寂做出解约的决定时，他就已经做好背负这个"罪名"的心理准备，而不是用"逼不得已"去辩解。自己的痛苦只有自己知道，外人的想象永远都要浅淡很多，想让他们感同身受是不可能的。

"我不管其他人怎么看他，哪怕所有人都离他而去，我依然会一直陪着他，继续当他的粉丝。"就在陆依依大声发出这个宣告的同时，楼上突然传来巨大的争吵声。

"够了——"这是安寂的声音，听上去有些情绪失控，痛苦嘶哑而又歇斯底里。

陆依依和安琪儿都吓了一跳，两个人对望一眼，很有默契地结束争执，一起向楼上跑去。

顺着楼梯拐上二楼，陆依依一抬头就看到走廊尽头敞开的房门和一条腿已经跨出门的YUKI。听见两个人匆匆跑近的脚步声后，YUKI并未回头，而是保持着上半身向内旋转，面朝房间的姿势，似乎正望着里面的安寂。

陆依依飞快地冲过去，惊慌失措地连声问道："怎么了？怎么了？"边问边向屋内张望，只见安寂背靠窗户，站在飘窗边，用有些凶狠的眼神直勾勾地盯着神色黯然的YUKI，散发出令人不敢靠近的恐怖气场。很显然，他们刚才的谈话并不愉快。

"他千里迢迢赶来见你，有话就不能好好说吗？"安琪儿一头冲进房间，把YUKI挡在身后，大声地质问安寂，"你有没有为他想过？你知道公司以后会怎么对他吗？"

不等安琪儿把话说完，YUKI就轻轻拍了拍她的肩膀。安琪儿诧异地扭头望着他。他微微扬起嘴角，露出苦涩的笑容，低声说道："不用担心我，公司应该不会和我续约的。"

什么？安琪儿和陆依依同时愣住了。突如其来的震撼发言令她俩失去提问的能力，但脸上错愕的表情都在不停地向YUKI发问。而令她俩失望的是，眼神黯淡无光的YUKI只是疲惫地笑了笑，没有做出任何解释，默默地转身离去。

陆依依求助般回头望了安寂一眼，只见安寂咬紧嘴唇，忧伤地别开头，望着窗外的花园，没有再说一句话。长过眉毛的刘海儿轻飘飘地搭在他低垂的眼睫上，掩住了眼神中深沉的哀愁。他倔强的样子看似无情无义，但痛苦和矛盾才是这副伪装下真实的心情。

他一定听懂了刚才YUKI那句话的真正含义。正因如此，才变得沉默无语。

这天晚上，陆依依和YUKI都借宿在安琪儿的家里。睡觉前，陆依依鼓起勇气来到安寂房外，但是紧闭的房门挡住了她的步伐。她犹豫了很久很久，最后还是不声不响地离开了。

也许现在安寂最需要的不是安慰和劝说，而是一个听不见外界嘈杂的宁静空间。

第二天，YUKI要返回日本，陆依依也要回家了。吃过午饭后，司机决定先送他俩一起去机场，送走YUKI后，再送陆依依去长途汽车站。这样既不会误点，又节约时间。

这天户外的阳光并不刺眼，车窗隔光膜效果显著，把车厢内的亮度调整得舒适惬意。尽管如此，YUKI依旧戴着墨镜，不知是已经养成习惯了，还是想要遮挡因为昨晚睡眠不足而造成的黑眼圈。窗外景色随着汽车前进纷纷后移，如果烦恼也能这么容易地被抛到脑后就好了。

"这次回去，你怎么跟弗罗娜交代呢？"陆依依小心翼翼地发问。

"她早就猜到安寂不会归队了，应该不会多说什么。"YUKI平静地凝视着前方笔直的道路，用语调平静，却字字揪心的声音说，"整件事我最失望的一点就是，我以为我们是最好的朋友，可以无话不谈，但他事先没有对我透露一个字，也没有和任何人商量就一意孤行地做出这么惊人的决定。我居然是通过网络新闻才知道这件事的……"

YUKI突然有些说不下去了，只能自嘲般地笑了笑，掩饰心底的失望和悲哀。

YUKI平时对人对事总是一副无所谓的态度，从来不会发脾气，也好像没有特别执着的事情，但现在他的情绪却产生了很大的起伏。这是陆依依第一次听到来自他心底的声音。

"如果换成是我，面对同样的选择，我一定不会解约，因为我对家人没有那么深厚的感情。正因如此，他听不进我的劝告，认为我不懂他，而我也觉得他是任性和荒唐的……"

听到这里，陆依依突然想起弗罗娜曾说，YUKI签约后两年一次也没有回国。当时陆依依只以为YUKI成熟敬业，但此刻才意识到，他不愿回国的背后也许还有家庭因素。

"我父亲前几年成立了一家民间信贷公司，一夜暴富后就和我妈离婚，娶了一个年轻貌美，比我大不了几岁的老婆，而且很快就给我生了一个弟弟，所以我看似有父有母，却感受不到安寂拥有的家庭温暖，反而觉得自己在家里越来越多余，不想和他们待在一起。本以为第一个离开OMI的人是我，没想到却是安寂……"

接近自言自语的一句低喃没有逃过有心人的耳朵。陆依依惊讶地追问："为什么？"

YUKI先说公司不会跟他续约，又说要第一个离开OMI，陆依依不懂他口中为何会接二连三地冒出这些不祥的话语。安寂的解约已经令OMI和整个S TOWN公司元气大伤，

第一章
人心惶惶的日子

如果连YUKI也跟着离开，恐怕OMI就真要面临解散的危机了。

可惜这次YUKI依然没有开口，刚才还喃喃不绝，现在却闭口不语，只在陆依依眼中留下一个令人读不懂的寂寞侧脸。他的心中究竟藏着什么秘密？

刚想到这里，司机突然一个拐弯加急刹车，毫无准备的陆依依吓得"啊"地尖叫起来。身体就像被大力士扔飞的铅球一样，不受控制地重重砸向车门的方向，而身旁的YUKI也在强大的惯性作用下向她倾斜。两个人之间的距离瞬间缩短，近得手臂和肩膀都紧紧贴合在一起。幸好关键时刻YUKI及时用手撑住车门，不然只怕陆依依已经被压扁了。

陆依依在刹那的惊吓过后，随之而来的就是难以言喻的羞赧和兴奋。这场突如其来的意外令陆依依完全被拥入YUKI的怀抱，在他左肩和右臂组成的狭小三角区中缩紧身体，额头正好顶在他的胸口，还能感觉到他身体传来的热度，闻到洗衣液的淡淡清香。

意识到两个人的姿势有多么暧昧后，陆依依紧张得心中小鹿乱撞，但是她没有时间激动，因为紧接着传来的车窗被猛烈拍打的声音，把她瞬间拉回了混乱的现实。

"YUKI——YUKI——"不知从什么地方冒出来七八个粉丝，从旁边另一辆车上跳下来，猛虎扑食似的扑到车门上，不断地拍打车窗和扯开嗓门大声呼喊着YUKI的名字。

刚才司机之所以猛踩刹车，就是因为被这辆不知死活的粉丝车逼停到路边了。

这条道路上的车辆和行人都很少，所以并未造成交通堵塞，也没有引来围观。粉丝车之所以选择在这里逼停YUKI的车，一定是早就观察过这个最佳地点了。

"怎么了？"被YUKI压在身下的陆依依小声发问。她看不到外面的情况，只听到不断传来的车窗被拍打的声音，把她吵蒙了。YUKI这次是秘密回国的，怎么会被追车呢？

"嘘——"YUKI示意陆依依不要说话，不动声色地摘下墨镜，戴在陆依依的脸上，"应该是我的粉丝，你乖乖待着，不要出声。"

因为陆依依在靠近粉丝的那一侧，为了不让粉丝认出"被网红"过的陆依依，YUKI才体贴地用墨镜挡住她的脸，还悄然跟她互换了位置。

车外激动得发疯的粉丝们猛拍车窗，尖叫着嘶吼着："YUKI！OMI是不是要解散？""YUKI，我喜欢你！""YUKI，你不能离开OMI！""YUKI——YUKI——"场面几乎快要失控，不知为何陆依依的脑海中却浮现出恐怖片中成群结队的凶猛丧尸彪悍地推翻汽车的画面。

通常遇到这种场面都是助理下车去处理，偏偏这次YUKI是独自回国，现在坐在前排驾驶座的不是经验丰富的助理，而是从未见过这种恐怖场面的安家司机。此刻，愁眉苦脸的他正不知所措地回头望着这群疯狂粉丝的追堵目标——YUKI。

眼看登机时间越来越近，必须尽快让这群人离开才行。思及此，YUKI推门想要下车，陆依依立即察觉到他的意图，紧张地一把拉住他，说："还是我去吧。"现在让YUKI下车无异于把小羊推进狼群，陆依依可不想让他被这群疯狂的粉丝撕成碎片。

"你已经是安寂的绯闻女友了，怎么能在这种时候出面呢？在车上等我吧。"YUKI轻轻拂开陆依依的手，低头在她耳边留下这句温柔的话语后，义无反顾地下车了。

被留在车上的陆依依把耳朵紧紧地贴在车门上，全神贯注地听着外面的对话声。无奈这辆车的隔音效果太好了，而且在YUKI的安抚下粉丝们平静了下来，不再大叫，所以无论她怎么努力，也只能断断续续地勉强听清一点儿。

粉丝们最关心的问题当然是OMI的未来，YUKI向她们保证自己绝对不会退团，OMI也不会解散，这次回国只是为了休息和调整，没有其他目的，劝她们不要再追车了，早点儿回家。好不容易能近距离接触偶像的粉丝又怎能轻易离去？她们又是要合影，又是要签名，YUKI一一满足了她们的要求，而且从头到尾都面带笑容，看不出一点儿疲倦和不满。如果换成是安寂，大概早就甩脸色了吧。差不多半个小时后，YUKI才终于把恋恋不舍的粉丝们送上车。

回到安家的商务车上，累得筋疲力尽的YUKI瘫倒在座位里，长长地舒了一口气。身旁的陆依依指了指手机屏幕上的时间，小声说："已经来不及了。"

早有心理准备的YUKI没有懊恼和生气，而是心平气和地抬头，望着前排的司机说："先去汽车站吧。"他自己晚一天回公司没关系，重要的是先把陆依依送回家。谁料他们的车一启动，粉丝车又开始紧追不舍。粉丝们全都凑在车窗处，一路上大声呼喊着YUKI的名字。

"这下怎么办？"陆依依傻眼了。这条路上车流稀少，所以刚才他们停留那么久都没有出事，如果把车开进汽车站所在的闹市区，只怕这群粉丝疯狂的叫声会引起骚乱。

YUKI只能让司机想办法把粉丝车甩掉，但是粉丝车的司机也不是吃素的，一路追得比跟屁虫还紧。司机围着外环绕了好几个大圈，就是甩不掉橡皮糖似的粉丝车。眼看天色越来越暗，连汽车站都快关门了，一行人无奈之下返回安家。

幸好五一小长假还有最后一天，陆依依给家里打了电话，决定在安家多住一晚。

与此同时，东京机场外，S TOWN公司负责接机的汽车空车返回。此情此景，与当初安寂宣布解约前的预兆极其相似，令人产生不祥的联想。而当事人YUKI并不知道，他的这次晚归，已经把他自己和OMI都推进了有史以来最大、最凶险的一个舆论旋涡。

逆境之中的
对抗

第二章

　　当深蓝色的夜幕低垂，道路两旁的路灯尽数亮起，整个城市都退去白天的浮躁和忙碌，进入宁静的夜晚时，坐了大半天车的陆依依和YUKI终于拖着疲惫的身体回到安家。

　　还好他们提前给安琪儿打过电话，此刻餐桌上丰盛的菜肴还能有他俩的份。安逸凡和妻子都还在公司加班，保姆则在厨房洗洗涮涮，所以此时围坐在圆形古典餐桌边即将开始用餐的，就只有他们四个年纪相仿的年轻人。

　　YUKI简单地向安琪儿讲述了今天的遭遇。安琪儿火冒三丈地发誓一定要查出这群不懂规矩的追车粉丝是谁，如果她们注册过粉丝会论坛，就封掉她们的账号。另一边，陆依依和安寂都一声不吭地埋头扒饭。因为昨天的争执，安寂和YUKI这对挚友之间的气氛有些紧张，谁都没有道歉和认输的打算，令人窒息的尴尬气氛在餐桌上无限蔓延。

　　终于，安琪儿忍不住了，口气生硬地对安寂说："如果不是为了来见你，YUKI根本就不会遇到今天的麻烦。"

　　这时安寂正好把碗里的饭扒光，懒得跟安琪儿多做纠缠的他，直接放下筷子，起身走人。

　　"站住！"被无视的安琪儿气得鼓起腮帮，推开椅子想要追过去。

　　陆依依见情况不对劲，刚要开口劝阻，谁料放在桌上的手机却在这时突然响起。从提示音可以听出是手机QQ，陆依依不想去理，但是紧接着又连响了好几声。

　　在剑拔弩张的紧张气氛中，突兀的提示音显得格外刺耳，本就快要发作的安琪儿气恼地回头瞪了她一眼。但是不等安琪儿发怒，放在餐桌上的另一部手机也响了起来。不是可以置之不理的QQ消息，而是不得不接的电话，而且手机的主人正是怒气值快要爆表的安琪儿。

　　只见安琪儿一把抓起手机，没好气地说了声："喂？"语气中充满了不耐烦，潜台词无疑是在警告对方"没事就不要来烦我"，但是，当听到对方说出的第一句话后，她却猛地吸了一口凉气，满脸怨气顷刻间化为呆滞和震惊。

　　她一把抓紧手机，反复问道："你说什么？不可能……YUKI怎么会退团呢……"

　　听到这句话，就连一只脚已经踏上楼梯的安寂都停下脚步，猛地扭头望着正惊慌失措讲着电话的安琪儿。陆依依和YUKI也都愣住了，你看我，我看你，不敢相信刚才听到的话。

　　在空气瞬间冻结的餐厅中，只有安琪儿焦急的讲话声断断续续地响起："……我说了不可能！你们搞错了吧……谁敢造这种谣！好吧，我去看看。"

　　呆呆地挂断电话后，安琪儿好半天没有回过神来，茫然地注视着地板。

　　陆依依顾不上吃饭，急忙上前紧张地询问："怎么了？"其实从刚才安琪儿的话语

第二章
迷魂之中的对抗

中,她已经可以猜出七八分,但是在得到安琪儿的亲口确认前,她怎么也不敢相信。

"有人说YUKI要和安寂一起退团。"安琪儿的声音都开始颤抖了。她迅速收起刚才对安寂的怒火,转而把注意力全部集中到这个如晴天霹雳的消息上。她立即打开微博,找到朋友所说的"证据"。那是一张S TOWN接机车空车离去的照片,还有一段只有十多秒的音频。

当安琪儿用颤抖的手指点开音频时,陆依依、YUKI和安寂已经围站在她的身后。所有人都屏住呼吸,聚精会神地听着音频的内容。

"你已经决定退出OMI了吗?"

"是的,我已经决定了……"

"从现在起就留在国内,不要回去了。"

"……好吧。"

"有你帮忙我就放心了。"

"我不会后悔做出这个选择。"

音频中是两个男人在一个封闭房间中微微带着凝重回声的对话。声音的主人一个成熟,一个年轻。成熟的声音更加清晰,年轻的声音则显得有些模糊,但是熟悉YUKI的人都可以在他吐出第一个字时就准确地辨别出——那就是他的声音!

从对话的内容中不难推测出,那个成熟的声音,十有八九就是宏宇唱片的高层,极有可能就是安琪儿的父亲——安逸凡。但是安琪儿在听完这段音频后,十分确定地说:"这不是我爸的声音,虽然有点儿像,但是我可以听出来。这个音频是假的,我们必须马上澄清!"

说完,安琪儿想要马上冲回房间开电脑,但就在她转身抬头的瞬间,发现身后YUKI的表情非常奇怪,仿佛陷入了深思,完全沉浸在自己的意识空间里,呆呆地站在原地一动不动,目光也是呆滞无神的。YUKI的反常表现令安琪儿的心脏"咯噔"一下,她轻唤着:"YUKI?"

YUKI呆呆地说:"这是我的声音……我说过这些话,但不是这样说的。"百思不得其解的他显得有些语无伦次,急于解释清楚却越说越混乱,最后只低吼般重重强调了一句:"我绝对没有说过要退出OMI。"

"你本来就没有说过。"不同于YUKI的急躁,从另一个方向传来的平静话语瞬间把在场众人的目光都吸引到说话人安寂身上。安寂毫不客气地从安琪儿手中抢过手机,把那段可疑的音频又重播了一遍,然后郑重地指出关键所在:"你只说过'决定了''好吧'和'不后悔','退出OMI'和'留在国内'全都是那个男人说的。"

是啊！陆依依的心中陡然一震，意识到这一切都是一个可怕的陷阱。女性敏锐的直觉令她对音频中YUKI话语的出处提供了重要线索："这些话好耳熟，是不是今天下午说的？"

下午YUKI对追车的粉丝表示"会继续留在OMI"，并且保证"不会后悔"。没想到在这段经过精心剪辑的音频中却呈现了完全相反的意思。现在音频刚刚发布十分钟，转发量就已经突破五百，照这样的势头发展下去，恐怕一个小时之内就会传到弗罗娜的耳中了。

没有时间深究幕后黑手到底是谁，意识到自己被人诬陷的YUKI急忙拨打了弗罗娜的手机号。由于他全程都用日语与弗罗娜对话，站在一旁干着急的陆依依完全听不懂他说了什么，只能从他越来越焦急的语气和深蹙的眉头中，猜出电话对面的弗罗娜已经大发雷霆了。

大约三分钟后，YUKI再也不解释了，所有还来不及说出的话全都哽在喉咙中，化为痛苦而无奈的表情扩散在苍白的脸上。他转身走到餐厅角落，时不时地发出几声低沉的回应。在这个安静到极点的空间中，陆依依在三米之外仍然可以听到弗罗娜尖锐严厉的训斥声。

看到YUKI委屈的样子，安琪儿心痛地捏紧拳头，却不敢靠近半步。陆依依更是不知所措，只能向安寂投去求救的目光。

同样在弗罗娜的威慑下生活过的安寂最能体会此刻YUKI的百口莫辩，他轻轻叹了一口气，低声对陆依依说："没有用的，正在气头上的弗罗娜根本听不进别人的话，无论YUKI说什么她都不会相信。她大概是觉得YUKI早就知道我要退团，这次假装回国劝我，其实真实目的是偷偷与我舅舅见面吧。"

"那段音频那么可疑，弗罗娜为什么会轻信呢？"陆依依感到不可思议。

"音频是中文的，她很难分辨真假，再加上她心中早就对YUKI有所怀疑，所以这次才会有这么大反应。"在场所有人中，只有安寂还保持着清晰的思维，做出了透彻的分析。

陆依依继续追问："她为什么会怀疑YUKI？"

"因为只要加上YUKI，我打赢官司的机会就会大很多。"安寂抬眸望向依旧在角落里低头挨骂的YUKI，从容不迫地吐出这句令陆依依满脑子都是问号的话语。

什么意思？YUKI身上有什么可以控告S TOWN的致命证据吗？

陆依依刚想追问，YUKI已经结束了与弗罗娜的通话。他静静地站在原地，隔着落地窗出神地望着外面铺有鹅卵石小径的美丽花园，没有转身，也没有说话。他需要一点儿

第二章
迷魂之中的对抗

时间来整理混乱的思绪，平复一下混合着委屈、愤怒和莫名其妙的复杂心情。

陆依依和安寂很有默契地结束了谈话，不约而同地望向YUKI那瘦削孤独的，似乎散发着一股"不要靠近我"的气息的背影。就这样过了不知多久，安琪儿再也忍不住了，鼓起勇气，低低地喊了一声："YUKI？"

这声音，轻得连身旁的陆依依都几乎听不到。但是YUKI却转过身来，对安琪儿笑了一下。就是这个笑容，令想要靠近他的安琪儿彻底凝固，连脸上担忧的表情都冻结成僵硬的尴尬。

就在刚才挂断电话后的几分钟里，YUKI仿佛想通了什么。他极地般寒冷的笑容中带着彻悟，但更多的却是对安琪儿的轻蔑和敌意。

"你们太卑鄙了。"他转身面朝安琪儿，毫不掩饰心中的愤怒，用冷得可怕的声音说。

"我怎么了？"莫名其妙被骂卑鄙的安琪儿苦笑着，下意识反问。突如其来的指责令她来不及生气，只觉得可笑和迷茫。如果是其他人，她可以忍受，但对方是YUKI，每一个表情和每一个字都刺穿了她的心。她觉得头晕目眩，眼眶中很快就盈满委屈的泪水。

"这一切都是你爸搞的鬼吧？"YUKI冷漠得就像变了一个人似的，"不然那群假的追车粉丝不可能知道我的行踪，更不可能给我录音。难怪他欣然答应让我来见安寂，原来背后打的是这种算盘。接下来你们想干什么？把我软禁在这里？让谣言变成事实，让我变成证人？"

陆依依越来越听不懂YUKI的话，却被他的严厉质疑吓得微微发抖。从来没见过YUKI生气的她，不知道生起气来的YUKI竟然这样冷漠，甚至……可怕。虽没有难听的辱骂，也没有失控动手，仅仅是脸庞上那抹标志性的亲切微笑，从和煦温柔变为冷漠嘲讽的一瞬间，就足以令人不寒而栗。

"这里没有人要软禁你，你想走随时都可以走！"安琪儿哭吼起来。

不知道是不是把这句话当成了逐客令，YUKI只犹豫了一秒钟就立即转身，推开落地窗，跳进花园，然后头也不回地顺着鹅卵石小径飞快地走远。他愤怒的背影很快就消失在昏黄的路灯下，隐没于通往小区正门的道路中。

安琪儿呆呆地盯着敞开的落地窗，任由夜风肆无忌惮地吹动她蓬松的长发，迟迟没能回过神来。不知道过了多久，她纤弱的双肩开始微微抽动，巨大的委屈和悲伤袭来，她终究还是没能忍住，蓦地蹲下身，蜷起自己瘦小的身体，"哇"的一声捂着脸痛哭起来。

看到她难过可怜的模样，即使平时关系再怎么不好，身为表哥的安寂还是走上去蹲

在她身旁,伸出双手把她揽入怀中,低声安慰起来。

慌乱无措的陆依依吓得呆若木鸡,手脚都不知道该怎么摆。直到看见安寂对她使了一个"快去追YUKI"的眼色,才陡然回过神来。

交给我吧!陆依依朝安寂轻点了下头,用坚定的目光回应了他后,便麻利地跳进花园,拿出自己参加体育考试的拼劲,撒开双腿向YUKI离开的方向飞奔而去……

幽暗的夜幕中,满天繁星犹如晶莹剔透的钻石碎片,零零散散地铺洒开来。虽说是初夏,但夜风依旧透着丝丝寒意,从衣襟处灌入陆依依的身体。她气喘吁吁地跑着,没有闲心去欣赏头顶璀璨美丽的夜空。

终于,她看到前方夜色中一抹缓慢前行的身影,大喊道:"YUKI——"

听到喊声后,YUKI立即停下脚步,回头望向她,给她留出充足的时间跑近。

星光下,身穿白色休闲服的YUKI全身散发出淡淡的光芒。哪怕是在生气,他清秀俊朗的五官依然美丽迷人。那静静伫立在路边的样子,看上去有些高傲,却赋予其一种难掩的贵族气质。

YUKI视线的正前方,陆依依艰难而狼狈地靠近着。自从考进重点高中后就疏于体育锻炼的她,刚刚跑出了自己近几年来最快的速度,现在已经累得上气不接下气了……见YUKI停了下来,她就不急着追了,捂着扑通乱跳的心口,拖着超负荷运动后变得异常沉重的身体慢慢向YUKI靠近。

"你……你要去哪里……"两分钟后,陆依依停在距离YUKI半米远的地方,向前弯腰九十度,双手撑在膝盖上,一边喘粗气一边吃力地问道。

"随便找个地方住一晚,然后明天买机票回日本。"YUKI故作轻松地说,呼吸一丝不乱,但从他低缓的语气中依然可以听出几分隐藏的气恼。

累得直不起腰的陆依依为了烘托出严肃的气氛,费力地仰起脖子,直视着他的双眼说:"你误会安琪儿了,她现在在哭得伤心极了。如果她要陷害你,为什么听说你退团时那么惊讶呢?如果你们刚才没有吵架,她现在已经在网上到处为你澄清了!"掷地有声的话语在安静的夜晚显得更铿锵有力。

也许是吹过夜风后头脑稍微冷静了点儿,YUKI收起刚才固执的态度,退一步说:"或许她是清白的,但是她爸呢?"真正值得怀疑的人是与S TOWN矛盾最尖锐的安逸凡。

看来要把事情解释清楚还需要些时间,陆依依环顾四周,发现旁边正好有一张长椅,便拉着YUKI坐下。

"你听我说,安叔叔不是那种人。"待呼吸稍微平缓下来后,陆依依郑重其事地说。

第二章 迷境之中的对抗

"你跟他们很熟吗?"YUKI觉得陆依依太天真了。

"那你呢?这至少是我第二次来安家,但你却是第一次,我再不济也比你熟。"

看到陆依依一本正经、振振有词的样子,本来还在气头上的YUKI竟忍不住笑了一声。不同于刚才在安琪儿面前那冷若冰霜的笑容,这个笑容稍微恢复了一点儿从前的温度,又变回那个陆依依熟悉的YUKI了。这样的转变拂去了陆依依一路追来的忐忑不安。

"你只见过他两次,怎么能和他的老冤家弗罗娜相比呢?弗罗娜早就提醒我回国后要小心安逸凡,尽量不要与他接触。现在两家公司即将对簿公堂,双方都在竭尽所能地收集对自己有利的证据。虽然我理解安寂,但是我不能做出有损公司利益的事情……"YUKI还是坚持自己的想法。

"你到底有什么证据?"陆依依急迫地追问,早就从他的话语里察觉到异常。

安寂和YUKI的话语中多次出现"证据""证人"之类的词语。他俩倒是心照不宣,了然于胸,但作为整件事情的局外人的陆依依却是一头雾水,只能在心里干着急。这次,她似乎又问了一个不该问的问题,YUKI继续保持缄默,只用静静凝视着路边草坪的深思表情作为回答。

就在陆依依有些灰心,想要换个话题的时候,YUKI却主动开口,爆出一个大消息:"安家故意要搞垮OMI是在报复林家。虽然我不知道两家结过什么仇,但是从弗罗娜的话中可以听出,两家是有宿怨的,而且不只是商业竞争这么简单,似乎牵涉着一些私人恩怨……"

听到这里,陆依依突然记起安诗韵与弗罗娜之前的一次对话。当时弗罗娜咄咄逼人的态度,根本不像是对待旗下艺人的母亲,而像是对待一个仇敌。而安诗韵与安逸凡又是姐弟关系,所以现在陆依依听YUKI说两家宿怨已深,不但没有一点儿怀疑,反而觉得合情合理。

"即便如此,你也不能一走了之,应该等安叔叔回来,当面问清楚。"

"如果又被录音了怎么办?"YUKI依旧充满戒备。

"如果他真想录音,在家里有的是机会,根本用不着雇用一堆粉丝去追车。"

"我怎么知道他为什么要多此一举,也许就是为了洗清自己的嫌疑呢?"

固执起来的YUKI比安寂还难劝,被反驳的陆依依只是张了张嘴,却不知道该说什么。气氛变得有些尴尬,再次陷入沉思的YUKI凝视着前方暗淡的夜景,思绪飘到了陆依依无法进入的另一个空间。

就在陆依依开口想把他拉回现实时,他的手机突然响了起来。

优美的铃声打破夜晚的宁静,显得非常吵闹。YUKI用最快的速度掏出手机,黑暗中

屏幕上显示的来电人姓名十分醒目，连不想偷看的陆依依都看得清清楚楚。

MIYA，那是未夜的罗马音。

除了安寂和YUKI之外，OMI组合的另外三名成员都是日本人。

队长REN高大帅气，属于典型的运动系。他在组合里就像大家的妈妈，无微不至地关怀照顾着每一个人。接受采访时总是他拿话筒，无论遇到多么刁钻的问题都能轻松化解。

年纪最小的舞最黏REN，两个人总是形影不离，同进同出。舞被粉丝们戏称为"团宠"，最大的特技就是像宠物似的撒娇卖萌，经常做出一些令人忍俊不禁的搞笑事情。

还有冰山美男未夜。他当训练生的时间最长，专业素质也是最高的。沉默寡言的性格让他成为粉丝心目中孤僻冷傲的高冷之花。他有着战士般锐利的眼神，执着地追求着完美。

所有成员中，未夜和YUKI的关系是最糟糕的。从出道时起，关于两个人不和的传言就一直没有消停过。看到未夜名字的刹那，陆依依就有种不祥的预感。

同样的感受也浮现在YUKI心中。他咬了一下嘴唇，略作犹豫后还是硬着头皮接听了。谁料就在电话接通的瞬间，对面突然传来未夜恐怖的怒吼："你不要回来了，叛徒！"

他说的是中文，连陆依依都听得一清二楚。YUKI一下愣住了，短暂的呆愕后就是疲惫，他什么也没有解释，轻轻地把不断传来未夜吵嚷声的手机从耳边拿下，放在膝盖上，静静地望着显示着"通话中"的屏幕。拇指微微抬起，仿佛随时都会挂断这个充满恶意的电话。

看到这样的画面，陆依依也不知道自己从哪里来的勇气，在YUKI即将挂断电话的前一秒，一把抢过手机，向未夜低吼："你简直莫名其妙！宁愿相信一段来路不明的音频，也不相信同甘共苦的队友。你有什么资格骂YUKI是叛徒，最早放弃信任的人才是叛徒！"

因为激动而加快的语速，因为气愤而嘶哑的嗓音，因为焦躁而混乱的思维，令陆依依自己都不知道自己在说什么。当她冲动地吼完这通话后才蓦然意识到，只有初级中文水平的未夜也许根本就听不懂。即便如此，她也觉得心里舒服多了。

明明是给YUKI打的电话，电话的另一端却突然传来一个陌生女人的疯狂叫嚷，不知未夜是不是怀疑自己打错电话了，好半天都没有发出一点儿声音。与此同时，陆依依前几秒还沸腾着的大脑稍微冷却下来，这才意识到自己可能闯祸了……带着自责而悔恨的复杂表情，陆依依默默地挂断了电话。

第二章
迷境之中的对抗

手机屏幕暗下去的一瞬，她的眼眶不知为何湿润了。不等她把手机还给YUKI，大滴大滴的泪水已经猝不及防地滴落下来。

也许觉得委屈，不明白为什么会产生这么多误会；

也许觉得气愤，不明白为什么有人设下这么卑鄙的圈套；

也许觉得失望，不明白为什么队友之间的信任如此脆弱；

也许觉得疲惫，不明白为什么事情越变越糟……

太多太多的负面情绪混杂在一起，在陆依依的心中起伏翻搅，就像一池恶臭的污水在不断地汹涌澎湃，令她痛苦得想要呕吐。她紧紧地闭上眼睛，用尽力气想把眼眶里的泪水挤干。然而，越挤眼泪就流得越快，越挤眼眶就酸得越厉害。

就在这时，肩膀突然被人抱住，霸道的力气从扣住肩膀的手掌传来，令她的身体微微倾斜，倒进了身旁温暖的怀抱。陆依依足足呆了两秒钟才反应过来，搂住自己的不是别人，正是YUKI。

她努力把自己的头埋低，紧张得全身神经都绷直了。低头是因为不敢让YUKI看到自己渐渐变红的双颊，害怕自己满脸泪水的样子太丑，以后变成一段黑历史。素来细心的YUKI这次却没有体谅陆依依的难堪，用指尖轻轻撩开她那因为泪水而粘在脸上的碎发，温柔地用纸巾替她擦去脸上的眼泪。

"别哭了，不然今晚我就弄哭两个女生了。彻底刷新自己的渣男等级，我要对自己刮目相看了。"

YUKI讲这种自黑的笑话是想逗人发笑，陆依依听后却哭得更大声了。她一把抢过YUKI递来的纸巾，转过身子，急躁而粗鲁地为自己揩去眼泪。

"你真的不在乎吗？"陆依依抽抽噎噎地问。她奇怪为什么YUKI这种时候还能带着自嘲的笑容，心平气和地与自己对话。"你被陷害了，被误会了，被弗罗娜训斥，被队友骂叛徒，为什么还能一点儿都不在乎？"

"我在乎啊。只不过你在乎得更多，表现得更明显，所以衬托得我好像无所谓一样。难道要我哭成你这样才是真的在乎吗？"YUKI把双手撑在长椅的边缘，身体微微后仰，抬头望着满天繁星。轻缓柔和的嗓音一如既往地令人心醉，此刻听来却略显心酸。

"走吧。"YUKI突然站起来。

陆依依以为他要离开小区，急得刚想阻拦，却发现他转身走向返回安家的路。

"你要回去吗？"陆依依连忙跟上去，又惊又喜地问。

"放弃信任才是真的背叛，我还是再相信一次吧。"YUKI风轻云淡地回应着。刚才陆依依对未夜嚷出的那句话，在他心中产生了剧烈的回响，让他改变了主意。

看到YUKI回心转意,陆依依高兴得破涕为笑,小跑着跟上他的脚步。

像是为了掩饰尴尬,YUKI自言自语般嘟哝了一句:"况且我连行李和护照都没拿,想走也走不了啊……"自己的登山包还可怜兮兮地躺在安家的豪华真皮沙发上呢。

这句话真的把陆依依逗笑了,她"咯咯"地笑个不停。原来YUKI也有这么粗心的一面,难怪大家说冲动是魔鬼,冷静下来后的YUKI才发现刚才的愤然出走有多么幼稚可笑。

YUKI对陆依依投去"别笑啊"的目光,但自己却在她明朗笑声的感染下忍俊不禁。深锁的双眉终于舒展,眼眸中的阴影也渐渐消散。这一刻YUKI眼中的陆依依仿佛自带光芒,彻底吸引了他的目光。就连眼角未干的泪痕,在他看来都是那样率真可爱。

不知为什么,YUKI仿佛感到了一种奇妙的悸动。

就在这时,一辆熟悉的商务车从前方驶来,很快就停在他们面前。车窗降下,露出安逸凡严肃的表情。刚从公司回家的他听说了YUKI出走的事,立即开车追出来,没想到还没离开小区,就看到YUKI和陆依依有说有笑并肩归来的画面,他猜到陆依依已经说服YUKI了。

"上车吧。"安逸凡松了一口气。

待陆依依和YUKI上车坐好后,他一边倒车返回,一边闲聊般地说:"音频的事情与宏宇无关,如果你回去不好交代,明天我可以跟你一起去日本向弗罗娜解释。"

敢主动提出这个建议,足以证明他的清白和问心无愧。这样的直爽反倒令YUKI显得有点儿尴尬,不知该如何回答。陆依依双手合十,虔诚感谢老天保佑,幸好安逸凡是无辜的。

这样,YUKI退团的谣言很快就会不攻自破了。

欣慰之余,陆依依、YUKI、安逸凡、安寂、安琪儿,所有与这件事直接相关的人心中,都留下一个巨大的问号——究竟是谁费了这么大的力气造谣陷害?他的目的又是什么?

大起大落的五一假期结束后,陆依依回到学校,重新投入到紧张的学习中。距离六月初的高考只剩下最后一个月,整个学校都笼罩着一股决一死战的紧张气氛,就连还在读高二的陆依依也被这股沉重的氛围压得有点儿喘不过气。

教学楼入口处的倒计时天数每天都在减少,老师们总爱把"明年就轮到你们上考场了"挂在嘴边,繁重的课业让身为学霸的陆依依都感到有点儿吃不消,只能将大把大把的课余时间贡献给一本本厚重的复习资料。

第二章
迷惘之中的坚持

YUKI归队后,退团风波被事实证明是无中生有,很快就平复下来,但是因为安寂的退出,原本预定于七月初推出的OMI第二张专辑延期到八月发售。安逸凡与YUKI去日本见了弗罗娜一面后,也许是因为和谈失败,双方关系彻底破裂,宏宇与S TOWN互相控告对方。

根据前例,这种取证和程序都非常复杂的跨国官司打两三年都很常见。而在这段时间中,安寂不能签约新公司,不能以安寂自己的名义从事商业活动。对于一名当红偶像来说,淡出舞台两三年,完全不露面,对人气的影响几乎是致命的!于是安逸凡想出了一个办法,他让安寂以ANJI的新艺名,开始在国内进行公益活动。这样既没有违反合约,又可以让安寂保持一定的曝光度,还可以为安寂树立起良好的公众形象,一举三得,百利无害。

自从去年以OMI新成员的身份出道后,安寂经历了人生中最黑暗的一段时光。他承受着无端的谩骂和指责,为根本不存在的"真相"解释过、澄清过、补救过,但是依然有人宁愿相信无中生有的谣言,也不倾听他真诚的声音。

万箭穿心都已麻痹无感,痛定思痛,他唯有激流勇进,在惊叹和质疑声中浴火重生。他稚嫩的皮肤早已被磨成坚硬的铠甲,敏感的心灵也早已锤炼得坚不可摧。他不会失去自信,更不会轻易放弃,但是很多网民骂他踩他抹黑他似乎已经成了习惯,无论他做什么,哪怕是不计私利、奉献社会的公益活动,都有人像疯狗似的一群群跳出来,死咬住某些行为不放。

幸好有安逸凡的幕后支持,深陷舆论漩涡的安寂依旧勇敢而坚定地前进着。陆依依看在眼里,振奋在心中。在期末复习的紧张节奏中,她依然抽空关心着安寂的最新动向,偶尔给他发去鼓励的留言,为他的进步而开心,为他的成绩而骄傲。被黑客攻击的论坛已经恢复正常,坚守论坛公告发布后开启的集资活动也在顺利进行,只等暑假到来后,她就可以团结大家重整旗鼓,为安寂摇旗呐喊了。

七月初,残酷的期末考试终于结束,重获新生的陆依依把论坛打理得井井有条。在吹着空调的凉爽房间中,她通过网络和键盘把全世界支持和喜爱安寂的粉丝,在虚拟世界中紧紧地团结起来。她的满腔热情如同户外炙热的天气,聒噪的蝉鸣就像给她加油的掌声,她一点儿也不觉得疲倦,看到安寂正在一点点地被大家认可,她觉得自己的每一天都变得充实起来。

因为安寂的粉丝大部分都是OMI时期积累下来的,所以大家在讨论安寂的时候,也免不了会谈一谈OMI的近况。陆依依作为管理员,不可避免地会听到OMI的最新消息。

虽然原本定于七月发售的新专辑延期了，但是为了弥补粉丝心中的遗憾，OMI发表了成名曲Always（《依旧》）的最新编曲版。照理说，安寂离开后这首歌应该恢复成最早的四人唱跳版本，可是粉丝们发现，当初被安寂"抢走"的那段SOLO（独唱）并未还给YUKI，而是交给了未夜。

新编曲版发布的当天晚上，安琪儿在QQ上给陆依依发来了一段话："你支持他们分裂，分裂后最大的受害者就是YUKI。现在公司已经开始打压他了，变成这样都是安寂害的。"

哪怕没有当面对话，单是从字里行间，陆依依就可以感受到屏幕那边的安琪儿的气恼。

"安寂可以一走了之，但是必须继续留在OMI的YUKI，却要替他承担他所造成的恶果。你觉得这样对得起YUKI吗？以后公司不会重点打造他，他会失去很多机会的……"

安琪儿的矛头不仅指向安寂，也指向没有劝安寂归队的陆依依。

"安寂退团已成定局，追究谁对谁错已经没有意义了。公司做出这样的安排也许不是在打压YUKI，只是你们想太多了。"不想与安琪儿争执的陆依依发去一句委婉的回复。

她也认为安寂退团后，Always的SOLO应该还给YUKI，当看到那段SOLO是由未夜演唱时，她同样非常震惊。现在粉丝们都热烈讨论着这个话题，除了安琪儿所说的打压YUKI之外，还有另外一种猜测，那就是YUKI消极训练，不够努力，惹恼了弗罗娜，所以失去了那段SOLO。

大家都认为真相就在这两种可能性之中，但是，陆依依依然打了个问号。

真的是这样吗？真的是因为公司打压，或者YUKI不够努力吗？

莫名其妙地，陆依依竟回想起YUKI上次回国时说过的两句话："公司应该不会和我续约。""本以为第一个离开OMI的人是我。"为什么YUKI会说出这些话？他明明当着粉丝的面承诺过绝对不会离开OMI，但为什么私下总是考虑着离开的事情？

说出这两句话时，他的眼神寂寞幽深，让人看不透。他轻松恬淡的笑容中，对什么事都无所谓、不争不抢的态度中，似乎时刻隐藏着一个只能独自去背负的"不能说的秘密"。

盛夏炎热的天气对陆依依下了禁足令，每当望着户外明晃晃的毒辣阳光，她就把外出逛街玩耍的计划一拖再拖，不知不觉间就拖得再也提不起出门的劲儿了。但是这天，陆依依却起了个大早，天刚亮就跨出家门，坐了两个小时的长途汽车，来到了一座比老家稍微繁华一点儿的大城市。今天上午十点，安寂将在这里的某家酒店参加帮助失明儿童募捐的公益拍卖会。

不少家住附近的粉丝都相约来到现场，为安寂加油助阵。陆依依作为这次应援活动的组织者，带来了以前制作的横幅和条幅。因为活动是白天举行，所以荧光板和荧光棒就不需要了。这次参加应援的，有的是陆依依的老朋友，有的是可爱的小新人。无论是好友重逢，还是初次见面，陆依依都用最热情的态度与她们交流，彼此间一点儿都不生疏。

公益活动不售门票，但因为参加活动的明星众多，出于维护现场秩序的需要，想要入场观看的粉丝必须有组织地提前向主办方申请，才能获得有限的几个座位。陆依依通过安琪儿，利用安逸凡的关系走了一下后门，非常轻松地获得了面朝主舞台、视野最好的十多个位置。

主舞台是T字形的，两旁摆放着可以围坐十余人的圆桌，再外面就是半圆形的两百多个观众席，陆依依等人就坐在这里。

今天的活动录像会在视频网站播出，为了不给安寂招黑，陆依依和粉丝们都非常遵守会场秩序。她们提前一个小时入场，规规矩矩地坐在座位上，拉开条幅做好准备，没有大吵大闹，也没有吃吃喝喝，而是望着在场内忙碌的工作人员，既兴奋又期盼地小声聊着天。

她们早就收到消息，今天安寂带来的拍卖品是一首他的原创歌曲《夜之光》。

离开OMI的安寂没有资格继续演唱OMI的歌曲，也无法从事商业活动，发歌出碟开演唱会更是想都不要想，只能在公益活动中露露面，接受一下采访。对于陆依依这些热爱他的美妙歌喉的粉丝来说，想听他唱歌已经想得快要生病了。

这是安寂离开OMI后首次发布新歌，虽然无法现场演唱，只能播放录音，但已经足以令翘首以盼的粉丝们喜出望外了。陆依依得到消息后，立即开始组织应援，盼星星盼月亮总算盼到了今天。

活动快要开始了，现场观众越来越多，两百多个观众席陆续被坐满。身着礼服、妆容精致的嘉宾们也纷纷落座，整个大厅中群星璀璨，熠熠生光。看到许多平时只能在电视上见到的大明星，大家都抑制不住内心的兴奋，不约而同地伸长脖子东张西望，在人群中寻找着安寂的身影。

"安寂——"身边突然有人大叫一声，整个粉丝群立即沸腾起来。

陆依依吓了一跳，顺着大家招手和欢呼的方向望去，果然看到安寂在礼仪小姐的带领下，迈着那双令人羡慕的大长腿，潇洒帅气地走进了会场。他穿着一套休闲款的白色

西装,系着黑色领带。为了配合这次活动严肃的主题,他非常有诚意地把标志性的浅金色头发染成了较深的棕褐色,而且全部油光光地梳向脑后,连梳齿划过的纹路都看得一清二楚。这样的造型令他显得成熟,散发出与以往年轻张扬的嘻哈风格完全不同的魅力。

虽然已经出道一年了,但安寂每次登台都显得有点儿紧张和腼腆——这是他最可爱的地方。听见观众席上粉丝们热情的欢呼声,他开心地抬头向大家望来,毫不费力地从人群中找出陆依依所在的位置,然后微微扬起嘴角,隔着陆依依为了拍照而高高举起的手机,发自内心地露出愉悦的迷人笑容。当陆依依意外地拍下这个表情后,差点儿被照片中那双直勾勾凝视着自己的电眼电晕过去。明明私底下已经见过很多次,但她的脸还是染上了淡淡的红晕。

笼罩在明星光环下的安寂显得更加尊贵耀眼,一种本就存在的距离感令人只能对其仰望艳羡,与舞台下真诚可爱的他简直判若两人。想来真是不可思议,绚烂的聚光灯既为他招来一群饿狼般的敌人,又放大了他与生俱来的优点,让他成为陆依依心中真正配得上"偶像"二字的人生赢家。

"依依,他刚才对你笑了!"朋友们炸开了锅。

"啊,是吗?"陆依依装傻,偷偷关掉手机,不想与大家分享那张隔空对视的照片。

就在大家吵吵嚷嚷之际,现场的灯光突然闪烁起来。观众席上灯光渐暗,主舞台上亮起了一束聚光灯。伴随着优美舒缓的音乐,一名风度翩翩的年轻男主持人走上了舞台。

他用流利标准的普通话介绍着这次活动的内容,还重点介绍了几位到场的嘉宾。当他说出安寂的名字时,粉丝群立即爆发出最大分贝的尖叫声热情响应。他还假装受到惊吓似的拍了拍胸口,开玩笑说:"安寂的粉丝真是一点儿都不安静啊。"

接下来正式进入拍卖环节。明星们带来的拍卖品五花八门,有收藏品,有纪念品,还有旧衣服和签名物品等。好不容易轮到安寂上台了,粉丝们立即掏出手机和相机准备拍摄。

安寂在雷鸣般的掌声中登上舞台,站到主持人身边。主持人像是故意逗粉丝似的,从头到脚把安寂赞美了一遍,享受着粉丝们一浪高过一浪的尖叫声。对他来说,能把现场气氛炒热就是对工作能力的最好证明,但是安寂实在受不了被人这样当面夸奖,低着头很尴尬地应和着。

"现在,就由安寂介绍一下他这次带来的拍卖品吧。"主持人终于交出了话筒。

第二章
逆境之中的坚抗

安寂上前半步,身高上的优势使他必须微微弯腰才能把嘴唇凑到话筒前,正好用上扬着的视线面对镜头,主舞台后方的大屏幕上映出他零瑕疵的特写,再度引起现场粉丝的一片尖叫声。

"这次是为失明儿童募捐,其实我们每个人也许都有那种置身于黑暗世界,找不到出口的经历。只要心中有光,当我们在黑暗中抬头张望时,就可以看到明亮的未来,所以我写了这首歌。今天是第一次公开,希望能被有缘人欣赏——《夜之光》,献给大家。"

如流水般温和清澈的声音从他的唇边轻轻滑出,仅仅是讲话,就仿佛是一段舒缓的音乐了。大家对他的发言报以热烈且持久的掌声,直到音箱中传来动听的前奏才渐渐停止。

这首歌纯净而美妙,虚无缥缈的音符仿佛无根无依的飞絮,在柔和的空气中轻舞。安寂和着旋律唱出感人的歌词,有迷茫和无助,也有感伤和哀怜,但更多的是对早日投入光明怀抱的期盼。字字句句都是发自内心的倾诉,在优美旋律的映衬下,产生了催人泪下的魔力。

不少人都闭上眼睛用心欣赏,沉浸在音乐的世界中。陆依依听得哽咽了,回想起安寂一路走来的点点滴滴,竟忍不住有些想哭。

这首歌必将成为经典,当安寂功成名就的那天回顾途中经历的曲折坎坷,一定会发现自己的万般感受都凝聚在这段谱写于人生最黑暗时光中的真挚旋律。

歌曲播放完毕,当最后一个音符消散在空中,观众仍然久久无法回过神来,几秒钟后才爆发出热烈的掌声。就连主持人都听呆了,用粉丝般激动高亢的声音,满脸钦佩地又把安寂赞美了一遍。不少嘉宾都开始出价,十分愿意买下这首充满意义和感染力的好歌。

其中,一名身穿墨绿色的古典旗袍、打扮得光鲜靓丽、妆容无懈可击的年轻女竞拍人表现得非常积极。她一次又一次地出价,对这首歌势在必得。见她如此支持安寂,主持人便邀请她讲话。她优雅地接过工作人员递来的话筒,端庄大方地站起来,面朝安寂的方向。

然而,从她夺目红唇中说出的第一句话,就出乎所有人意料。

"安寂,你还记得我吗?"暧昧的问话和深情款款的眼神似乎都暗示着她与安寂的关系并不一般。现场不少人都凑到一起窃窃私语,就连经验丰富的主持人都不知道该怎么接话了。

安寂显得有些尴尬,惊讶地端详着女子的面庞,但是怎么也想不起来她是谁。因为

女子刚才非常支持《夜之光》，安寂也不好意思冷冰冰地实话实说"我不认识你"，只能装出一副似曾相识的样子。

女子显得有些失望，进一步提醒道："我和另外一个朋友在东京见过你，还和你坐过同一辆出租车。"这句话一出口，安寂的粉丝都不约而同地扭头望着陆依依。东京、出租车、朋友，这三个关键词加在一起，熟悉安寂的粉丝都立即联想到去年年底发生的酒店门事件。

当时的女主角之一就是陆依依，但是另外一个人的身份却一直没有曝光。而现在这名女子不断暗示她就是另一名当事人，令现场气氛越来越尴尬。

就在安寂快要拆穿她的时候，她突然话锋一转，揭晓谜底："那次真的很遗憾，出租车司机说他刚把你送走，我和我朋友就上车了，我们差一点儿就能遇到了。"

无论前面的话令她听上去多么像酒店门的当事人，但这句话却彻底撇清了关系。陆依依听后松了一口气，心想：原来是一场误会，还以为她心怀不轨呢。

最终，这名富贵多金的女粉丝以高价拍下了《夜之光》，她非常为现场粉丝着想，提出一个要求："刚才只听录音真不过瘾，好想听你现场演唱。只要你再演唱一小段，我还可以多加十万……"见安寂有点儿犹豫，她又说道："上次已经留下遗憾了，我不想这次再失望而归。"

在她楚楚可怜的央求下，不太擅长拒绝粉丝的安寂终于答应了。能现场再听一遍安寂清唱，陆依依和粉丝们都喜出望外，纷纷拿出手机准备拍摄。

安寂只唱了副歌部分，也许是有点儿紧张，也许是想要早点儿下台，清唱的速度和刚刚的录制版比起来稍微有点儿快，但陆依依依然听得心满意足。万分陶醉中，陆依依的肩膀突然被人重重地拍了一下。她扭头一看，发现一名身穿制服的保安正站在身侧凶巴巴地瞪着自己。

"把你们的手机交过来。"保安示意陆依依和其他拍了视频的粉丝都把手机交给他。

"为什么？"陆依依当然不答应，一把攥紧手机。

"现场不许拍照，活动结束后会把手机还给你们。"虎背熊腰的保安严肃地说。

这次明明没有规定不许拍摄，而且在之前的表演中，不少观众都拍过视频，为什么现在单单没收她们的手机？纵然她们心中有些愤愤不平，但是万一把保安惹怒了，就算不挨打也会被驱逐出场，那就得不偿失了。想到这里，陆依依等人只好不情不愿地交出手机，然后继续观看演出。

第二章 迷惘之中的对抗

中午十二点半,活动终于结束了,观众纷纷离席。

当陆依依和朋友们走到大厅门口时,保安遵照约定,把刚才没收的手机还给了她们,但强迫她们立即删掉刚才录制的视频。唯独陆依依没有领到自己的手机,她诧异地询问保安。保安向走廊深处的某个房间抬了抬下巴,板着脸说:"你自己去办公室拿吧。"

难道我闯祸了?陆依依怀着忐忑不安的心情,蹑手蹑脚地来到办公室门口。房门虚掩着,轻轻一推便应声敞开。结果里面坐的不是要批评教育她的保安老大,而是白马王子般的安寂。

"你怎么在这里?"陆依依惊讶得叫出声来,下意识急忙转身把门关好。

"把手机还给你啊。"安寂微笑着起身向陆依依走去,"把视频删掉吧,待会儿保安会检查的。"

"能网开一面吗?"陆依依尝试做最后的挣扎。

"同意你们留着照片已经是网开一面了。现场那么多杂音,有什么好录的,而且我只是随便唱唱。"安寂嘟哝着,低头没看陆依依的眼睛,看上去有点儿害羞。他的一举一动都被粉丝们当成珍宝,甚至连偶尔说一句不痛不痒的话都被人单独剪出来分享。说实话,有时候他真有点儿不理解粉丝们的这种狂热行为。

"就是随便唱唱才有纪念意义呢,而且刚才那个清唱版可好听了呢。"陆依依一本正经地解释,眉毛撇成八字,脸上写满遗憾。

心疼归心疼,为了不让安寂为难,她还是乖乖删掉了视频。

这时,若有所思的安寂盯着她看了两秒钟,突然一把抢走手机。

"你干什么?"陆依依吓得低叫起来,而安寂却早已打开录音APP(手机软件),对着手机把《夜之光》的副歌又唱了一遍。唱到一半时,他瞥了陆依依一眼,没想到却因为这个走神而咬到了舌头。

"用这个留作纪念吧。"录好后,安寂把手机还给陆依依,还用有些霸道的态度强调,"刚才不小心磕巴了一下,千万不许外传,只许你自己听哦。"不然他的一世英名就扫地了。安寂有时候总会犯点儿可爱的小傻,越认真就越笨拙,这种率性的真实曾让不少人因此沦陷,成为他的粉丝。

"知道了知道了。"陆依依美滋滋地望着手机中刚保存好的音频,心中甜蜜极了。

这时安寂突然说:"我真的不认识刚才那个女的。"

咦?干吗突然解释这个?陆依依抬头望着他,呆呆地说:"我知道啊,她后来不是说了吗?她只不过凑巧和你一前一后地坐上同一辆出租车而已。"

"你不要误会。"

"我误会什么?"

望着陆依依天真无邪的大眼睛,自乱阵脚的安寂感到一阵深深的无力。"算了,当我什么也没说……"他轻叹一口气,捂住额头,有点儿尴尬地别开了脸。偷偷与陆依依见面不是为了归还手机,而是为了解释误会,不过现在看来陆依依根本就没有误会……害他白担心了。

这时他俩都没有察觉到,一个巨大的阴谋已经悄然张网,酝酿着新一轮的舆论风暴。

几天后,拍卖活动的录像在某视频网站流出。在经过精心剪辑的节目预告片中,女粉丝与安寂的对话怎么听都像是桃色新闻,赚足了网友的眼球。更可怕的是,安寂后来清唱的那段《夜之光》节奏严重错误,没有一句跟上音乐,惨得就像惊悚的车祸现场。

只有当天现场的两百名观众知道安寂的现场演唱是清唱,而音乐是后期剪辑时故意加上的,所以才会出现跟不上节奏的情况。但是,可以作为证据的视频又全都被删除了!这样一来,为安寂洗清污名基本是不可能的事。

节目播出后,网上出现大量针对安寂的负面评价,说他一没人品,二没唱功,叫嚣着让他滚出娱乐圈,还说他只敢放录音是因为唱得连小学生都不如。没有人看好他单飞后的前景,更没人相信他能当歌手,都纷纷痛打落水狗似的用最恶毒的语言,对他进行最猛烈的抨击。

这是安寂出道至今受到的最大质疑,而且敌人的武器不是之前无中生有、不堪一击的谣言,而是有凭有据、铁证如山的节目视频!

被网上铺天盖地的谩骂闹得头晕眼花的陆依依,直到这时才恍然大悟:女粉丝的出现,她当时说的每一句话,让安寂清唱的要求,粉丝们的手机被没收,视频被删除,这一切的一切,根本不是偶然,而是有人精心策划的阴谋。

毋庸置疑,有人处心积虑地设下这个陷阱,想要坑害安寂!

但是,他们为什么要这样做?安寂滚出娱乐圈对他们到底有什么好处?

Love

来之不易的
团聚

第三章

事发后半个月,也就是节目播出后一个礼拜,七月中旬的一天,位于闹市区某写字楼的盛世营销策划公司总经理办公室里,一个戴着黑框眼镜、体形微微发福、外表文质彬彬但神态中却透着狡猾贪婪的中年男人正乐滋滋地打着电话。

他叫王盛世,十年前毕业于一所重点大学中文系,当了两年记者后转行做自由撰稿人,因为笔锋辛辣又擅长跟风蹭热点,很快就成为网红段子手。他前年成立了自己的公司,主要策划网络营销,做过不少成功的案例,一时声名鹊起,在娱乐圈混得风生水起。

"王总,这次多亏了你的策划案。现在视频点击量已经刷新历史最高纪录,好几个话题都登上了热门搜索,我们网站的日访问量已经翻一倍了!"电话对面的人同样笑得合不拢嘴。

"这样的效果早在我预料之中,希望以后有机会能再次合作。"

"老板已经决定把公司下半年的宣传活动全都交给贵司负责。王总什么时候有时间,我们约个地方详细谈?"

"时间地点跟我秘书约吧。对不起,有电话进来,我要先挂了。"

"好好好,那王总您先忙,我就不打扰了。"

两个人非常客气地互相道别后,王盛世接通了刚拨进来的另一个电话。虽然安寂滚出娱乐圈对他没有半点儿好处,但他需要的只是曝光度和点击量。安寂被骂得越惨,事件关注度就越高,视频点击量也就越高,作为幕后推手的他躺在床上就能看到推广费源源不断地进账了。

"安总,您好,有什么事吗?"电话接通后,王盛世立即换成严肃的口吻,得意的笑容也随之消失,与刚才谈笑风生的样子判若两人。仿佛是坏学生见到老师后,生怕被批评,马上装出一副乖宝宝的样子。他之所以瞬间变脸,只因为打来这通电话的不是别人,正是最近被他黑得体无完肤的安寂的舅舅——宏宇唱片公司CEO安逸凡。

"小王,听说最近网上很火的那个节目是你们公司做的推广?"安逸凡笑着问。

王盛世一听就知道他是来兴师问罪的,急忙装出无辜的口吻,不停地叹气说:"唉,这全是工作啊。人在江湖,身不由己,其实我个人非常欣赏安寂的才华,和他没有半点儿私怨。"

"你先不要着急,其实我是来求你帮忙的。"安逸凡依旧笑嘻嘻的。

王盛世嗅到阴谋的味道,试探性地问了句:"安总神通广大,哪里用得着我帮忙?"

"这个忙只有你能帮。我就直说吧,如果你能帮安寂量身打造一个宣传方案,以后

第三章 来之不易的团聚

一心一意捧红安寂,过去的事情我也就既往不咎了。"言外之意却是,不答应的话就要秋后算账。

所谓识时务者为俊杰,王盛世当然不会敬酒不吃吃罚酒。他十分豪爽地一口答应下来,还把安寂里里外外称赞一通,然后两个人相谈甚欢,还约好几天后见面详谈。

十分钟后,王盛世刚挂断电话,门边就传来"笃笃"的敲门声。一名打扮得时尚靓丽的美女秘书摇曳生姿,边走边说:"没想到安逸凡度量这么大,不仅没有暴跳如雷,还主动提出合作。"精明的她从王盛世阿谀奉承的话语中推测出他们刚才的谈话内容。

王盛世对她并不避讳,冷笑两声说:"他知道我是拿钱办事的,与他没有直接利益冲突。与其跟我为敌,双方斗得你死我活,不如早早把我收编了,还不是照样少一个敌人?他真是个聪明人啊。"

听到这里,美女若有所悟地点了点头。

"世事真奇妙,前不久才靠黑安寂赚钱,现在又要靠捧他赚钱,他可真是我们的摇钱树啊。"想到丰厚的酬金,王盛世笑得合不拢嘴了。

美女眼波流转,娇滴滴地问:"那你什么时候把人家捧红嘛?"

王盛世哈哈一笑,说:"放心吧,你长得漂亮,演技又好,以后有的是机会。"

美女嫣然一笑,妖娆动人。她正是拍卖会上自称安寂粉丝的那位女竞拍人。

迫于流言的压力,安寂只能暂时停止一切活动。陆依依担心他想不开,经常给他发短信和有趣的搞笑视频,希望他不要被流言击败。而安寂早已不是刚出道时没见过世面的新人,不但不把流言放在心上,反而化压力为动力,创作了一首首新歌,把想要表达的情感全部融入歌词中。陆依依作为每首歌的第一个听众,不仅听到了他的坚强,还听到了他的豁达和梦想。

"你半个月没现身了,给粉丝发段音频吧?"七月底的一天,陆依依鼓励安寂冒个泡。

不到半分钟,陆依依就收到安寂的回复,看来他最近真的很闲。"舅舅说他已经联系好一个营销公司,在为我量身打造宣传企划,我应该再过不久就会复出了。"

"太好了!什么企划啊?"

"据说用不了半年就可以把我的'污名'洗掉,虽然我根本不存在所谓的'污名'……"配合着这句话,他居然一起发来了一个低头扶额的"听到这话好心塞"的表情图。

对了,"滚出娱乐圈"事件后他就一跃成为表情包界冉冉升起的新星,他的图片被

各路修图大神P（修图）成各种稀奇古怪的搞笑图片。最令陆依依感到不可思议的是，他自己聊天时居然也会经常拿来用。每次看到他发自己的表情图，陆依依只想竖起大拇指对他说三个字——心真大。

"不要让大家等太久哦，你最近在忙什么呢？"陆依依接着问。

"我倒希望不要太早复出，因为这段时间我想好好在医院陪我妈。"

依旧是轻松的语气，但陆依依心中却猛地一痛，不知道该回什么。

在安寂单方面宣布解约之前，他曾说安诗韵的生命只剩下最后三个月。如果安诗韵的病情没有好转，那么这个炙热而多事的夏季，就将是他们母子可以相伴度过的最后一个夏天了。

想到这里，陆依依心底突然吹起一阵悲伤的冷风。

虽然安寂没有复出，但不久之后的八月初，OMI延期的新专辑终于在全网开始发售。OMI进入繁忙的宣传期，网上到处都是相关消息，图片视频满天飞，热闹得就像过节一样。就连在安寂的粉丝群里，大家也会热火朝天地讨论OMI的话题。

不少安寂的粉丝群都禁聊OMI，陆依依却从未发出过禁令，因为连安寂和OMI成员都没有到水火不容的地步，粉丝就更没有理由吵得你死我活，自相残杀了。她很明白同时喜欢安寂和OMI是什么心情，因为她自己就是其中之一，YUKI也是她心中雷打不动的真爱。

这天，群里突然聊起了YUKI……

"YUKI不会也要退团吧？"提起这个话题的是一个刚加入的小版主。她热情度很高，但讲话有时缺乏分寸，容易引起其他人的不悦。

"别造谣了，不是早就澄清了吗？"果然立即就有老版主跳出来反驳。

"可是他最近的舞台表演都不太给力，明摆着就是偷懒。你们看了昨天的节目视频吗？他居然拒绝表演。节目的中文字幕版已经出来了。"说完还发来一个链接。

接着不少人都跳出来讨论。老人拼命维护YUKI，但新人对OMI的感情不深，一个劲儿地指责YUKI耍大牌。双方越吵越激烈，渐渐有要撕破脸皮的架势了，陆依依急忙出言劝架。

"这里是安寂的粉丝群，还是多讨论安寂的事情吧。"

管理员一现身，其他人都不吱声了，不过却有人偷偷发来私聊框，建议陆依依最好禁掉讨论OMI。这次陆依依没有像以前那样一口回绝，而是回复说会考虑一下。最近关于YUKI退团的流言死灰复燃，闹得沸沸扬扬，就连陆依依都觉得YUKI最近的表现的确非常奇怪。

陆依依一边想，一边点开了刚才那个小版主在群里发的链接，不一会儿就下完了中文字幕版视频。

那是一个名为《超能偶像》的综艺节目，主持人是S TOWN公司出道二十多年的资深歌手，于情于理OMI都该给足这名老前辈面子，但当他亲切地要求YUKI和未夜表演新专辑主打曲副歌部分的舞蹈时，YUKI竟然委婉地拒绝了，一下子令现场气氛变得非常尴尬。

虽然后来YUKI还是不情不愿地勉强上台，但跳出来的水平明显比未夜差几个档次，还被主持人半开玩笑地奚落了一番。陆依依心想：*Always*新版发布后，经常有好事之人拿两个人比较，YUKI拒绝表演也许是因为不争强好胜，为了团队和睦而故意向未夜示弱吧。

然而，这件事的后续发展却令陆依依瞠目结舌。

此后三天YUKI没有参加任何打歌活动，网上有人说他被公司惩罚了。第四天他终于复出，登上打歌节目的舞台。然而，在表演结束后的小采访中，其他成员向观众打招呼时都能收到山呼海啸般热烈的掌声，唯独YUKI像往常一样跟大家问好时，现场却只有他的粉丝群有呼声回应，其他地方都是一片可怕的死寂。

后来陆依依才知道，这是因为其他粉丝私底下已经达成共识，联合起来抵制YUKI。这被称为"沉默海洋"事件，还被写进了OMI和YUKI的网络百科，影响力之大可见一斑。

自从安寂退团后，OMI就进入了多事之秋。难道YUKI也要退出？每当产生这个念头时，陆依依都会想起那晚在安琪儿家中YUKI愤然离去的背影。当时YUKI那么坚定地要留在OMI，不可能短短几个月就变卦了。那么，他最近又为何会如此反常呢？

八月中旬，结束了紧锣密鼓的本地宣传后，OMI开始进行亚洲其他国家和欧美地区的海外宣传，第一站来的就是YUKI的老家中国。OMI在接下来的两个星期里，将马不停蹄地前往中国的十大城市做巡回表演，其中一站离陆依依老家非常近。

行程公布后，期待已久的粉丝们再次沸腾了。粉丝的热情就像盛夏炙热的天气一样，大家纷纷转发评论相关消息，参加各种门票和纪念品的抽奖活动。相关新闻和话题长时间占据各大娱乐平台的主要版面，其态势可谓"全民关注，共襄盛举"。

不过，在这热火朝天的宣传期中，却潜伏着一个危险隐患。

YUKI将要退团的流言依旧没有消失，始终有小道消息情报站和粉丝群乐此不疲地讨

第三章
来之不易的团聚

论和传播着这个不实的猜测。最让YUKI粉丝担心的就是国内也可能会出现类似"沉默海洋"的集体抵制事件。

就在OMI国内宣传行程公布的当天晚上，正在打理论坛日常事务的陆依依突然收到安琪儿发来的短信："有没有人联系你抵制YUKI？"

没有任何寒暄问候和前因后果，开口第一句话就这么突兀，陆依依半天没能反应过来，莫名其妙地回了一句："什么抵制YUKI啊？"

"没有就好。我听说国内有部分粉丝团要如法炮制'沉默海洋'，抵制YUKI。你最好不要参加，不然我就跟你绝交。"这可不是威胁，安琪儿说到做到，陆依依早就领教过了。

安琪儿连珠炮似的接着说："在日本就算了，天远地远的我管不着，但是在国内老家，我决不允许发生这种事情！况且这次YUKI被抵制，你也脱不了干系，你也应该承担责任。"

"关我什么事啊？"突然被安琪儿开了一枪，猝不及防的陆依依不禁在心底哭冤。

不提这茬还好，一提安琪儿就更火大了，她语气生硬地回复："谁让你支持安寂退团的？如果不是安寂退团在先，粉丝们怎么会这么捕风捉影、无中生有地冤枉YUKI呢？"

看来陆依依当初发的那个公告对安琪儿伤害很大，时至今日还没在她心中翻篇。不想踩地雷的陆依依只好乖乖地说："你放心好了，我也是YUKI的粉丝，不会参加这种事的。"

看到这句话后，安琪儿终于放下芥蒂，稍微缓和下来，说："你家附近的活动我这里还有十几张门票，你们论坛有人去吗？门票可以免费送给你们。"

什么？这句话真是提神醒脑，就像突然在太阳穴上涂了清凉油，陆依依顿时来了精神，噼里啪啦地打字回复："当然有啊，我们论坛很多人都喜欢YUKI！"

因为这次是OMI的新专辑宣传活动，"安于沉寂"作为安寂的粉丝会并没有组织应援，但如果有免费的门票拿，陆依依当然没有理由拒绝啦。

不过，安琪儿立即补充了一句："虽然门票是免费的，但是有一个条件，你们必须要拿YUKI的应援物，给YUKI加油。"

原来如此，电脑前的陆依依捏着下巴，心领神会地点了点头。天底下果然没有免费的午餐，安琪儿送票说白了就是充人头，给YUKI造势。

安琪儿身为OMI粉丝会东南部的分会长，管理着几十万粉丝，一声令下就能召集到几百名自告奋勇的前线粉，这次居然要借助自己的力量？陆依依不由得有些诧异，不过

转念一想，这次OMI将前往十个城市表演，为了确保每场活动的应援粉丝数量最大化，让YUKI感受到国内粉丝的热情和温暖，当然是能召集多少就召集多少，所以安琪儿才摒弃前嫌，本着"多多益善"的原则积极拉拢陆依依。

安琪儿这次真是不惜血本，用心良苦啊！

一周后，风和日丽的一天，陆依依终于盼来OMI的活动日。她早早地组织好了十多名小伙伴，在会场外的空地上与安琪儿的人马会合。去了以后才知道，安琪儿那边居然召集了五百人，条幅横幅海报一应俱全，T恤全部统一印制，声势浩大得就像搞游行一样。

最令陆依依意想不到的是，就连会场附近广场上的两块巨型LED显示屏上都在播放OMI新专辑的宣传视频。她本以为是S TOWN官方投放的广告，但看到什么"祝新专辑大卖""OMI人人爱，以后要常来"之类的语句后，又觉得不像是官方宣传，一问之下才知道居然是粉丝会集资送出的大礼。知道这个真相后的陆依依目瞪口呆，啧啧感慨："这可真是大手笔啊！"

看着安琪儿忙碌而娴熟地集合粉丝，两大护法凯蒂和美琪派发应援物和门票的熟悉画面，陆依依不由得回忆起去年暑假在东京的遭遇。这一年里发生了很多愉快的、不愉快的事情，被误会过，也被原谅和帮助过，没想到最终大家再次聚在一起，共同给喜欢的偶像加油了。

"会长，我们到了。"陆依依带着自己的人加入大部队。虽然她早就退出粉丝会，但依旧习惯称安琪儿为会长。安琪儿点了点头，用眼神示意美琪给她们发门票和物资。

活动开始前半个小时，大家排着整齐的队伍依次检票入场。陆依依正好与安琪儿站在一起，便闲聊了两句。陆依依问："你今晚赶回家吗？"一般住得近的都是当天来回，她以为安琪儿也和她一样，没想到安琪儿却说："最近都要追活动，今天就不回家了。"

结束中国的宣传后，OMI会立即赶赴韩国，接下来还要去越南、泰国、土耳其、法国、英国，最后是美国，完成绕地球一周的繁重宣传任务，总共耗时三个月。虽然身为富家千金的安琪儿不至于疯狂得追着OMI完成环游世界的宏图大业，但在暑假期间忠心耿耿地陪伴OMI，多追几场国内巡演的时间和金钱还是绰绰有余的。

安寂之所以决定在宣传期开始前退团，原因正在于此。不是局外人诟病的不负责任、临阵脱逃，而是一旦进入人间地狱般的恐怖宣传期，他就得像全天运作的机器一样燃烧生命全力运转，没有片刻闲暇。不要说回国探病了，就连睡觉都只能在飞机和汽车

上闭眼小寐。

　　他不得不在这一切开始前退出,不然就将错过陪母亲走完生命最后一程的机会。

　　因为有安琪儿坐镇,活动开始后,YUKI登台时的粉丝呼声大得可以把屋顶掀飞。陆依依有种看4D电影的感觉,整个座位都像地震似的不停摇晃,不过她并不讨厌这种气氛,而是和大家一起热情地为YUKI欢呼喝彩,享受着与偶像近距离相聚的快乐时光。

　　整个会场中七成左右都是安琪儿的人,YUKI的一举一动都备受关注,根本不可能发生"沉默海洋"事件。陆依依早早地放下心来,全神贯注地欣赏着OMI带来的精彩表演。他们先用三首主打歌的唱跳表演瞬间点燃现场气氛,然后又为粉丝们带来了经典曲目的演唱,最大的惊喜就是每个成员都有准备才艺表演。

　　多才多艺的队长REN第一个登台,全身酷炫的嘻哈装扮,戴着鸭舌帽和墨镜的他展示了堪称专业级别的B-BOX(节奏口技)表演;活泼好动的舞竟一反常态地穿上优雅的西装,像模像样地弹奏了一首经典的钢琴曲;前不久刚宣布要出演古装连续剧的未夜最卖力,带来了一段融合了武打元素的高难度舞蹈,把一段舞跳得就像好莱坞大片一样,令人热血沸腾,叹为观止。

　　最后,万众期待的YUKI在聚光灯的追随下登场。他穿着纯白的T恤和长裤,外加一件薄款的蓝色短袖小外套,头戴白色遮阳帽,仿佛刚从海边度假归来。极富青春气息的清新装扮烘托出他温润如玉、柔和如水的气质,为炎炎夏日带来一阵凉爽的清风。

　　在欢呼声中慢步走上舞台的YUKI微笑着说:"今天我将为大家带来一首老歌……"

　　黑暗中,他每走一步,身后合为一体的舞台和大荧幕就会随着他的脚步,呈现出金黄的沙滩和蔚蓝的大海。当他走遍整个舞台,所有灯光同时亮起,一大片祥和而宁静的海边风光就这样绽放在所有观众的眼前。虽然节目只是最简单的独唱,舞美也只是很常见的海景,与其他成员华丽绚烂的烧钱特效相比,显得过分低调和简陋,不过十分符合YUKI本身亲切温和的气质。

　　期待已久的粉丝们立即发出最热情的应援。兴奋得满脸通红的安琪儿率先大喊:"YUKI,加油——"其他人随之跟着喊起来。霎时间欢呼声就像滔天巨浪,在会场中此起彼伏,震耳欲聋。

　　然而,就在这时,人群中突然传来一个不和谐的杂音:"叛徒!滚出OMI!"

　　这声叫喊尖锐刺耳,就像一把锋利的尖刀硬生生把现场美好的气氛划成碎片。包括陆依依和安琪儿在内的所有人都不约而同地扭头望去,只见观众席最后方的一个非常不起眼的角落里,有七八个戴着口罩和帽子的人拉开一条写着"OMI不接受背叛!叛徒滚

第三章 来之不易的团聚

出OMI！"的横幅。这明显是一次有组织、有预谋的抵制活动，没想到这群人居然胆大到敢公然闹场。

坐在这群人附近的粉丝最先爆发，愤怒地嚷道："你们才该滚出去！"双方互不相让，你一言我一语，甚至产生了一些肢体冲突。保安急忙赶过去维护秩序，但是场面依旧失控。陆依依隔着重重人头和保安的背影，隐约看到已经有人互揪头发和衣服，疯狂厮打起来。

活动无法继续进行下去，陆依依担心地扭头向舞台上的YUKI望去，正好看到弗罗娜从舞台右侧的大幕后探出半个身子，焦急地低嚷着什么，似乎是叫YUKI先下台避一下。然而，YUKI却一动不动地静静凝视着弗罗娜，下意识地握紧了手中的麦克风。

这时其他人的注意力都在厮打得越来越激烈的两群粉丝身上，很少有人看YUKI，但盯着YUKI的陆依依却突然紧张起来，有种不祥的预感。安寂刚出道被黑时，YUKI曾经瞒着弗罗娜录视频帮忙澄清，酒店门事件后又在节目中公开力挺安寂，怀疑安逸凡陷害他时愤然出走——他表面看上去亲切温和，却经常做出一些令人意想不到的事情。他是勇敢的，冲动的，情绪化的，不计后果的。如果安寂是令弗罗娜头痛的头号问题儿童，他就是第二个。

果然，陆依依最担心的事情发生了，YUKI非但没有下台，还把麦克风放到嘴边。

他抬起头，朝闹事粉丝的方向说了一句什么，但是没有任何人听见。

他用了很大的力气去讲这句话，但是麦克风突然失灵了。

时间仿佛静止在这一刻，陆依依紧张得连呼吸都快停止了。YUKI低头检查麦克风，脸色比包公还黑的弗罗娜在大幕后警告他赶紧下台。原来不仅是陆依依，弗罗娜也看穿了YUKI的心思，在他开口前就已经命令工作人员关闭了他的麦克风，不许他说话。

眼看弗罗娜就要冲上台了，舞台的另一个方向却突然传来一声："不要吵了——"

生硬的口气显得更具威慑力，听上去就像暴怒之人发出的最后警告，喧闹的现场就像被按了静音键似的，瞬间安静下来。所有人的目光都齐刷刷地聚到舞台上，当他们看到讲话人冲上舞台后都惊呆了。就连一直关注舞台变化的陆依依、YUKI和弗罗娜都吓了一跳。

这个人，竟然是未夜。

"你们不要吵了，OMI没有叛徒，我们一直非常团结……"句子说长一点儿，口气听上去就没那么凶了。他有很多话想说，但是有限的中文水平令他只能用最简单的词语表达。即便如此，他还是只讲到一半就失去声音，因为他的麦克风也被无情地关掉了。

没想到第一个冲上台救场（事实上非但没救，还让场面变得更加混乱）的人居然是

未夜！惊讶之余，YUKI很快就接受了这样的局面，露出坦然而温柔的微笑。两个人通过眼神和表情交流着，YUKI的笑容让未夜的神情越来越凝重和难过，明明无言的对视在此刻仿佛融入了千言万语。突然，未夜一把抱住了YUKI。

台下响起一片惊呼，陆依依和安琪儿呆若木鸡，大幕后的弗罗娜也看呆了，就连斯打中的粉丝也顾不上打架，所有人都盯着舞台上用尽全身力气，把满脸惊慌茫然的YUKI抱进怀中的未夜。这个动作定格了很久很久，中途YUKI试着反抗了一下，但是很快就放弃了。他不但任由未夜抱着，还轻轻抬起手，反抱住把头深埋在自己肩窝中的未夜。

他们两个人在外界看来一直都是宿敌般的对手，不和的流言一波未平一波又起。特别是*Always*新版发布后，未夜"抢走"了原本属于YUKI的SOLO，录节目时还与YUKI斗舞，令YUKI尴尬收场，越来越多不怀好意的猜测笼罩着他们，搅乱他们的生活。然而，现在这幅两个人紧紧相拥的画面却足以破除之前的所有传闻。他们不是敌人，而是荣辱与共的好兄弟。

正如未夜所说，"OMI中没有叛徒"，他一定还有更多话想要表达，但是他说不出来。这时，他的嘴唇微微翕动，对YUKI说了一句什么。没人能听见，但是陆依依听见了。不是用耳朵，而是用心，是心让她突然具有读唇术的技能，"听到"未夜说的是一声："对不起。"

就像是幻听一样，连陆依依也觉得不可思议。不知为何，眼前的这一幕竟令她的眼眶微微湿润了。私底下见过他们的陆依依知道，YUKI和未夜之间的确有什么误会和矛盾，他们能走到今天这一步，中间一定经历了很多不能对外界公布的辛酸和坎坷。

几个月前，YUKI退团的假音频流出后，第一个叫YUKI"叛徒"的就是不明真相的未夜，然而现在他却勇敢地挺身而出，斥责那些用"叛徒"一词诋毁YUKI的黑粉。他说的那句"团结"意义非凡，重如千钧。陆依依由衷地为他们感到高兴，为他们欣慰和自豪。

活动当天的视频很快就被粉丝们大量转发，这件事彻底粉碎了两个人之前不合的流言。OMI的国内宣传仍在继续，但是再也没有出现抵制YUKI的不愉快插曲。

"没想到会发生这种事……"消息闭塞的安寂直到一个礼拜后，才从来探病的陆依依口中听说了事情的原委，并发出惊讶的感慨。

此刻，两个人正在医院陪安诗韵散步，但安诗韵早已不能行走了，只能坐在轮椅上。她的身形显得瘦弱而憔悴，深陷的双眼早已没了从前的神采，不过干枯而花白的发丝却梳理得十分整齐，简单的衣衫也和以前一样整洁而讲究，唇边始终挂着淡淡的笑意。每当她用迟缓的目光望向陆依依时，眼底那充满母爱和包容的温度总能令陆依依的心有种微微刺痛的感觉。

连续一个月的高温天气在昨天的一场雷雨后结束。雨后清新的空气中混合着青草和泥土的气息，树丛中的片片荫翳交织成巨大的遮阳伞，在凉爽的微风中"沙沙"摇曳着，漏在地面的光斑也随着微风轻轻晃动，带来如同电影画面般的宁静和美好。

"多亏了这件事，现在OMI的粉丝都团结起来了，没有人再拿YUKI和未夜掐架，也没有人再造谣YUKI要退团了。"陆依依清爽的白色连衣裙随着轻快的步子翩翩飞扬着。

"未夜看上去很严肃，不好亲近，但他和弗罗娜一样，只是对自己和别人的要求都太高而已，本身并没有恶意。"作为OMI曾经的成员之一，安寂的这句评价十分中肯。

"我还以为你讨厌弗罗娜呢。"陆依依惊讶地提高了嗓门，眨巴了一下明亮的眼睛。

弗罗娜作为三番五次阻挠安寂和安诗韵见面的罪魁祸首，在陆依依心中早就被列为大反派了，没想到安寂却表现得这么宽容。陆依依着实有些意外，同时也为他的成熟而欣慰。

"如果没有她的严格要求，就没有现在的我。她只用半年时间就让我从新人变成能站上舞台的偶像，我承受着别人三倍以上的训练量的同时，不自觉地把所有压力都转化为对她的反抗。她知道这点，所以也容忍着我的任性和叛逆。其实我很感谢她让我这么快地成长起来。"

离开OMI的安寂每天都有大把大把的闲暇时间，他在陪伴安诗韵的同时，也认真总结着，思考着。几个月没和他见面的陆依依惊讶于他的成长，越发觉得他更有魅力了。

"我把这段时间的很多感受都写成了歌，待会儿唱给你听。"安寂突然扭头一笑，真诚凝视着陆依依的目光中带着孩子般的可爱。

"为什么要待会儿？现在就唱嘛。"陆依依立刻激动起来，她可不嫌弃没有伴奏。

"啊？"这个猝不及防的要求令安寂有些害羞。无论他在舞台上多么光彩熠熠，带着王者霸气，私底下永远是一个有些内向的普通少年，连说话都不太大声。

一个节节进逼，一个步步退缩，最后安寂被逼得无路可退，只好硬着头皮答应。轮椅上的安诗韵始终静静地听着两个人叽叽喳喳地你一言我一语，唇边挂着幸福的笑意。这样美好的表情就是世上最好的妆容，令她苍白憔悴的脸色立时变得红润起来。

微风中安寂边走边哼唱着，优美而婉转的旋律从他唇边如溪水般潺潺流淌出来，伴随着四周树叶的摩挲声和鸟雀清脆的啼鸣，宛如这世间最动听的天籁。

虽然这段时间他受到外界疯狂的质疑，但他歌唱的依旧是人生中最美好的亲情和友

情,没有被浊流污染,保持着最纯净的心。

"我相信有一天能看到梦想的未来,也相信有一天能无愧所有的期待……是爱擦亮我的双眼,鼓励我走向下一站……是爱让我闯过伤害,勇敢地面对每一天……"

越是低吟浅唱越是感人至深,歌中的每个字都是他真实的感悟,记录着他的成长。他一开口哼唱,陆依依就不再说话,听着听着心跳越来越快,无法抑制的感动在胸口激荡着。

一曲唱完,安寂轻声说:"这首《相信爱》是写给你们的,我已经录好了,等正式复出后就会发布。"

陆依依还没从陶醉中回过神来,惊讶地抬头望着他。

他笑了笑,用更温柔的声音接着说:"我已经决定了,如果以后有机会开演唱会的话,每场结束时我都要固定演唱这首歌,这是我和你们的约定。"说这句话时,他微笑的眼望向林荫路的正前方,迎着午后明媚柔和的阳光,目光中闪烁着些许亮晶晶的自信和期待。

"那你什么时候复出啊?"陆依依早就迫不及待了。

"再等等吧……"安寂忧伤的目光转向安诗韵花白的头发,说话声中多了一份哽咽。虽然他只说了一半,但陆依依听懂了,他要陪安诗韵走完最后一段时光才会复出。

愉快的气氛因为这句话突然染上悲凉的色彩,就在陆依依后悔不该多问,急着想办法转移话题时,突然看到一名白衣小护士从远处急急忙忙地跑过来。

"小……小寂,有……有人找你……"不知道出了什么大事,小护士跑得上气不接下气,涨得通红的脸色和熠熠发光的眼眸都显得异常兴奋。因为安寂每天都来医院,所以两个人早就混熟了,加上她年龄比安寂大几岁,所以也像安诗韵一样亲切地称呼安寂为"小寂"。

"什么人?"安寂满脸狐疑地问。一般只有安家人来探病,他从未见小护士如此激动。

小护士望了安诗韵一眼,似乎有什么顾虑,对安寂挤挤眼说:"你去看看就知道了。"

两个人静静地用目光交流了一会儿,突然,安寂似乎猜到什么,紧皱双眉,带着复杂的表情点了点头:"那我去看看。"说着把轮椅交给陆依依,头也不回地跟着小护士快步走远。

呆呆地望着两个人消失在小路的尽头,陆依依和安诗韵都有些莫名其妙。

"安阿姨,那我推你去那边的小花园里转转?"陆依依俯身在安诗韵耳边问。那边绿草如茵,飘来栀子花馥郁的芬芳,还有蝴蝶兰和蔷薇花开得姹紫嫣红,最适合游

园散心了。

照理说，安诗韵一定会欣然接受，笑盈盈地回答"好啊"，然而令陆依依意外的是，她竟低垂着头，神色忧伤地凝视着地面，好半天没有任何反应。

"安阿姨，你怎么了？"陆依依察觉到安诗韵表情有些不对劲。

结果不问还好，一问就戳破了安诗韵忍耐的极限。她竟抽了一口气，猛地扭开头去，慌忙地用干枯的指尖擦去眼角溢出的泪水。

陆依依吓坏了，急得一边掏纸巾，一边问："安阿姨，你怎么哭了？有什么委屈就告诉我，是不是我说错什么话了？我不是有意的，对不起……"陆依依没搞清楚怎么回事就急着道歉。

安诗韵摇了摇头，背对着陆依依，用哽咽的声音说："你没有说错话，是我太情绪化了……小寂能回来陪我，照理说我已经没有遗憾了，但是……"

安诗韵仍然有一个足以令她死不瞑目，却不能让安寂知晓的莫大遗憾。

"我希望能活着看他开一场演唱会……"

原来是刚才关于演唱会的话题无意中刺伤了她敏感的心。

她含辛茹苦地一手抚养安寂长大，看着他从牙牙学语的婴儿变成舞台上璀璨的明星，也看着他为了自己而放弃光明的前途，独自背负着质疑和辱骂，坚持陪自己走完最后一程。

"如果不是因为我突然病倒，此刻的安寂应该正在舞台上和他的队友一起到世界各地巡回表演……如果我身体健健康康的，就能像上次那样，和你们一起坐在台下听他演唱了……我不是一个好妈妈，我耽误了他的前途，让他放弃了这么好的机会……"

安诗韵温柔的笑容背后，藏着无数酸楚的泪水和愧疚。她的坚强令她一直等到安寂离开，才忍无可忍地抽噎着说出了真心话。只要她活着，安寂就不会离开医院，不离开就无法练习和筹办演唱会，但等到他有时间的时候，她却早已不在人间，所以注定看不到安寂的演唱会。

这是一个无解的难题，一个纠结的矛盾，一个永恒的遗憾。

"弗罗娜说得没错，我什么都给不了小寂，我只会耽误他……我早就应该放手了……希望我死后，小寂可以……过得更好……"说着说着，安诗韵就已泣不成声。

"安阿姨……"陆依依痛苦地拧紧双眉，不知该如何安慰，只能不停地抽出纸巾，替她擦去脸颊的泪水。恍惚间她的脑海里闪过很多记忆的碎片，有那晚弗罗娜对安诗韵充满敌意的话语，有安琪儿曾经忠告的那句"请你不要打听他的身世"，还有YUKI说的"两家好像有私怨"……

她有一种预感：隐藏在安寂身上的某个可怕的秘密，将在不久之后以一种尚不可知的方式被残忍地揭开。

"妈，他们说想来看看你……"

十五分钟后，安寂回来了。与他一起出现的还有五个让她们意想不到的人：REN、舞、末夜、YUKI这四名OMI的现役成员，以及残酷冷漠的女魔头经纪人弗罗娜。

陆依依吓呆了，心跳骤然加快，分不清是因为惊讶还是激动。无论是演唱会还是见面会，都不可能享受这种"全体成员都在两步之外与自己面对面"的豪华待遇。这不是观众和粉丝胆敢奢望的近距离接触，而是主持人才能拥有的特权！

"伯母好，我们是OMI——"四名身穿便装的成员排成一排，整齐一致地弯腰，用洪亮的中文向安诗韵问好。动作和台词标准得就像每次上台时问候观众一样。

直起身时，YUKI偷偷向陆依依眨了下眼，算是一声无声的单独问候。刹那间的眼神交流让陆依依心跳加快，害怕管理不好自己的面部表情，露出花痴的傻笑，匆匆把头低下了。

"你们怎么来了？"安诗韵十分惊讶。她刚哭过的双眼微微泛着血丝，但不仔细看并不能看出来，成功骗过了安寂。

陆依依更是惊得半天合不上嘴，总算明白刚才小护士为什么那么激动了。最近OMI正在国内宣传，随便什么娱乐平台都在铺天盖地地报道他们巡演的消息，小护士肯定也是他们的粉丝。而粉丝归粉丝，工作也要做好。安家和S TOWN正在打官司，不知道他们这次是真心探病还是另有阴谋，于是她先叫安寂去探探虚实，等安寂点头同意后再让他们来见安诗韵。

弗罗娜上前一步，作为代表说："现在我们团队在中国宣传新专辑，最近正好在附近表演，大家提议过来看看。"一口生硬的中文听上去好像比以前更有人情味了。

她话音刚落，突然有一抹鲜红色的身影，像兔子似的蹦到安诗韵面前，用蹩脚的中文说："伯母，你好，我是MAI，中文写成'舞'，但是我不是舞蹈担当，而是颜值担当。你看我是不是最帅的？"说完还用双手托腮做叶子状，把可爱的脸蛋笑成一朵绽放的小花。

最不怕生的舞第一个跳出来逗安诗韵开心，不过还不等他卖完萌，REN就把他无情地拖走了。接下来，被称为"娃妈组合"的两个人又开始重复"语言教育、嘀咕不满、暴力教育、哇哇大叫、直接拖走、哭着求饶"的经典套路。

一旁的末夜扶额叹息，潇洒地走上前去，非常绅士地向安诗韵鞠了一躬，在背后舞

第三章 来之不易的团聚

和REN叽叽喳喳、中日文混杂的吵闹声中，为其刚才的失礼道歉。热闹的气氛瞬间扫除了安诗韵的不安，她一边笑着说"不要紧"，一边眉开眼笑地与大家亲切地交谈起来。

陆依依忍不住在心里吐槽：其实YUKI才是颜值担当，舞的角色充其量就是耍宝和团宠担当。不过，这次他又不负众望地化解了众人初次见面的尴尬，一下就把气氛炒热。交流中虽然有一定的语言障碍，但YUKI偶尔充当一下翻译，双方很快就聊得热火朝天了。

想着想着，陆依依的视线不自觉地又落到YUKI身上。他蹲在轮椅前，笑嘻嘻地说着话，刘海儿下帅气的眉眼在柔和阳光的映衬下，更显得温润如玉。也许是最近工作行程太满的缘故，他幽黑的眼眸深处藏着浅浅的倦意，自上次宣传活动后，陆依依一直有些担心YUKI，很想单独问问他的近况，却没有机会。舞抱怨宣传期好辛苦，累出一身病，困成熊猫眼，只想快点儿回家倒在沙发上。他是团队里性格最率直，讲话也最口无遮拦的一个。虽然REN在旁边不停地给他使眼色，可他还是停不下来，自暴各种"丑闻"，用有限的中文生动地描绘了昨晚庆功宴时瞒着弗罗娜偷藏高热量的炸鸡腿，拿回酒店当夜宵的惊心动魄之旅。

三个人与安诗韵聊得十分投机，舞支离破碎的中文再加上丰富的肢体语言勉强够用，暂时解除了YUKI翻译的职务，于是安寂偷偷把YUKI拉到一旁的小树丛去了。

"呃……"陆依依眼睁睁看着两个人消失在视野中，有点儿情绪低落。不过，她猜到那两个人肯定有秘密要谈，不便跟上去，只好继续站在原处，偷偷用眼角余光留意着他俩。

确认其他人都没有注意他们后，安寂戒备地问："弗罗娜为什么会组织你们过来？"

"是REN提议来探病的，然后大家全票通过，趁弗罗娜心情好的时候提了出来，没想到她竟然同意了……"他微微顿了一下，随后严肃地望着安寂，"虽然你突然宣布退团后大家消沉了很久，重新录歌和排舞累得头昏脑涨，但再苦再累大家都不怨你，都理解你的决定。我们都希望伯母在最后这段时光能看到OMI依然和和睦睦的样子，而不是分崩离析、彼此仇恨。"

虽然安寂加入OMI只有短短一年，但这一年中的酸甜苦辣五名成员都像兄弟一样共同品尝过。所有的摩擦和矛盾都在分别时变得不再重要，只剩下对曾经美好时光的缅怀。他们彼此间的深厚情谊是外人很难想象的，只有他们自己最明白。

"我看过*Always*的MV（音乐短片）……"安寂突然问，"为什么SOLO表演没有给你？"

"因为我太懒了，不及未夜努力。"依旧是玩笑般的语气，带着一丝笑意和自嘲，但说话间YUKI的目光却闪烁了一下，似有什么隐瞒。

他的回答是网上流传最广的版本，骗得了不明真相的网友，却骗不了曾经的OMI成员。安寂压低声音问："与未夜斗舞的那个节目后，你有好几天都没有登台，是不是伤势加重了？"

虽然安寂把声音压低，却仍然被一直留意着他俩的陆依依听见了。她不敢扭头，怕彼此的目光碰撞后更显尴尬，于是继续竖起耳朵仔细听着。OMI的训练强度大，演唱场次多，每个成员身上或多或少都有点儿小伤，但是在关键的SOLO部分换人，那应该就不是小伤这么简单了。

"当初为了给你减负才把SOLO交给我，现在都一年了，你的腰伤还没复原吗？"

"已经好多了，不过保险起见，还是交给未夜比较安全。"YUKI依旧是很轻松的口气。

"那次斗舞让你旧伤复发了吗？"安寂继续急迫而紧张地追问。

这次YUKI没有否认，稍做停顿后轻叹一声，说出实情："是住了两天院，不过也算因祸得福吧，从那以后未夜对我的态度就变了，再也不找我的碴儿了……"

接下来两个人又说了些什么，陆依依已经听不进去了，脑海中只有一个声音不断回响："YUKI受伤了！"而且是很严重的旧伤，伤到稍微表演一下舞蹈就会住院的地步。

成员里好像只有安寂知道内情，就连未夜都是在那次斗舞后才发现YUKI平时优哉游哉的样子并非只是懒惰，而是经不起太长时间的高强度训练。

如果真是这样，未夜那天突然在舞台上抱住"宿敌"YUKI就说得通了。他那痛苦而复杂的表情，就是愧疚和自责啊。

安寂和YUKI还在埋头低语，一个高挑美丽的身影就踩着高跟鞋来到他俩身后。"现在公司非常关心他们每个人的健康，不要以为你能抓到什么把柄。"弗罗娜冰冷的话语就像一盆凉水泼下，把安寂和YUKI都冻住了。两个人尴尬地回头望着冷笑的弗罗娜，一时不敢吱声。

"我只是关心他而已。"对视三秒后，安寂勇敢地回答。

弗罗娜不再发话，只是冷冷一笑。

反倒是安寂表现得非常大度，不计较弗罗娜目中无人的态度，诚恳而不卑不亢地说："无论如何，我还是要感谢你同意大家来探病。这段时间，我妈最自责的一件事就是害我退出OMI。现在看到大家开开心心的样子，她的心里一定会好受很多……"

"不要以为我原谅她了，我只是同情她而已。"弗罗娜突然打断安寂的话，恶狠狠

第三章 来之不易的团聚

地说,"就是她害我父亲死不瞑目,我永远都不会原谅她!"

一句话把所有人都吓呆了。安寂和YUKI瞪大眼盯着咬牙切齿的弗罗娜,就连陆依依都忍不住回头望去。安诗韵和另外三名成员也感觉到气氛骤然转冷,目光齐刷刷地扫过来。

"你说什么?"一脸茫然的安寂深蹙双眉,努力维持着冷静。

弗罗娜欲言又止,回头望了安诗韵一眼,似乎是不愿抢在她之前揭穿真相,只留下一句意味深长的"你很快就会知道了"后优雅高傲地转身离去,快步消失在众人愕然的目光中。

送走OMI和弗罗娜,告别了安寂和安诗韵,陆依依终于在傍晚时分坐上了回家的长途大巴。直到这一刻,她的脑子里都还是闹哄哄的,与OMI的不期而遇是今天最大的惊喜。如果没有听到弗罗娜的那句话,YUKI对她眨眼的画面应该会在脑海中重播无数遍,回味三天都不腻,但是正因为听到了那句话,现在她的脑子里塞满问号,没有空间留给粉红气泡了。

那句冷酷得令人毛骨悚然的"永不原谅"有何含义?两家究竟有何恩怨?

为了不让自己胡思乱想,她拿出手机,习惯性地翻了翻论坛帖子,看到又有不少人在"集资招募安全技术人员"的置顶帖里跟帖,留言说已经汇出多少钱,请管理员查收。经过三个半月的时间,论坛现在已经筹集了两万多的资金,差不多够用了,是时候宣布结束集资了。

正想着,陆依依的手机突然振动了一下,屏幕中跳出一条短信,居然是银行发来的。

"尊敬的客户,您尾号为1278的账户于8月16日19点23分完成一笔转账交易,金额为5000.00,余额16050.00。"转账时间就是现在,但是坐在大巴上的陆依依根本就没有转账。不等她反应过来,又陆续收到四条转账短信,不到两分钟,余额就变成了0.00。

这是什么情况?从来没有经历过这种事的陆依依惊呆了。

难道是被媒体反复宣传的电信诈骗?但是,这和冒充法院、老板、中奖的诈骗短信完全不一样,不是一个骗人汇款的圈套,而是所有钱都被转走的通知短信。

陆依依急忙翻出钱包,看到银行卡好端端地躺在里面,终于松了一口气,因为再厉害的骗子也不可能凭空取走卡上的钱。不过保险起见,她还是用手机银行查询了一下余额。

这一查,她就像被炸弹炸飞了一样,全身都失重了,轻飘飘地浮在空中。

　　余额真的分文不剩,而且交易记录中清晰地保存着五分钟前发生的几次连续转账记录。

　　她不得不承认这个可怕的事实,钱真的被人转走了!

秘密策划的
惊喜

第四章

"这不是我自己的钱,是大家一点儿一点儿凑出来的钱……"

坐在派出所的椅子上,泪流满面的陆依依抽抽噎噎地哭着说。母亲温柔地拍着她的肩膀,小声安慰:"别哭了,好好说。"冷静的父亲替她把事情经过向警察讲了一遍,还拿出银行卡,在手机上翻出那几条转账短信,说:"卡还在身上,钱怎么就被转走了?还能追回来吗?"

桌子对面的警察一边做笔录,一边说:"这张银行卡开通了网银,可能是从网上被转走的,最近这样的案例很多。小姑娘,你仔细想想,有没有把卡号和密码告诉别人?"

哭得惨不忍睹的陆依依擤了一下鼻涕,睁着红肿的眼睛,可怜巴巴地说:"这个卡是论坛集资用的,卡号一直公布在网上,大家都知道,但是密码我从来没有告诉过别人。"

"那你近期有没有取过款?也许是取款时被偷看了。"警察问。

陆依依非常肯定地说:"没有,自从用这张卡开始集资后,我一次都没有取过款,一般只在网上查询余额。"

"那你银行卡的密码是不是最常用的密码?是不是在其他网站也用过这个密码?"

听到这个问题,陆依依一下愣住了。她的密码就是生日加学号,一般不容易被猜到,她自以为非常安全。但是,为了方便记忆,这个密码除了用在银行卡上之外,还用在网络论坛、QQ账号、电子邮箱等各种平台上。

经验丰富的警察语重心长地说:"一般银行卡和大型网站的安全工作都做得非常好,密码不容易泄露,但是用户注册小网站时总是用同样的用户名和密码登录,这就留下了隐患。当小网站的用户资料被盗后,骗子就会拿到大网站去试登,运气好就撞上了。你有没有在什么网站登记过银行卡号?"

"依依,你怎么了?"妈妈推了推陆依依的肩膀。

"依依,你说话啊。"爸爸也有点儿着急。

陆依依低着头,怔怔地盯着自己的膝盖出神。

"小姑娘,你是不是想到什么了?"警察歪头观察着陆依依奇怪的表情。

"我……"眼角挂着泪珠的陆依依有点儿喘不上气,心中忐忑不安,不敢相信那个人的名字竟在这个时候跳了出来。"我想到一个人……她知道我的密码,但是,她不可能……"

不可能是她。虽然她做过很多错事,破坏了自己对她的信任,但是她绝不可能盗钱!

"转账还要发手机验证码,但是我没有收到……"陆依依尝试寻找不是"她"的理由。

这时妈妈突然说:"依依,我之前收到短信说只要付费就可以复制别人的手机卡,这样就能看到那张卡打过哪些电话、发过什么短信了。你的手机卡是不是被人复制了?"

这句话就像一个晴天霹雳,把陆依依刚刚稳定下来的心又击散了。

银行卡一直公布在论坛上,密码是自己的生日加学号,也是"安于沉寂"论坛的后台密码,手机号就更容易得手了。同时满足这三个条件的,陆依依只能想到一个人。

曾经,这个人是她最好的朋友,与她一起管理论坛,组织活动;与她一起看演唱会,一起旅行;与她共同分享OMI的情报,一起为安寂的每一个成就呐喊和鼓掌。

但是,她还有另一个身份。她用那个身份在网上捏造关于安寂的黑料,污蔑安寂是一个暴力叛逆的不良少年,揭穿自己为了保护安诗韵而撒过的谎,还逼自己让出管理员的职位,还扮演另一个人,混进管理群把所有人都耍得团团转。

当安寂被污蔑,自己被攻击时,陆依依一丁点儿都没有怀疑过她。正因如此,当真相呈现时,自己才会心如刀割,失望至极。然而从那之后,她就彻底消失了……

她还是电脑方面的高手,也许真的可以神不知鬼不觉地把钱转走。从曾经的无条件信任,到现在的首要怀疑对象,连陆依依都惊叹于这180度的大转变。

从什么时候开始,曾经两肋插刀的朋友也渐渐地变得形同陌路?

"美嘉……"陆依依苦笑着,说出了这个名字,"她知道,我的密码……"

"你能不能联系到她?"警察立即追问。

陆依依神情恍惚地轻轻摇着头。她们早就不联系了,更重要的是,心底始终有个声音不停地叫嚷着:"不是美嘉,不可能是美嘉!"

时至今日,陆依依仍然愿意,继续相信她。

回到家后,陆依依躺在床上发了许久的呆,怎么也睡不着,忍不住打开手机。

看到陆依依上线,大家立即热情地围上来打招呼:"老大,你回到家了吗?""怎么这么晚啊?""伯母身体怎么样?""看到安寂了吗?""有没有照片?"陆依依今天探病前提前收集过礼物,所以大家都眼巴巴地盼着她的第一手情报,谁料她直到三更半夜才现身。

"我见到安寂了。虽然他很久没有登台,但是私底下攒了不少歌,肯定还会复出的。伯母的病情很稳定,心情也很好……"

"还见到了OMI。"最后这句话，几经犹豫之后，陆依依还是删掉了。毕竟现在两家公司正在打官司，关系比较敏感，还是少提OMI为妙。现在最重要的，是必须把银行账户被盗的事情告诉大家。

"对了，老大，什么时候招技术员啊？""是啊，现在钱已经凑得差不多了吧。""最近又有很多乱码用户名注册，我都删掉了。""还有半个月就开学了，到时候大家的上网时间都会减少，不能随时随地盯着论坛了，还是早点儿招聘吧，争取九月份上岗。"

真是怕什么来什么，不等陆依依鼓起勇气开口，大家就七嘴八舌地讨论起来。

"钱是够了，但是出了点儿问题，我正在处理，请大家再稍等一下。"看到大家这么积极，陆依依更加不敢开口了。至少给她一个礼拜时间，等等派出所的调查情况。

"出什么问题了？""是啊，说出来大家一起商量嘛。""老大，能发一下最新记录吗？"每隔一段时间陆依依都会在群里公布筹到的金额，所以大家都知道资金已经超过两万了。在大家的一再要求之下，她只好发了一张转账记录图，结果不发还好，一发大家的问题就更多了。

"怎么只有半截？最新的呢？""总金额到底多少了？"

以前陆依依发记录都是直接截屏，但是今天只发了半截，上面最新的几条都是资金被盗的转账记录，她不敢发出来，余额已经变成0.00，这就更不敢发了。可是，这种遮遮掩掩的做法却引起了大家的怀疑，群里越来越热闹，不少隐身的版主都跳出来说话，矛头直指陆依依。虽然大家没有明说，但是越发尖锐的言辞中，攻击性变得越来越强烈。

"太晚了，明天再说吧。"自责内疚的陆依依不怪大家，只求尽可能地拖延时间，至少等她明天再去派出所问情况后，再把这个坏消息公之于众。

匆匆下线后，陆依依还是睡不着，脑海中不停出现美嘉的身影。她的笑，她的哭，她的委屈和愧疚，全都生动地浮现在眼前，挥之不去。难道，真的再也见不到美嘉了吗？

突然，昏昏欲睡的陆依依脑海中灵光一闪，产生一个奇怪的念头："如果嫌疑人真的是美嘉，要想知道银行卡号，必须登录论坛！"

想到这里，陆依依一个翻身坐起来，直接用手机登录论坛后台，查找美嘉的账号。结果令她震惊的是，美嘉一个礼拜前才刚登录过。不仅如此，在美嘉宣布退圈的这半年中，她的登录次数不亚于活跃用户，只不过除了登录记录之外，没有留下其他任何痕迹罢了。

如果发论坛私信，也许她能收到。可是，该怎么问呢？美嘉，你偷了论坛的钱吗？

第四章
秘密策划的惊喜

半年没有联系,一联系就问这种话?毕竟两个人曾是亲密无间的好朋友,陆依依实在开不了口。

问,没有勇气;不问,始终放不下。这可如何是好?

第二天一大早,陆依依就在妈妈的陪同下,一起来到派出所。昨晚报案时已经很晚了,派出所里只有几名值班的警察,今天早上专门负责电信诈骗案的警察已经上班了。

经过一夜的冷静之后,恢复叙事条理的陆依依又把案情详细讲述了一遍。不过,通过一番查询和分析后,这名专员告诉她,这个案子线索很少,不好追查下去,而且就算查到,钱财一般都被挥霍光了。最后,专员让她们回去等消息,一有进展就及时通知她们。

陆依依最后的希望也破灭了,悲痛地接受了这个事实。早就有所觉悟的她没有再以泪洗面,而是带着凝重的表情回到家中,坐在电脑前。如果无法把钱追回来,就只能独自承担责任。抱着这样的想法,她在深深的自省和悔恨中,忍着眼泪敲下了一篇千字公告。

公告中,她详细讲述了事情经过,还上传了昨晚管理群吵着要看的最新转账记录和余额为0.00的截图,也向大家汇报了最新进展,说公安局已经立案侦查,只不过破案时间遥遥无期。她没有逃避责任,而是郑重道歉并承诺:"我可以归还大家的捐款。"

公告一发,全网哗然,不到半天回复就破百了,而且其他OMI和安寂的相关网站都有人开帖讨论。很多人安慰陆依依,说既然是捐款,捐出去就算了,没必要退款;也有人认为,捐款是为了聘请技术员,现在聘不到当然要退;更有甚者,披着马甲上阵,污蔑陆依依私吞。

整整一天,陆依依的手指就没歇过,不停打字回复网友。对鼓励的人以感谢,对怀疑的人以解释,对谩骂的人以谅解,忙得头晕眼花,双臂酸痛,却依然保持着最诚恳的态度。这是她从安寂身上学到的,每当觉得太累想逃的时候,总会想起面对过更凶猛舆论风暴的安寂。

如果自己连这一关都熬不过去,以后还有什么资格在他失意时,安慰他"要坚持"呢?

就在夜深人静、日期即将更迭的最后几分钟,放在桌边的手机突然响了一下。屏幕上跳出一条陌生人发来的短信:"我可以负责维护论坛,免费为你做三年。"

什么?陆依依足足愣了三秒钟,才看懂这条短信的意思——有人愿意义务当技术员。

你是谁？本能地写出这句回复，却在发送前犹豫了。很奇妙的是，没有任何理由，陆依依居然有种非常强烈的预感。通过那条言简意赅得就像发电报一样的短信，她仿佛看到此时此刻，月光下远方的某个房间中，像她一样盯着手机的某个人熟悉的神态。

她没有发短信，而是直接拨通了那个陌生的号码。

铃声响了三声，不长不短的等待后，电话接通了，但是对面却没有声音。

只能陆依依先开口。她鼓起勇气，深吸一口气，问："你是不是美嘉？"明明以为自己已经做好心理准备，可是这短短六个字出口的瞬间，嗓音却变得哽咽，眼眶变得通红。

对面依旧沉默着，而沉默就是回答。就在陆依依想要再问一遍时，突然听到一句亲切而熟悉，平静而从容的答复："我是。"

淡淡的口气中蕴藏着惊涛骇浪，只属于真正勇敢的人。

然后就再也没有声音了。睁着眼睛，任由泪水大滴大滴落下的陆依依盯着墙壁说不出话，不知道是惊讶还是幸福，夹杂着激动和感激，甚至还有令心脏阵阵绞痛的深切罪恶感。这是真正的百味杂陈，甜蜜和苦涩交加，欣喜和悔恨相融，复杂得无法形容。

"美嘉，对不起……我不该怀疑你……"陆依依用颤抖的双手握紧手机，弯腰把额头放在桌面上，用力从眼眶中挤出的泪水"滴滴答答"地砸向膝盖，就像盛夏来势汹汹的雷雨。

幸好没有发论坛短信，幸好没有问"是不是你偷的钱"，幸好直觉是正确的，信任是值得的。美嘉不仅不是嫌疑人，还在自己最慌乱无助的时候，再一次挺身而出，就像从前很多很多次一样。她依旧如此可靠，是自己在绝境中的救命稻草。

"你怎么了，依依？"听见陆依依激动的抽噎，美嘉显得有点儿惊慌失措。也许，她在发出那条短信前，曾幻想过陆依依的各种反应，但她怎么也想不到，居然是泣不成声的痛哭。

"我就知道不是你……我怎么能怀疑你？是我不好，我错了……"陆依依非常痛恨怀疑美嘉偷钱的自己。虽然美嘉犯过很多错，连她自己都知道无法狡辩，只能以退圈做个了断，但是法律都判不了她死刑，自己凭什么不给她改过自新的机会？

她的确因为独占欲而黑过安寂，但是看到流言扩散后马上就后悔了，拉着陆依依一起到处澄清。她也的确因为嫉妒而揭穿陆依依的谎言，但在陆依依宣布退出管理层时试图挽留。她是一个复杂的矛盾体，在对对错错带来的苦涩泪水中学习成长。就算她再错，也不会错到盗号偷钱；再错，也不会狠心毁灭和陆依依共同建立起来的论坛，因为这是她们的青春和心血。

第四章 秘密策划的惊喜

"依依，我知道你一定没有原谅我。其实这半年我一直在反省，连我自己都无法原谅自己。后来我终于想通了，如果只是畏惧和逃避，我将永远活在内疚中，只有尽量地弥补过错，才能让我真正走出来，但我一直没有勇气找你，直到今天看到公告……"

"我早就原谅你了。"陆依依擦干眼泪，笑了起来。笑她傻，笑她胆小。

"我还能回来吗？"语气越平静，越能听出其中的忐忑。

这算是因祸得福吗？两万元的损失和美嘉的回归相比，简直微不足道。虽然美嘉消失了很久，但是她依然关心着论坛和安寂，时不时就会回来看看。原来她一直都在自己身边，只不过粗心的自己从来没有发觉而已。

"随时都可以。"

说出这句话的同时，陆依依在心底发誓：无论美嘉以前做过什么，从今以后，自己都绝对不会再怀疑她。

第二天，陆依依马上把美嘉加进管理群。美嘉已经换了QQ号，无论是名字还是头像都看不出一点儿老号的影子。陆依依为了她着想，故意把她当成陌生人介绍给大家。

"这是昨天看到公告后，愿意免费当技术员的新人，大家要多多关照哦。"

听说有新人加入，几个喜欢凑热闹的活跃分子立刻跳出来，发了一堆安寂的表情图热烈欢迎，眨眼工夫就刷了二三十条回复，大家都嚷着"新人快点儿出来躺平任调戏"，不过美嘉一直没有出声，大概正在酝酿什么吧。

陆依依没有多想，与大家闲聊着，结果美嘉却不动声色地把群名片改成了"美嘉"，还顶着这个名字，光明磊落地说："我已经不是新人了，我就是以前的副管理员美嘉。"

时间已经过去半年，再加上前不久安寂惊世骇俗的退团事件，如今管理群里有一半都是新加入的粉丝，不过她们大都听过美嘉的大名和当初震惊粉丝圈的"精分造谣事件"。

刚才还热闹的管理群瞬间鸦雀无声，连陆依依都为美嘉捏了一把汗，私聊美嘉问："美嘉，你怎么了？可以不说的，反正没人知道。"她为什么要放弃这个重新开始的机会？

"我以前做过的错事，你们应该都知道。当初我因为胆小而选择了逃避，以为躲在没人认识我的地方，就可以忘掉那些不好的事情，但是后来我发现，那只会让我更讨厌自己。现在，既然我回来了，我就不会再逃避。当初我欠大家一个道歉，从今天起我会用行动来补偿。希望大家可以原谅我，接纳我，因为只有得到你们的谅解，我才有理由

原谅自己。"

普通的字体，普通的字号，但在无人发言的管理群中突然弹出，依旧显得举足轻重。

群里依旧没人接话，好像所有人都等待着陆依依的反应。

"美嘉，你真勇敢，你能做到这一步，我们有理由相信你真的悔悟了。"

果然，当陆依依发出这句话后，其他人都跟着开始回复。"欢迎副管回归。""副管回归要发糖。""以后就没人敢黑我们论坛啦。"

看到群里再次变得热闹起来，大家都接纳了美嘉，陆依依露出欣慰的笑容。这时，陆依依的电脑屏幕右下方跳出美嘉对刚才私敲的回复："一旦用陌生的身份进入管理群，我的所作所为和当初精分出来的'艾薇'有什么区别呢？我必须以美嘉的身份回归，因为这是我认错的第一步。"

陆依依在心中默默地为美嘉鼓掌，盯着她的对话框傻傻地笑了很久。虽然这段时间发生了很多不愉快的事，但是美嘉的回归足以令她相信，一切都会渐渐好起来。

后来陆依依才知道，原来成绩优异的美嘉已经被英国的一所大学录取，所以不用参加高考，有足够的时间来管理论坛。一想到自己马上要为高考没日没夜地奋斗，而美嘉却可以逍遥自在地一边巩固英文，一边优哉游哉地为留学做准备，就忍不住痛恨老天不公平。不过，正因如此，陆依依才可以没有后顾之忧地专心备考，放心大胆地把论坛交给美嘉管理。

虽然美嘉是以技术员的身份进入管理群的，但她的付出远远超过了本职工作。她不仅恢复了论坛被攻击时丢掉的数据，还加强了对账号安全的管理，增加异地登录提醒，防止会员被盗号，新会员注册时增加了验证问题。据说还修改了程序的高危漏洞，增加了防入侵功能，不过这些专业的东西陆依依压根儿听不懂，也不用听懂，只要一心一意地相信美嘉就行了。

盛世营销策划公司的办公室里，王盛世跷着二郎腿正在打电话："安总，节目什么时候启动？现在万事俱备，只欠你最后点头了。"

"现在还不是时候，再等等吧。"电话对面传来安逸凡淡淡的回应。

"现在马上开工，正好可以赶上明年寒假档播出，再拖下去就到暑假档了。"王盛世语气急促，显得有些着急，恨不得马上开工。做事雷厉风行、从不拖拉是他的一贯风格。

"再等等吧……"安逸凡依旧是这句话，只不过多了一声叹息。

王盛世一下就听出了其中的隐情，不再催促，只是拐弯抹角地劝说："安总，现在偶像升温快，降温更快。如果安寂一直没有动静，粉丝们很快就会移情别恋，所以这次的节目宜早不宜迟，拖得越久越不利啊……"

"话是这样不错，但是如果我在这种时候还逼他工作，就和S TOWN没两样了。增加曝光度对提高人气固然有用，但保持一定的神秘性，同样可以吸引粉丝关注，所以不必太急功近利。我倒希望他可以利用这段时间好好休息，提升自己，再次登上舞台时更能一鸣惊人。"

"唉，既然安总这么说，我也只能从命了。不过，说实话，他母亲身患绝症是一个多好的宣传点啊，你怎么就不同意我派人拍一部纪录片呢？这个播出以后，他肯定名利双收，身价暴增，之前种种骂名全都会被孝子的形象覆盖，比策划音乐节目简单省事多了。"

"利用观众的同情心来炒作，虽然可以赢得一时关注，但是最终决定他能在娱乐圈走多远的，说到底还是实力。如果一辈子都靠卖惨卖穷来赚人气，那和路边装残疾的乞丐有何区别？你喜欢赚钱，这点我不反对，但不是所有东西都必须和金钱挂钩才有意义。太方便的事情做起来容易上瘾，上瘾后就会懈怠，失去斗志。他最应该被认可的，必须是他的实力，而不是多么复杂而悲惨的家庭背景。"

这些话仿佛一记巴掌狠狠地打在王盛世的脸上，令王盛世好半天没有接上话。隔了好久，他才言不由衷地应了一声："安总说得对，是我思虑短浅，没有考虑周到……"

当初，王盛世最早提出的宣传企划就是拍摄一部既青春又催泪的纪录片，效果好投资少，短短两三个月就能完工。有梦想，有亲情，有颜值，有话题，有关注度，具备一切绝对走红的元素，但没想到这个他信心满满的企划却被安逸凡一口否决了。

安逸凡不希望他在安诗韵的绝症上大做文章，而希望他把重点放在安寂真正的实力上。他建议王盛世策划一个歌唱类综艺节目，让观众在节目中不带任何偏见地认可安寂的唱功，把安寂推向实力派歌手的地位。

不久之后，王盛世就拿出了第二套方案，按照安逸凡的要求策划出《全能歌王》节目。这个节目最大的特色就是登场歌手都是专业歌手，有的是已经出道却没有大红大紫的歌坛新秀，有的是退隐多年的歌王歌后，还有从各个选秀节目中脱颖而出的话题新人。他们在前期节目中都将以蒙面造型登台演唱，仅凭歌声征服观众，证明自己的"歌手"身份。

这次安逸凡终于点头了，但是启动时间却迟迟未定，王盛世担心有变故，所以催得比较急。不过，今天从安逸凡的口风中可以探听出，他只是在等待安寂陪伴母亲度过最

后一个夏天,王盛世终于放心了,又开始谈具体细节。

"安总,如果到时候有OMI成员与安寂同台飙歌,一定会非常有看点。"

"他们都是组合表演,很少单人演唱,而且一般都是唱跳的形式。单纯地唱歌,而且是蒙面演唱,对他们来说没有任何优势。弗罗娜又不是傻子,她是不会同意的。"

"正因为大多数人对组合都有这种印象,所以这个节目就是他们证明自己的机会。我听说未夜以前在另一家公司是被培养当歌手的练习生,我们可以试着邀请他。虽然不能直接买通投票观众或者篡改结果,但是只要在出场顺序、歌曲选择、评委发言上动动脑筋,依然能在一定程度上操控歌手的排名,所以你不用担心结果。况且单凭实力来说,安寂也是不会输的。"

"但是,这样是不是对未夜有点儿不公平?"安逸凡有些犹豫,他不喜欢这些暗箱操作和潜规则,也不希望《全能歌手》最后变成一个阴谋,只希望为安寂提供一个证明自己实力的公正舞台。

这时,王盛世冷笑一声,神秘兮兮地问:"安总,你不会还不知道吧?"

听他话中有话,安逸凡一下愣住了。

"我已经打听清楚了。当初泄露YUKI行踪,让粉丝追车,伪造退团音频,闹得一片乌烟瘴气的幕后元凶不是别人,就是未夜。他隐藏得这么深,大概S TOWN到现在还被蒙在鼓里吧?既然他先无情,就别怪我们无义,拉他来给安寂铺路,只是替天行道而已。"

"谁给你的消息?"安逸凡非常震惊,下意识地抬高音调。YUKI那天的行踪只有安家和S TOWN知道,问心无愧的他早就怀疑是S TOWN的人泄密,但万万没想到是未夜。

"我自然有我的门路,安总就别打听了。"王盛世越笑越得意,"你再仔细考虑一下吧。"

时间来到八月底,还有一个礼拜就要开学了,网上到处都能看到各种关于开学的消息,宠物号发的是"这只拉不动的秋田犬就是不想上学的我",网店发的是"开学美搭,教你怎么撩学长",还有段子手的"快来看看别人的寝室和食堂"……

早就写好作业,做好下学期预习的陆依依本想轻轻松松过完暑假最后几天,却被迫提前进入开学的气氛中。对她来说,这次开学意义重大,因为开学典礼结束后,她就正式进入高三了。这是青春时代最浓墨重彩的一笔,最恐怖也最值得回味。据说可以改变人生,意义非凡;据说有苦有泪,有笑有痛;扛住压力战斗到最后,才好给十多年寒

第四章
秘密策划的惊喜

窗苦读一个交代。

　　高一的时候觉得高三很远，高二的时候觉得高三太近，但是自己真正站在了高三的门槛上，反倒没有感觉了。陆依依早就和美嘉约好，开学后就把论坛的大部分事务移交给她管理，自己一心一意地复习备考。学校发了不少参考书，再加上自己买的，差不多占满课余时间了。

　　不过，在正式进入高三之前，陆依依还有一个心愿没有完成。

　　准确地说，应该是安诗韵的心愿。

　　开学后，哪怕是周末也没有机会去探病了，所以她在暑假的最后一个礼拜，坐上开往安诗韵所在医院的汽车，带着一大包"装备"去做一件事。

　　这件事她一个人做不到，于是约上了美嘉。

　　"美嘉，你在哪里？"长途汽车站，刚下车的陆依依一边打电话，一边东张西望，在周围人群中搜索美嘉的身影。

　　上个礼拜的一场大雨过后，气温骤降十摄氏度，从烈日炎炎变成了秋高气爽。平时穿着连衣裙睡衣，躲在空调房里不想出门的陆依依，终于结束两个月的"夏眠"，开始出门活动了。她戴着一顶白色的遮阳帽，肩上挎着一个胀鼓鼓的旅行包，脚边还放着一个拉杆箱，看上去就像去学校报到的大一新生一样。

　　大城市的大学多，所以她一下车就有不少学长主动上来，笑眯眯地亲切询问："学妹，你是不是××大学的学生啊？在这边报名。"惊慌失措的陆依依一边摆手说"不是，我明年才考大学呢"，一边急急忙忙地向安静的地方躲去。她刚要问美嘉在哪里，突然听到身后传来一声熟悉的低唤："依依！"陆依依回头一看，果然是握着手机，正笑盈盈望着自己的美嘉。

　　美嘉穿着薄款白色绣花针织毛衣和黄褐色短裙，一身装扮已经提前进入了秋季。不变的依旧是硕大的方框眼镜和乖乖的齐刘海儿，散发出浓郁的文学少女气质，还是那么伶俐可爱。她从另一个城市出发，早在半个小时前就已经到站了，一直在等陆依依。

　　陆依依本来以为自己的装备已经够多了，但是看到美嘉后才惊觉"人外有人，天外有天"。如果说她的行李只是普通大学新生报到的级别，那美嘉的行李绝对算得上是留学生级别，而且是要在国外住两三年，锅碗瓢盆电饭煲全部自备的那种。

　　看到美嘉拖着那个只比电冰箱略小一圈的超大款拉杆箱，费力地向自己靠近，体贴的陆依依急忙走上前去迎接，第一句话就问："美嘉，这里面装的什么呢？"

　　"音箱。"美嘉气喘吁吁地说。

　　"不是说医院活动室本来就有吗？"

美嘉得意地拍了拍拉杆箱，说："那个怎么能跟我的比？我这可是租的专门演出用的音箱！已经是最小的了，大的要用车运呢，我根本拖不过来。啊！对了，我还租了话筒。"

陆依依大吃一惊，急忙问："贵不贵？我出一半钱吧。"

"托朋友找熟人租的，一点儿都不贵。"美嘉调皮地朝陆依依挤挤眼，好像占到什么大便宜似的，不过不知道说的是真是假。

因为银行卡资金被盗，有小部分会员要求陆依依赔钱，虽然数额不大，但是她的压岁钱已经基本上见底了，最近手里紧巴巴的。善解人意的美嘉之所以没有提前说要租音箱和话筒，大概就是不想给陆依依造成经济负担吧。

"这里面是什么？"陆依依低头望着美嘉手里的编织袋。

"没用完的荧光棒，以前论坛做的条幅，还有一些海报和宣传画什么的。"

"我们就两个人……不对，加上安阿姨，一共三个人，用得着这么多东西吗？"

"当然用得着！"美嘉推了推眼镜，煞有介事地说，"毕竟是亚洲巨星的首场个人演唱会，就算观众少也不能太寒碜啊。我还带了一台DV（录像机），如果安寂不反对的话，我想把整场演出都录下来，留作纪念。他不想发到网上也行，我就自己收藏着。"

"嘻嘻，我也带了。"陆依依拍了拍自己的旅行包。她患有和美嘉同样的迷妹仓鼠病，就像喜欢囤积食物的仓鼠一样，收藏安寂的各种音频、视频和图片（这些都是她们的精神食粮），现在陆依依的硬盘都快装满了，正在考虑买个移动硬盘呢。

"以前都是安阿姨为安寂记录，以后就是我们了。"陆依依笑了笑，突然想起第一次去安寂家做客时，安诗韵拿出的那本相册。相册中记录了安寂的成长，从三岁的第一次登台，到小学和中学时代的每一场演出。她是安寂的妈妈，也是爱安寂爱得最深、最长久的第一个粉丝。

渴望记录安寂每一次成长的心情，陆依依和安诗韵都是一样的。不过，她可以想象到当安寂看到她拿出DV时，肯定会扁着嘴皱起眉头说"你们怎么什么都拍啊，有什么好拍的，以后全都是黑历史"的那副傲娇模样。想必当初安诗韵为小时候的他拍下额头上一点印度红的"玉兔公主"照片时，他的内心独白也是如此吧。

"我们打车去医院吧。"美嘉说。拖着那台"电冰箱"坐公交车是不可能的。

"嗯，坐出租要去那边。"陆依依刚要带路，手机突然响了起来。

来电人是安寂。其实一路上陆依依都在向安寂报告自己的行踪，所以接到他打来的电话并不意外。只听电话那头的安寂开门见山地问："你到了吗？"

"刚下大巴，我们马上打车过去。"陆依依边说边拉美嘉向打车点走去。

第四章 秘密策划的惊喜

结果耳边传来安寂颇有霸道总裁风的两个字："回头。"

"咦？"陆依依吓了一跳，呆呆地回头望去。身后是停满私家车的小公路，还有一些没有进站的出租车零零星星地散落其中，没有什么特别的地方啊。

正在她纳闷回头干什么的时候，突然发现一辆出租车的车门打开了。开门之前，那辆车普通无奇，但开门之后，从里面走出的人，瞬间吸引了她的目光，立即成了车站熙熙攘攘的人群中的焦点。

他纤瘦高挑的身材比车身高出很长一截，穿着清爽的黑白条纹T恤和宽松的牛仔裤。这些简单的衣物穿在他身上就像挂在衣架上似的，呈现出比网店照片还养眼的最佳状态。帽檐深深压住眉毛的鸭舌帽下，暖橙色的头发在午后明媚的阳光下闪闪发光。隔着挡住半张脸的巨大墨镜，那双喜怒哀乐都带电的眼眸与陆依依四目相对。

他显然已经看到陆依依了，没有高喊，只是抬起手，轻轻挥了一下。

"安寂？"一眼就认出他的陆依依和美嘉都惊呆了，毕竟这种级别的帅哥不是随便能遇见的。虽然他知道两个人今天要来探病，但没说会来接车，他的闪亮登场真是一个大惊喜。

陆依依和美嘉急忙拖着大包小包向他快步跑去，可是行李太笨重，两个女孩子拖起来太费劲。见状，安寂迈开大长腿，一阵风似的向两个人走来。

他不动还好，一动就像自带聚光灯似的，把周围路人的目光全都吸引过去。要知道，现在正是大学生报到的日子，车站外的小广场上挤满了大学生和准大学生，这个年纪的女生中十个里面有九个都能尖叫着把OMI认出来，而男生就算不追星，经常上网的也都认识安寂这个最近名声响当当的"网黑"。他这样堂而皇之地横穿过来，身份一下子就曝光了。

完了完了，陆依依在心里不停说"别过来，别过来"，但安寂还是越走越近。

"给我吧。"他接过陆依依和美嘉沉重的旅行包，潇洒地甩到自己的肩膀上，没有多做停留，立即转身向出租车走去。前后最多30秒时间，但还是被人认出来了。

"你好，请问你是安寂吗……"两个学生妹模样的粉丝小心翼翼地凑过来询问。

"我不是。"安寂头也不回，推着陆依依和美嘉的肩膀继续向前走。他走得飞快，陆依依和美嘉必须小跑着才能跟上。他把两个人塞进车后果断地关上门，自己打开后备厢放行李。

不死心的粉丝一路追着他，这时已经不是两个，而是十几个了，而且广场上不断有人闻讯赶来，包围圈以肉眼可以看得到的速度迅速扩大。她们每个人都举着手机，把摄像头对准他英俊而冷淡的脸。有人兴奋得尖叫，还有人拿着小本子求签名。如果再多

停留三分钟,整条公路都会被围观粉丝堵死,导致出租车无法行驶,所以他必须尽快离开,但美嘉那台"小冰箱"太占地方,怎么都塞不进后备厢,浪费了不少时间。

"你长得好像安寂啊,说话的声音也像。"粉丝盯着安寂墨镜下的眼睛,激动地说。

"很多人这么说。"微微流汗的安寂一边奋力塞箱子,一边低声回答。

"可以跟你合影吗?"

"我又不是他,你跟我合影有什么用?"

"你真人比电视上帅多了。"

"……"

车厢中的陆依依心想,此刻安寂的内心一定是崩溃的,因为不管他怎么否定,粉丝认定他就是安寂了。也难怪,他声音的辨识度很高,熟悉他的人一听就听出来了。而且就算他戴着帽子和墨镜,也根本挡不住他的明星气质,所以他的否认显得毫无说服力。

最后,就像熊猫上街似的,在众人围观下终于放好行李的安寂拨开人群,费了九牛二虎之力挤上车,一秒钟都等不下去了,急促地说:"师傅,赶快开车。"(顺带一提,由于行李太多了,后备厢的门无法关闭,美嘉的"小冰箱"有一半都悬在外面。)

出租车一路鸣笛,好不容易驶出人群,来到大路上。陆依依松了一口气,心想总算甩掉粉丝了,谁料司机却不停偷瞄副驾驶位上的安寂,最后终于忍不住说:"啧啧,小帅哥,你一上车我就觉得你气质不凡,好像在电视上见过。我女儿很喜欢你,给我签个名好吗?"

心力交瘁的安寂只能继续进行苍白的辩驳:"我真的不是,你们认错人了……"

安寂一直否认身份,不承认自己是明星。陆依依和美嘉生怕泄露他的身份,一路上都不敢说话,直到下车后,陆依依才忍不住问:"他们早就看出来了,你为什么不承认呢?"

在陆依依的记忆里,安寂可不是这么畏头畏尾的人,没想到安寂的理由却是:"我可不想在这个时候又转院。"之前安诗韵在老家住院时,就是因为被粉丝查出地址,追到医院来,才不得不转到现在这家医院。安寂担心新地址暴露后,又有粉丝成群结队地组团来探病,扰乱医院秩序不说,还会打扰安诗韵休养,所以他只能嘴硬到底,死都不承认自己的身份。

"既然如此,你就不要冒着这么大的风险出来嘛。"陆依依叹气。

"怕你们东西太多,拿不动。"事实证明,安寂的担心不是多余的。他指了指大包小包的行李，苦笑着说："结果比我想象中还夸张，如果我不来帮忙，你们怎么到得了医院？"

这话倒是不错，必须感谢他的一番好意。

"美嘉租了专业的音箱和话筒呢。"听到这话肯定就不抱怨了吧。陆依依一番好意，希望能缓和一下安寂和美嘉之间的尴尬气氛。他俩曾经是小学同学，可是美嘉转学后，安寂就渐渐把她淡忘了。而美嘉却对他念念不忘，甚至亲口表白过，做过的所有错事都是因为太在乎他。

安寂淡淡地说了声："谢谢。"这是他今天对美嘉说的第一句话。

"对不起……"美嘉低着头，羞愧地说，"我当初不是故意污蔑你，只是……不知道为什么，稀里糊涂就发了那些抹黑你的话……没想到后来会造成那么大的影响……"

虽然事情已经过去很久，但美嘉从未亲口道歉。逃避和退缩没有让她得到想要的平静，反倒令她的内心备受煎熬，所以这次她鼓起勇气来见安寂，也是为了能当面向他道歉。

"没关系，反正你也不是黑得最狠的。"安寂不以为意地答道。潜台词仿佛是：我已经见过大世面了，你那些只是小菜一碟，完全对我坚强的内心不构成任何伤害。

这孩子真不会说话，完全没有安慰到美嘉啊！陆依依忍住想猛拍他后脑勺儿一巴掌的冲动。不过从另一方面来看，他的确早就原谅美嘉了，因为从一开始就没放在心上，是美嘉自己想得太严重了。

安寂接着说："而且后来你不是为我澄清了吗？听说你们两个就是那时认识的。"

"是啊是啊，很多澄清帖都是美嘉写的，我只是帮忙转发而已。"陆依依抢着说。

"你黑我什么都无所谓，但是依依拿你当最好的朋友，你却发了一个扒皮帖算什么？"他不在意自己的流言，却不忍心看陆依依受一点儿委屈。那个扒皮帖发布后，安琪儿把链接发来时，他正好就在陆依依身旁，看到了陆依依当时难过的眼神，比看到网上黑他的流言更令他心痛。

"对不起……"缩紧肩膀，显得无比卑微的美嘉小声地道着歉。不怪安寂嘴毒，因为她来不是为了被原谅，而是为了被谴责，这样才能让她彻底反省。

"没关系，都过去了。"陆依依急忙搂住美嘉的肩膀安慰，并火速转移话题，"我们来商量一下晚上的安排吧。"

陆依依忘不掉那天安诗韵哭着说"最大的遗憾就是看不到安寂演唱会"时，那令人心如刀绞的可怜泪颜。那时，陆依依就暗下决心：一定要满足她的这个愿望。经过半个月的策划和准备，今晚，她就要和美嘉一起，在医院为安寂开一场令安诗韵终生难忘

的演唱会。

事先，陆依依已经与医院取得联系，借到了可以举办小型联欢会的活动室。她和美嘉赶到的时候，不少住院病人都聚集在这里打扑克和麻将，这里俨然已经变成了一个棋牌室。不过好在医院禁烟禁酒，在这里闻不到普通棋牌室里呛鼻的烟酒味。

"小姑娘，你们要干什么？"看到陆依依和美嘉大包小包地出现在门口，身穿患者服的大爷大妈们都投来好奇的目光。这时，负责带路的护士长宣布了今晚将举办一场演唱会的好消息，本以为大爷大妈会抱怨活动占用了他们的棋牌室，没想到回应他们的是一片热情的欢呼鼓掌声。

"太好了，今晚可以热闹一下了。"

"就是202号房的那个小帅哥吧？"

"你们怎么不早说？我要把昨天刚出院的张大妈叫回来，她可喜欢那个小伙子了。"

"来来来，我们也来帮忙。"

头发花白的大爷大妈们放下手中的扑克和麻将，纷纷起身帮忙。无法拒绝他们好意的陆依依和美嘉连声道谢。他们之所以乐意帮忙，想必是安寂和安诗韵在这里的人缘好吧。

"看来我把所有荧光棒都带来是正确的决定。"美嘉笑着在陆依依耳边小声说。

陆依依悄悄竖起大拇指，十分赞许地点了点头。还以为今晚的演唱会只有三名观众呢，实在是太低估安寂的吸粉能力了。这段时间他经常出入医院，早就积累了一堆大妈粉啦。

在大家的共同努力下，不到两个小时，活动室就摇身一变，成为一个绚烂华丽的舞台。小黑板上挂着巨型彩色条幅，上面印着"恭喜安寂首场演唱会举办"和安寂的美照，这也是美嘉瞒着陆依依做的。四面墙壁贴满五颜六色的海报，门口还支起一个印着安寂等身大照片的X展架。不少大爷大妈一边帮忙，还一边兴奋地拿着手机跟"安寂"合影呢。

五十多张椅子整整齐齐地摆成五行，每张椅子上面都放着两根荧光棒、一个印着安寂Q版同人图的小扇子和三张随机小卡片，这些都是以前论坛应援时制作的小周边。另外，医院还特别赞助了矿泉水，同样是每个座位一瓶。

望着焕然一新的活动室，累得腰酸背痛的陆依依和美嘉擦去额头的汗水，开心地相视一笑。整个会场像模像样的，不敢说真有演唱会那么宏伟大气，但至少可以算是一个颇具规模的联欢会。

第四章
秘密策划的惊喜

"今晚七点半活动室有演唱会，大家都来看啊！"

"谁表演啊？哦，就是那个小帅哥啊。"

"还有两个漂亮的女娃娃，有时间的都来给捧个场！"

"好好好，我一定去。"

好消息不胫而走，迅速传遍整个医院，吓得安寂一直把安诗韵藏在病房里，不敢让任何人进来，还把电视机音量调得很大，生怕她听见大家在走廊上的讨论。

看到安寂神神秘秘的样子，安诗韵更加疑惑了，最后解释不清的安寂只好借口上厕所逃出来，直奔活动室，找到正在绘声绘色、声情并茂地给大爷大妈们普及安寂辉煌明星史的陆依依。

"你们怎么搞出这么大动静啊？整个医院都沸腾了，不是说好了要秘密行动吗？"

"哎哟。"陆依依甩开安寂的手，无奈地耸耸肩说，"不是我们动静大，是大家太热情了，不少护士医生都说要来看呢。"

"我没想当着这么多人的面演出啊……"

"你可是职业歌手，这有什么不好意思的？"

"我……"其实就是不好意思，被陆依依一语道破，安寂哽得说不出话了。

"小帅哥，期待你今晚的表现。""原来你是大明星啊。""我女儿可喜欢你了，买了好多你的书啦碟啦，那些小徽章什么的。""你有没有女朋友啊？大妈给你介绍一个吧。"

不等安寂把话说完，战斗力爆表的大妈们就已经热情地包围过来，用丰满而壮硕的身体把瘦高的安寂挤在中间。她们你一言我一语，这个要签名那个要合照，害得安寂无法脱身。

看到安寂被拉得东倒西歪的窘迫样子，高高兴兴看热闹的陆依依忍不住偷笑。看来除了"恋母狂魔"之外，还要再多给他一个外号，叫作"师奶杀手"。这样想着，陆依依不禁为自己的聪明机智点赞。

Love

痛不欲生的
分离

第五章

晚上六点半,天色有些昏暗,病房里亮起灯光。安寂照常去食堂为安诗韵打饭,但回来的时候不仅带着装满菜肴的饭盒,还带来了两位意外的访客——陆依依和美嘉。

"安阿姨好——"

看到整齐一致弯腰问候的两个人,坐在床上的安诗韵惊讶得半天没有回过神来。

"难怪你今天神神秘秘的,原来她们要来啊。"安诗韵伴怒地看了安寂一眼。

安寂面带怪笑,低头不语。陆依依读懂了他的内心台词:今晚的惊喜可不止这个。

"你是……"安诗韵的目光落到美嘉身上。相较于陆依依,她对美嘉有些陌生。

"阿姨,你好,我是美嘉,我们之前在OMI的见面会上见过一次,当时大家还以为你是依依的妈妈呢。"优等生长相的美嘉乖巧地回答。也许是因为正在准备出国留学的关系,而且没有高考压力,她比以前时髦了一点儿,一头漆黑的秀发烫得柔顺如丝,就像广告模特似的。

"哦,原来是你啊。"安诗韵一听就想起来了,道,"难怪我觉得眼熟呢。"

"妈,你再仔细看看。"安寂神秘兮兮地说,还给了个提示,"她是我的小学同学。"

又是大吃一惊的安诗韵皱起眉头,仔细把美嘉打量了一遍,不一会儿就扬高声音问:"你是……诗琪吧?真是变样了,女大十八变,越变越好看。"

"安阿姨,你居然还记得我?"而且连名字都记得,本名李诗琪的美嘉惊呆了。

安诗韵笑了起来,陷入回忆:"记得,小时候你的成绩很好,所有家长都知道。"

一旁的陆依依抓住机会补充道:"现在成绩也特别好,已经考上了伦敦的大学,连高考都不用参加了呢。"这点可把她这个准高三生羡慕得牙痒痒。

就这样,大家围坐在病床边,一边聊着他们小学时的趣事,一边等安诗韵把饭吃完。天色越来越暗,病房外的小花园里亮起了柔和的路灯。园中开满金色花簇的桂花树既送来浓郁的芬芳,又用茂密的枝叶挡住了远处高楼闪烁的霓虹灯光,让病房变成一个幽静而美好的空间。

距离七点半演唱会开演只剩下五分钟时,安寂对正和安诗韵聊得起劲的陆依依和美嘉使了个眼色。接收到这个眼波信号的陆依依立即停下话荐,咳嗽两声,一本正经地说:"安阿姨,其实我们今天来还有一个重要的使命,就是要送给你一个礼物。"说着拿出一条彩色的宽丝带。

"这是什么?"安诗韵还以为这条丝带就是礼物呢。

安寂说:"妈,你要先把眼睛蒙上。"然后熟练地将她抱上轮椅,替她蒙上眼睛。

"什么礼物啊?这么神秘……"安诗韵问归问,但脸上却笑得合不拢嘴。

接下来,安寂推着轮椅,在陆依依和美嘉两名主策划的陪同下,乘电梯来到活动室

第五章 痛不欲生的分离

所在的顶楼。电梯门一开,迎面而来的就是一阵"哇哇哇"的欢呼声和雷鸣般的掌声,不仅是安诗韵,就连陆依依都吓得目瞪口呆,站在电梯里不敢走了。

"怎么了?"听见动静的安诗韵惊慌地问。

"妈,这就是大家送给你的惊喜。"说着,安寂解开丝带。

安诗韵缓缓睁开眼睛,出现在她眼前的是挤满整条走廊的密集人群。有患者,有家属,还有医生和护士,所有人都望着她,微笑着轻轻鼓掌。走廊两边的墙壁上悬挂着缤纷的小彩旗,人群的尽头是活动室敞开的大门,上面坠着喜庆的彩绸,门口还摆放着安寂的立像。

安寂推着安诗韵向前走去,陆依依和美嘉紧随其后。堵在门边的众人主动让出一条路,一边鼓掌,一边目送。快到门口时,已经可以听见里面传来舒缓优美的开场曲旋律,聪明的安诗韵应该已经猜到"惊喜"是什么了吧。

她用双手紧紧捂住嘴巴,眼中饱含热泪。她一直忍着不哭,但在看到舞台上悬挂的"恭喜安寂首场演唱会举办"条幅的瞬间,再也控制不住,大滴大滴的眼泪夺眶而出。

"妈,今晚我的首场个人演唱会,就在这里举办,是依依和美嘉策划的。"安寂俯下身子,凑在她耳边轻声说。连他自己的声音都是哽咽的,透露着无限感动。

望着眼前每个人淳朴而真诚的笑脸,望着精心布置的舞台和贴满自己海报的墙壁,无法抑制的情感从胸腔的最深处泛滥开来,安寂的眼眶微微泛起激动的红色。

"大明星,你总算来了。""时间到了,马上开演吧。""安姐,你真是生了个好儿子啊。"大家热情的话语一句接着一句,是暖心的微风,也是厉害的催泪弹。泪流满面的安诗韵用哽咽的声音,一一向他们道谢,直到再也说不出话,捂着脸抽噎起来。

灯火通明的活动室内,不仅五十张椅子座无虚席,其余的所有空间也都挤满了站着的观众,就连门口都被热情的观众围得水泄不通。除了观众平均年龄偏大,目测是五十岁左右之外,场面的火爆程度已经与真正的演唱会不相上下了。幸好没给安寂丢脸,总策划人陆依依深感欣慰和自豪。

因为是非公开表演,安寂不用顾虑合约限制,演唱了很多OMI的歌曲。虽然表演者从组合变成单人,但歌曲风靡世界的完美编排依然魅力无穷。安寂优美的歌喉和帅气的舞蹈,令大爷大妈都看得如痴如醉,仿佛一夜之间年轻了二三十岁,重新回到了美妙的青春时代,脸上都洋溢着幸福快乐的笑容。唱到高潮的时候,竟然还有不少人跟着节拍鼓掌和跟唱。

当然,接下来的重头戏就是安寂积攒下来的原创歌曲。因为没有伴奏带,他只能背着吉他自弹自唱,或者干脆清唱。单纯而自然的演出赢得大家的阵阵掌声,令陆依依回

忆起当初听他演唱的第一首歌，那充满自然气息的天籁之音仿佛清风拂面，扫去尘埃，净化心灵。

不知不觉间，安寂已经唱了两个小时，而大家还觉得不过瘾，于是启动了"点歌模式"。这才是真正的福利环节，陆依依这辈子都不敢奢望，居然可以听到安寂演唱《甜蜜蜜》和《小苹果》，简直不忍直视，她在心中默默地为这个环节取名为"广场舞流金岁月版"。

很多经典老歌的歌词安寂记不全，只能用手机上网搜，然后拿着手机唱。还有擅长文艺的大爷大妈耐不住技痒，跑上台引吭高歌，跟安寂合唱。在他们的带领下，安寂心甘情愿地充当起和音，玩得不亦乐乎，于是一场演唱会硬生生地变成了卡拉OK联欢会。

发展到高潮时，不少人起哄，让陆依依和美嘉也上台表演。从来不在人前唱歌的陆依依拗不过大家的热情，在美嘉的撺掇下，终于答应合唱一首S.H.E的*Super Star*（《超级明星》）。

"但是这要三个人唱呢。"

"不是还有一个亲妈粉吗？"美嘉连安诗韵都不放过，"安阿姨，你和我们一起唱吧？"

安诗韵可不像陆依依这么保守，浅笑着同意了。只听她们三个人用三种调，参差不齐地开了头"笑就歌颂，一皱眉头就心痛"，直到唱到最经典的副歌部分"你是电，你是光，你是唯一的神话"时才好不容易唱整齐了。

充满包容力的观众倒是不嫌弃，热情的掌声一浪接着一浪，但是陆依依瞥见躲在台下阴暗处的安寂笑得满脸开花，都快岔气了。

"You are my super star——（你是我的超级明星——）"

陆依依好不容易熬到一曲唱罢，众人却不停叫好，齐声高喊着："再来一首！"她死都不肯再唱了，既是为了自己的名声着想，也是为了安寂的肚皮着想，她可不想看他笑破肚皮。

"安阿姨，你还唱吗？"美嘉好像没有唱尽兴，转头又问安诗韵。

安诗韵握着话筒，头埋得很低，看不清表情，没有说话，只是不停地摆手。

"那我再多唱一首吧……"

美嘉话音刚落，只听"咚"的一声，一支话筒重重地摔到地上，在音箱效果下，发出地震般的震撼响动。紧接着"嗞——"的一声，刺耳的电流声好似要划破所有人的鼓膜。前一秒还喧闹无比的活动室瞬间安静下来，死一般的沉寂在这个并不宽敞的空间里肆意蔓延。

第五章
痛不欲生的分离

落到轮椅边的话筒"骨碌碌"地向前滚去,发出的声音就像电影院恐怖片的效果。大约两秒钟的停顿后,所有人乱作一团,正在现场凑热闹的医生和护士最先反应过来。他们立即拨开拥挤的人群,向双手紧紧捂住胸口,痛苦蜷缩在轮椅上的安诗韵冲去。

"安阿姨!"离安诗韵最近的陆依依和美嘉都吓呆了。

"妈——"安寂狂吼一声,冲上台去。

所有的幸福都在这一刻凝固和终结,今晚注定是一个不眠之夜。无论是上半夜的美好,还是下半夜的煎熬,都将成为烧得火热通红的烙铁,深深地在他们的记忆深处打下烙印。

尊敬的患者家属:

患者安诗韵,年龄40岁,床号A202,经诊断癌细胞已经全面扩散到肺部,虽然医院已经进行了紧急救治,但是病情仍然趋于恶化,现在随时可能出现生命危险,特此通知,请您给予理解并积极配合治疗。

××医院胸外科

这是一张病危通知单,安诗韵被推进急诊室半个小时后,由主治医生亲手递给安寂。

"请你签字吧。"

"怎么突然就加重了?"安寂此刻苍白的脸已然看不到半个小时前在舞台上时的那份神采奕奕,剩下的,只有满脸的泪痕和无法形容的憔悴。

已经哭过几轮的陆依依和美嘉都不敢说话,默默地站在安寂身后。

"你母亲的病情早就进入晚期,随时都有可能死亡。我们也感到很遗憾,但是,我们能做的已经都做了。剩下的,只有你陪着她度过最后这一点儿时间了。"

医生言尽于此。没有奇迹发生,只有残酷的现实。

过去几个月平淡而美好的生活就像虚幻的假象,麻痹了所有人的神经,令他们忘却死神逼近的脚步。无论多么遗憾,多么不情愿,也只能面对和承受。

安寂签了字,深吸一口气,用颤抖的声音问:"还有多久?"

"不到一个小时。"就连见惯生离死别的医生在说出这句话时,声音都嘶哑了。

安寂向医生道谢,起身走出办公室。他整个人都好像散了架似的,虚无的脚步不停地摇晃,必须靠着墙壁才能勉强行走。他的眼神涣散,没有焦点地在地面上飞快地飘移,视野中的一切从眼前掠过,却不会传输到他的脑海中。此时的他只能思考一件事,

就是自己还能做些什么。

结果似乎什么都不能做,除了陪伴和等待。时间也只能这样在恐慌中一分一秒地流逝。

他走进病房,平躺在病床上的安诗韵显得很平静,偏头望着他。

他走过去,坐在床边,握住了安诗韵的手。他在高一时便被选中,进入梦寐以求的公司训练,又火速大红,他经历过大风大浪,也得到过别人二十岁、三十岁也可能得不到的辉煌,但其实他还是个不满十八岁的孩子,无论他看上去已经被磨炼得多么成熟坚强,他还是无法承受失去母亲的痛苦。

安诗韵用尽力气,用嘶哑的声音断断续续地说:"小寂,不要怕……我知道会有这一天,至少在临死前……实现了最后一个愿望,我已经……死而无憾了……"

她试图用笑容来安慰安寂,但是上扬的嘴角却无法掩盖眼中的泪光。

"小寂,答应妈妈一件事……"安诗韵握住安寂的五指微微用了用力。

安寂哽咽着点头,认真地凝视着她强忍着痛苦,也要拼命说话的模样。看着看着就觉得眼底很痛,很涩。刹那间,眼眶被泪水充溢,似乎什么都看不清了。

"原谅,你爸爸……"

安诗韵最后的请求出乎所有人的意料。安寂听到后也愣住了。

这时,站在安寂身后的陆依依想起,安寂的父亲没有去世,只是与安诗韵离婚了。也就是说,安诗韵死后,安寂的监护权将转给他父亲。从来没有见过父亲的安寂,终于要与父亲见面了。两个人之间的父子关系,也许是安诗韵临死前最放不下的一件事吧。

"原谅他……"见安寂没有回应,安诗韵又说了一遍,几乎是乞求。

但是安寂没有点头,只是用不停流泪的眼睛静静地凝望着她。很想说话的喉咙哽咽着,但嘴唇却死死咬住,用理智压迫着险些脱口而出的话语。照理说,安诗韵临死前的最后心愿,无论是什么都该答应,但是唯独这一件事,安寂迟迟无法点头。

望着他凝固的背影,陆依依不知道他在想什么。也许,他还是不想原谅,即便是欺骗,也不想说这个谎。他骗不了自己,他唯一能做的,就是压抑住破口大骂的冲动。

"小寂,妈妈爱你……"

说完这句话,安诗韵再也说不出一个字。她不停地吸气,用尽全身力气,但无论怎么用力,还是喘不上气。她每一次呼吸都非常困难,显得十分痛苦,仿佛肺部被锁死了,无法张开,无法接收新鲜的空气。她的脸色越来越苍白,眼珠向外突出,布满血丝,笼罩阴影。

第五章
痛不欲生的分离

最令人痛苦的是，安寂什么都帮不了她，什么都不能做，只能眼睁睁地看着她一点点被病痛折磨着，生不如死地苦苦熬完人生这最后的一程。

死亡降临得如此真实，仿佛死神就骑在她脆弱的身体上，用铁骨般的双手死死扼住了她细弱的喉咙，凌厉地、残忍地夺走她的生命。

她喘了很久，越来越急，越来越痛苦。吸气的声音渐渐增大，越来越浑浊和沉重，就像在没有酸奶的酸奶盒中不停地吸气，每一口呼吸都可能是最后一口。

她的双眼渐渐闭合，睫毛上沾满泪花。沉重的眼皮几乎快与乌黑的眼眶彻底闭合，关闭眼中最后一丝象征着生命的光芒。即使只剩下最后一条细缝，安诗韵的眼神依然坚定地凝视着病床边泪流满面的安寂。

如果这就是死亡，那么比陆依依预想过的场景残酷太多。她以为死亡只是一秒钟，瞬间的痛苦之后就是永恒的长眠，然而事实上她看到的却是一个非常漫长的过程。这不仅是对病人，也是对旁观者的折磨，很少有人可以看下去，所以美嘉不知何时已经悄然离开了。

心如刀割的陆依依也想走，但就在她转身的瞬间，手却被人紧紧拉住。回过头，看到的依然是安寂凝固的背影。不同的是，握住她的那只手一点儿一点儿地抓紧她的指头，带着微微的颤抖。巨大的力量，冰冷的温度，仿佛传来意识世界中令人晕眩的悲痛哭吼。

他需要她。不然，他撑不下去。

于是陆依依鼓起勇气，静静地坐在他的身边，也握紧他冰雕般的指节，然后拍了拍他的头。柔顺的暖橙色发丝在指尖留下冰凉的触觉，仿佛碰触到他脆弱的心灵。所有的动作汇成一句话：不要怕，我在这里，给你依靠。

两个人就这样双手紧握，看着安诗韵残存无几的生命一点点被死亡无情地吞噬，直至最后，安诗韵在深夜寒冷的空气中彻底闭紧沾满泪水的双眼，窒息而亡。

当心跳归零的那一秒，病房中安静得像连呼吸声都没有的真空世界。

陆依依有点儿晕眩，默默落泪的安寂也没有动，两个人保持着同样的动作，仿佛悲痛的灵魂已经脱离身体。不知道过了多久，也许并不久，只是痛苦令时间变长了，陆依依突然听见安寂抽泣的声音，紧接着就是压抑的呜咽，撕碎人心的悲泣。

他终于失声痛哭，彻底爆发。无处发泄的悲痛化为愤怒，如猛兽般吞噬他的理智。他捂着脸，从指缝间流出的泪水与一句句撕心裂肺的话语狠狠地敲击着陆依依的心。

"我不会原谅他……他连我妈死都没有出现，我为什么要原谅他？"

这一句迟到的回答，安诗韵已经听不见了。听不见反而更好，因为连陆依依听了都

觉得心碎。

"我从来都没有认过他,就算他现在出现,也不是我爸。"

这辈子永远无法原谅的人,在此刻更是带给他刺入骨髓的深切恨意。他在心中狠狠地发下毒誓,无论那个人是谁,无论那个人以怎样道貌岸然的模样登场,都不可能换回他的原谅。

一切都太晚了。错过的时间夺走了可以弥补的机会,十年的逃避几乎摧毁了他们之间的父子关系。安诗韵的去世,让安寂更有理由恨他。过去与母亲平凡而幸福的生活在这冷酷的寒夜戛然而止,画下句点。这份缺失的情感永远不可能从另一个不负责任的男人身上得到补偿。

望着在嘶哑的痛哭声中狠狠诅咒着父亲的安寂,陆依依含泪抱紧他孤单无助的身体。正是因为可以理解他的痛苦和仇恨,才说不出一句安慰的话语,劝他原谅太难,只能陪他哭,陪他痛,陪他勇敢地走向未知的未来,直到他强大到可以不再受到伤害。

大约深夜两点的时候,接到消息的安逸凡以最快的速度赶到医院,一直在追OMI活动的安琪儿也从另一个城市连夜赶来,但是他们都没能见到安诗韵最后一面。

安逸凡帮情绪失控的安寂办完所有手续,主动提出送一夜未合眼的陆依依和美嘉去她们订好的酒店,但两个人不约而同地拒绝了他的好意。现在这种时候,她们都想守着失魂落魄的安寂,即便什么也做不了,也希望能伴其左右。

夜风无声地扬起窗帘,几乎没有移动过的安寂一直坐在漆黑的病房中,低头望着空无一人的床位发呆。没人知道他在想什么,也没人敢轻易靠近,他周围的时间和空气仿佛都是静止的,大家都只能从虚掩的门缝中,担忧地远远望着他被孤独和悲伤吞没的黯然背影。

"我们去把活动室收拾一下吧。"美嘉提议。

陆依依轻轻点头,两个人来到几个小时前还热闹得好像过年似的活动室。夜深人静之中,东倒西歪的椅子和满地狼藉的荧光棒都无声地证明着当时的混乱。不知是过于悲伤还是过于困倦,陆依依的脑海中一片混乱,耳边不停回荡着安诗韵倒下时四周响起的吵闹人声。

美嘉搬了一把椅子到舞台上,本想踩上去,把黑板上的条幅取下来,结果因为神志恍惚而一脚踩空了,重重地跌在地上。陆依依吓了一跳,急忙跑上去扶起她,但她坐在地上,捂着脸压抑地哭了起来。她哭得低哑而悲痛,这哭声仿佛会传染,陆依依的喉咙也涩痛起来。

第五章
痛不欲生的分离

"是不是气氛太热烈，让安阿姨的病情加重了？"美嘉埋着头，用很低的声音问。

"又不是高血压，怎么会和演唱会有关系？你不要胡思乱想了。"陆依依紧紧搂住她的肩膀，用在心中安慰自己的话安慰她，"本来医生就说安阿姨的病只能撑过今年夏季，而现在早就立秋了，幸好今晚我们赶上了，不然安阿姨的愿望就无法实现……"

忐忑不安的心情一直纠缠着她，令她忍不住胡思乱想。其实她也像美嘉一样，把一切都怪罪到自己身上，所以她知道美嘉最想听什么，把一句"不是你的错"说了一遍又一遍，仿佛在催眠着美嘉，也催眠着自己。

她们一会儿发呆，一会儿抽噎，一会儿打起精神收拾房间。热闹之后留下的狼藉在深夜的灯光中，显得无比刺眼和萧索。耳边仿佛还能听到大家愉快的歌声，但眼前浮现的却是安诗韵咽气时痛苦的倦容和安寂孤独的背影。

当她们强忍着悲痛把活动室整理完毕时，已经是翌日清晨。深蓝色的天空在地平线上泛出淡淡的白光，沉睡了一整晚的城市在清爽的晨风中缓缓苏醒。一夜未眠的两个人都有点儿头昏脑涨，去洗手间洗了把脸，陆依依望着镜中自己眼眶乌黑的憔悴模样，几乎快要认不出自己。

安琪儿送来早饭，是最简单的面包和酸奶。她问："你们什么时候回去？我可以送你们一程。"她只穿着睡衣，外面裹着深黄色的外套，卷曲的发丝有些凌乱。昨晚在酒店听到消息后她连衣服都来不及换，直接跳下床赶来医院，没想到还是错过了见姑姑最后一面。

"安寂呢？"陆依依小声问。

"正在病房收拾遗物。"

"我去跟他道别一下。"擦去眼角的泪珠，陆依依深吸一口气，起身向病房走去。

美嘉本想跟去，微微起了起身，但不知出于什么考虑，最后又坐了回去，大概是想留给两个人单独说话的空间吧。她是体贴而善解人意的，却不是好演员，掩饰不住脸上的淡淡酸楚。她多么希望安寂最需要的人是自己，但聪慧的她早就知道不是，所以只能忍着哀伤，默默望着陆依依离去的背影，望了很久很久，想了很多很多，最终只发出一声惆怅的叹息。

"笃笃。"房门虚掩着，陆依依屈起指节轻轻敲了两声。

清晨的住院部安静极了，令人不自觉地放轻呼吸声。蹲在电视柜前的安寂扭头望来，与门后陆依依阴郁无神的双眼四目相对。有那么一瞬间，两个人都不知道该说什么，有些回避对方的眼神。短暂的停顿后，安寂又低下头，继续整理着抽屉。

他的眼眶还红着,显得有些憔悴。陆依依轻轻来到他的身后,问:"需要我帮忙吗?"

"我妈没有留下多少东西,我很快就能收拾好。"说着从抽屉里取出一个文件夹,"你们先回去吧。"安寂随手把文件夹打开,发现里面装着身份证、户口本、医保证等各种证件和文件,于是盘腿坐在地上,一张一张地仔细查看。

他已经不哭了,但显得很累。暗淡的双眸充满疲惫,苍白的脸上全是倦容。连声音都是嘶哑低沉的,发不出太大的音量。也许是知道自己说出的每句话都带着哽咽,他一个字都不愿多说。

陆依依就这样静静地低头望着他,想要道别,却又想这样一直看着他,陪着他,直到……永远。

永远有多远?这似乎是一个难解的命题,而此刻的陆依依没有多余的精力去思考这些哲学概念,她想要的,不过就是这样和他在一个空间里待着,忘却时间,忘却一切。

时间的流逝变得缓慢,耳边是他修长的手指在纸页间翻动的轻响。窗外偶尔传来几声早起鸟雀的婉转低鸣,晨风扬起窗帘,把馥郁的花香送入房间,缭绕在两个人发红的鼻尖。

陆依依心想:如果没有昨夜的悲恸,这该是多么美好的画面。

我要走了。这句话在酝酿了许久之后,终于还是来到了喉咙口,就在陆依依差一点儿要讲出来时,突然发现眼前忙碌着的安寂的表情出现了变化,从刚才的漫不经心变成了震惊愕然。他低垂的双眸蓦然睁大,紧盯着手中的一本存折。

"怎么了?"陆依依小声问。

安寂抬头看了看她,什么都没说,直接把存折递给她,仿佛在说:"你自己看。"

这么私密的东西,陆依依本不想接,但安寂悬在半空的手却那么强硬,令她不敢拒绝。满腹狐疑地接过来一看,她立刻被上面的数字吓得呆若木鸡。

里面存了很大一笔钱。她这辈子从没见过这么大的一笔钱,大得都有些数不过来。

"我妈不可能有这么多钱。"安寂冷笑着摇头,口气中充满警觉和自嘲。他无法相信平时勤俭节约的母亲竟然留给自己一笔巨额遗产。

"每个月都有一大笔钱进账,从未间断。"

"难道是……"听到这里陆依依眼前一亮,突然猜到答案。

"是他给的。"安寂盯着陆依依,态度笃定而冷漠。

陆依依心中猛地一沉,无法形容的紧张和恐惧突然袭上胸口。安寂话中的"他",指的就是他的父亲,存折上的那笔钱就是他父亲每月定时支付的抚养费。

第五章
痛不欲生的分离

"我知道他会拿钱，但没想到有这么多。最讽刺的是，我一直花着他给的钱，却一次也没有见过他。我甚至不知道他长什么样，更不知道以后要怎么面对他……"说着说着，安寂扭开头，只把后脑勺儿留给满脸呆愕的陆依依。那半哭半笑的语气，听上去令人格外心痛。

对于即将出现的父亲，他是排斥的，甚至有点儿恐惧，不愿与其见面，更无法做到安诗韵死前乞求的"原谅"。直到这时，陆依依终于恍然大悟，明白为什么安诗韵可以供养安寂学习音乐，甚至让他出国培训，原来用的就是这笔钱。

"收拾好了吗？"凝重的沉默突然被门口传来的话语打断。

两人下意识地扭头望去，只见安逸凡走了进来。苦寻多年的姐姐昨夜死亡，照理说他的悲痛应该不亚于安寂，但他却显得很平静，只有眼眸深处的那抹灰暗映出淡淡的感伤。他经历过大风大浪，也见过不少死亡，成熟令他显得格外强大，就像是一具打不烂的金刚不坏之身。

走进房间后，他一眼就看到陆依依手上的存折。他并不惊讶，而是用早就知道的口吻说："这些都是你父亲给你的钱，你母亲每一分都花在你的身上，她自己一点儿都没动。账户是你的名字，已经全部存为定期。你马上就要成年了，用不着别人代为保管，就自己留着吧。"

之所以知道得这么详细，大概是因为安诗韵生前特意交代过吧。

"我不要。"板着脸的安寂突然站起来，抢走陆依依手上的存折，拿给安逸凡。

安逸凡没有接，轻轻拨开他的手，说："不要这么任性。"

"我就当从来没有看到过这本存折，让他拿回去，我一点儿都不稀罕。"

面对怒火中烧的安寂，安逸凡没有责备也没有劝慰，只是不急不躁地按照自己的节奏说："昨晚我已经联系到他，正好他就在国内。"说着低头看了一眼表，"你马上就能见到他了。"

听说安寂的生父即将赶来医院，本来已经打算回家的安琪儿和美嘉都决定不走了，要留下来看个究竟。安寂全身散发出要大闹一场的强烈气场，担心场面失控的陆依依更不敢走了。

不过，安逸凡说的"马上"信不得，大家苦苦等过整个上午，等过午饭时间，等到耐心都快被磨平了，"那个人"还是没有出现。直到下午两点，彻夜未眠的大家都有些困倦，各自找地方闭眼假寐的时候，安琪儿突然匆匆忙忙地跑来，说："来了来了，我爸接人去了！"

蜷缩在长沙发两头的陆依依和美嘉"噌"一下坐起来,坐在墙角椅子上睡觉的安寂猛地睁开眼睛。虽然已经办理了退房手续,但是没有病人住进来,大家依旧习惯聚集在这间病房。

"我爸刚接到电话,那个人已经到车库了。"跑得气喘吁吁的安琪儿一边粗喘气,一边说。

那个所有人等待已久的"负心汉"终于要现身了。他是谁?长什么样?凶不凶?对安寂是什么态度?太多问号同时蹦出来,令陆依依紧张得连话都说不出。她回头看了看安寂,发现安寂正扭头望着窗外草木,似乎是用这样的态度彰显着内心的抗拒和排斥。

"我们先回避一下吧。"安琪儿催促陆依依和美嘉跟她出去。

毕竟待会儿父子相见,这么多外人在场不方便。

"哦,好,好的。"陆依依呆呆地点着头,跟美嘉一起小跑着来到安琪儿身边。

临出门前,三人都回头望着安寂,安寂却没有一点儿反应,仍然望着窗外,似乎陷入回忆中,意识早就不在这个时空了。见状,三人彼此交换了目光,默默走了出去。

房外就是通往小花园的走廊。三个人穿过走廊后,刚刚踏上灌木丛中的一座小桥,突然看到车库方向走来几个熟悉的身影。所有人最先认出来的就是安逸凡,他脚步匆忙,挟风而行,白色衬衫在花园里花花草草的颜色映衬下显得格外醒目,身旁还跟着两个人。从模糊的轮廓可以看出是一男一女。

难道那个女的是继母?陆依依正想着,人影已经走到可以看清面部的地方。她做梦都想不到,她居然认出了那个女人!陆依依好像被雷击中似的,怔怔地停下脚步,再也无法行走。明知道应该趁被发现之前躲起来,但是身体却动不了。有同样反应的还有美嘉。

"那不是弗罗娜吗?"美嘉几乎是尖叫着吐出这个恐怖的名字。

更令人惊讶的是,弗罗娜身旁那个西装革履的男子她们也不陌生。

安寂刚出道时,他曾在新闻中宣布这是公司新人,也曾在安寂被抹黑得最厉害的时期,在记者会上默默地站在后台守护,还曾无数次地出现在安寂的话中。就是他,让安寂单独接受训练并以OMI新成员的身份出道,也是他,在安寂出道前后无处不在,运筹帷幄。

他就是S TOWN的董事长——林乔治。

"公司的人怎么来了?为了官司的事情吗?"答案已经非常明显,但是就连聪明的美嘉都不敢相信这个真相,而是本能地逃避着,推测着其他的可能性。

"不对……"陆依依轻轻摇头,突然明白了很多事。安寂出道前后种种匪夷所思的

第五章
痛不欲生的分离

异常，被曝光"富二代""走后门"的各种消息，全都如此清晰合理地连接起来。

原来，林乔治就是安寂口中那个"我从未见过的男人"。

不是"从未见过"，而是"近在咫尺却无法相认"。

安琪儿的脸色也是煞白的，连她都是第一次知道：他就是安寂的生父。

房间里的气氛紧张得就像法庭上结有深仇大恨的原被告双方在对峙。入秋后渐渐凉爽下来的天气也起不了降温的作用，没人愿意在这个令人窒息的空间中久留。

门外，安逸凡和弗罗娜一左一右地坐在长椅上，头都扭向另一边，久久不发一语。即便气氛已经尴尬如斯，谁也没有起身离去，因为他们都关心着房间里的两个人，生怕出状况。

"你是什么时候知道的？"房间中，安寂望着眼前熟悉而陌生的林乔治，已经从惊讶中平静下来，带着充满敌意的冷笑发问。

"看到你的资料以后就知道了。"林乔治从容不迫地回答。从他毫无破绽的语气中听不出悲伤和愧疚，但是从他凝视安寂的双眸里，却可以隐约看出淡淡的伤痛。

年轻时曾在中国定居多年的他，说着一口比弗罗娜流利百倍的中文。在S TOWN公司时，安寂曾多次与他在办公室对话，但是心情却从未像现在这样复杂而痛苦。这个男人从一开始就已经看透他的一切，操纵着他的命运，但是他却傻傻的什么都不知道。

"那你为什么不告诉我？"安寂的语气越来越尖锐，必须调动全部自制力才能勉强维持冷静，"你是不是内心有愧，自知对不起我们，所以才不敢与我相认？"

"我只是不想破坏平静的现状。"林乔治哽咽了一下，并未逃避安寂诘责的目光，继续沉稳地回答，"决定和你签约以后，弗罗娜曾代替我见过诗韵一面，她也同意继续隐瞒下去，我们都认为这样对你最好。"

"对我最好？"安寂冷笑着，"你们只是怕我知道真相后拒绝签约而已吧。"

林乔治并不否认，说："签约S TOWN对你来说是一个很好的机会，你还太年轻，容易感情用事，我们都不希望你因为一时冲动而自毁前程。事实证明，你签约后不到一年就红遍全球，这样的机会全世界几个人有？你实现了自己的梦想，我也兑现了对诗韵的承诺。我们的确是为了你好，等你冷静下来后就会想通了。"

"所以你们所有人都拿我当猴子一样耍？我不要你安排我的命运，这也不是我的梦想。我的梦想是靠我自己的力量让我妈过上幸福的生活，而不是靠你自以为是的施舍！现在你把这个梦想彻底摧毁了，居然还有脸说是为了我好？"

安寂盛怒之下终于流下了泪水，从嘶哑的喉咙中艰难地挤出积累了十多年的怨恨

和愤怒。

"如果你真的这么在乎我,为什么从来不见我?我们需要你的时候你在哪里?我向公司提出解约的时候,你就知道我妈病重了,为什么还是无动于衷?为什么不放我回国?我妈昨晚窒息而亡的时候你在哪里?她被病魔活活折磨死的时候你在哪里?现在你终于现身了?但是太晚了!太晚了!"

言谈中,早已泪流满面的安寂,因为嘶吼而快要缺氧的大脑一片混乱。

"她居然还叫我原谅你,我不知道你究竟做过哪一点值得我原谅的事情!你从头到尾就是一个卑鄙无耻的骗子,骗我妈爱上你,又丢下我们消失得无影无踪,骗我签约你的公司却不告诉我真相。你为什么不继续骗下去?如果你今天不出现在这里,不说你生过我,至少,你在我心中还是一个值得尊敬的老板,而不是一个人面兽心的浑蛋!"

安寂最无法接受的现实,就是被蒙在鼓里的他竟然尊敬过林乔治。

第一次见他,是在S TOWN的面试上。西装革履、头发一丝不乱、讲话字字珠玑的他是位高权重的董事长,不苟言笑的样子令人望而生畏,但私下他却是亲切的,无微不至地关心着安寂的生活。是他安排安寂破例接受最好的单独培训,短时间内迅速成长;是他让安寂这个新人加入公司投入最大资源力捧的OMI,令安寂一夜爆红;是他在安寂被污蔑的时候出声力挺,召开了澄清真相的记者会。

安寂曾无数次默默感谢他的赏识,以为他是自己命中的贵人,但真相却是如此讽刺,仿佛狠狠地扇来一记耳光,打得安寂的世界天旋地转。他怎么都无法把改变自己命运的林乔治和最痛恨的父亲联系在一起,突然觉得所有努力都变成了笑话,所有成就都变成了施舍。他看不清自己的价值,也找不到自己的方向,丧失了自信和骄傲,在黑暗中不断地迷失和沉沦。

林乔治没有回答,一直让他骂,让他吼,让他撕心裂肺地狠狠发泄。

"为什么不说话?"安寂冲过去,一把揪住他的领带。

他连眉头都没有皱一下,平静地回答:"我有我的苦衷,但是现在说出来你也不会理解,所以我愿意继续扮演这个坏人,你也不需要原谅我。但是,只要你承认我这个父亲,我保证你以后的人生都会一路通畅。这是我唯一可以给你的,也是你应该心安理得接受的。"

"我不稀罕。"安寂推开他,回答得非常明确,"我不承认,我没有你这样混账的父亲!"

"你不承认也没用,我们之间的血缘关系是无法磨灭的,我将成为你的合法监护人。"

第五章
痛不欲生的分离

林乔治的强势逼得安寂说不出话来。最讽刺的是，他曾幻想能从林乔治口中听到哪怕一句道歉也够了，但是居然连一句都没有。他不得不怀疑，林乔治今天出现在这里根本就不是为了悼念母亲，忏悔十几年来从未尽到丈夫和父亲的责任，而只是为了宣布对自己的监护权而已。

"我再问你最后一个问题，你让我加入OMI是不是因为血缘关系？"

不仅是网友，就连安寂自己都感到不可思议。初出茅庐的自己凭什么得到公司赏识，直接加入一个已经红透半边天的组合？原来真相竟是如此简单而可笑。

直视安寂溢满泪水的双眼，林乔治的喉咙微微哽咽了一下。他低下头，思考了一会儿，诚恳地说："你参加选秀的时候我什么都不知道，你从海选到复赛再到决赛，我都没有见过你。当我拿到你的资料时，公司已经决定要签你了，我只是面试你，做最后的考核而已。所以这次签约的机会，是你凭自己的实力争取到的，没有任何内幕。"

被安寂痛斥为骗子的林乔治，毫无隐瞒地实言相告。

"但是后来，我承认我的确动了一点儿私心。我希望把你交给弗罗娜，因为她是我最信任的制作人，实力也是全公司最好的。经她之手打造，你一定可以成为家喻户晓的大明星。可惜弗罗娜已经把全部精力投入OMI，无法打造新人。经过我的反复思考和再三请求，她终于同意让你加入OMI，这样她既不用分心带新人，又可以照顾你。我们都认为这是最好的做法。"

"所以，我真的是靠关系，走后门，才加入了OMI？"

当初的坊间流言原来是真的，一切都太可笑了，当事人自己居然都傻傻的不知道内幕，还以为自己有多么优秀才能获得如此珍贵的出道机会，还以为自己真的是凭实力得到了公司的认可……

"你不应该钻这个牛角尖。我说过，你是凭实力签约的，只不过后来安排你出道时我动了一点儿私心，你不应该全盘否定自己。很多元素综合起来，才让我们做出这个决定。血缘是次要的，实力才是主要的。如若不然，就算我费尽口舌、好话说尽，弗罗娜也不会要你。"

林乔治说什么都没用，安寂已经认定了，低吼道："如果我不是你儿子，我会不会在OMI？"

"……不会。"

明知道安寂不愿听到这样的答案，但是事实昭然若揭，就算不说他也知道，所以林乔治依旧选择了如实相告："你会经过两到三年的正式培训，然后以其他组合之名出道。只不过那时你的经纪人可能不是弗罗娜，你也不会像现在这样红到发紫了。"

"我不是红到发紫,是黑到发紫,就是被你的自作聪明给害的。"

作为突然空降的成员,安寂出道后的第一个黑点就是来路不明,疑似有黑幕,打破粉丝熟悉的OMI四人组合的平衡,这些都是林乔治让他在OMI出道直接引发的后果。

"最可笑的是,在我被骂得最惨的时候,依然打从心底感谢公司对我的栽培,给我的机会,一心想着要通过自己的努力回报公司,不辜负公司对我的期待。其实公司对我根本就没有任何期待,我只是你用来弥补抛妻弃子罪恶感的工具而已……"

过去默默隐忍下来的委屈都在这一刻彻底爆发,歇斯底里地宣泄而出。

"看到我红了,你是不是很满足?以为这样就对得起我了?你口口声声说是为了我好,但哪一点是为了我好?我哪一点受到你的恩惠?我宁愿从来没有你的特别照顾,我宁愿多花两三年时间好好打磨自己,更宁愿从来就没有参加过你们的选秀,一辈子都遇不到你!"

但是一切就这样发生了,说是巧合也好,命运也好,没有人可以阻挡它强大的力量。

冥冥之中早已注定的羁绊,把这对陌生的父子拉上重逢之路。知情者守口如瓶,用慈爱的目光远远守望着长大的孩子,不敢靠得太近,不敢爱得太深;不知情者兀自欣喜,在仇人搭好的舞台上享受着被施舍般得到的荣光,没有怨言只有感激,直到真相揭晓才哑然失笑。

像一个滑稽的小丑,所有人都看着自己可笑的表演。越努力就越心酸,越真诚就越可悲,流下的汗水失去意义,付出的时间全是浪费。以为是被牢牢握于手中的梦想刹那间化为一场卑鄙的阴谋。梦想,再次变得遥不可及、虚无缥缈。

原来,幼稚可笑的自己早已沦为大人游戏中一枚任人摆布的棋子。

面对安寂严厉的指责,林乔治由始至终没有为自己辩解一句,也没有提前准备什么好听的台词。他知道今天的父子相认就是来挨骂的,也知道这都是自己应得的报应。他只是平静地凝视着安寂泪水纵横的脸,眼底深处微微闪动着波光,把所有痛苦都化为沉默。

也许,他的内心还有一丝感动,因为不必继续隐瞒下去,终于能以父亲的身份站在儿子面前。虽然安寂拒绝着,谴责着,但是在林乔治的心中,却感动于终于认回这个儿子了。

结束夹杂着安寂哭吼和怒骂的长谈后,林乔治离开病房,与安逸凡和弗罗娜去太平间见安诗韵最后一面。歇斯底里的发泄后耗尽力气的安寂依旧留在房间中,冷漠地关上了门,拒绝与任何人交流。陆依依、美嘉和安琪儿都不敢敲门,只能担忧地守候在病房外。

傍晚六点多,她们正准备回家时,一个让她们意想不到的人出现了。

第五章
痛不欲生的分离

"YUKI？"看到他匆匆跑来的身影，陆依依和安琪儿同时喊出他的名字。

"你怎么来了？"最惊讶的人非安琪儿莫属。她把OMI国内宣传期的行程背得滚瓜烂熟，知道YUKI现在应该已经乘坐今天早上的航班去北京了。

一路小跑过来，气喘吁吁的YUKI着急地说："我们今天起床后才听助理说，弗罗娜昨晚半夜突然改签了，还和董事长一起连夜赶来这里。结果她走得太急，忘了我们的护照都在她身上，所以我们只能跟着一起改签。现在大家都不知道怎么回事，派我当代表过来看看情况。她从来不会犯这种错误，到底出什么事了？"

三个女生你看我我看你，没有一个人出声。

从三个人古怪的表情和红肿的眼睛中，YUKI看出一点儿端倪。他缓缓转身，把目光投向安诗韵的病房。病房房门紧闭，门口安诗韵的名牌已经被取走，只留下一个透明的空壳子。

"难道阿姨她……"YUKI猛地抽了一口冷气。

陆依依点了点头，说："现在安寂把自己关在房间里，什么人都不见。"

听到这话，YUKI立即转身想去敲门，但陆依依却一把拉住他，低声说："让他一个人冷静一下吧，他现在情绪很乱，别人说什么他都听不进去。"

看到陆依依认真的表情，YUKI只好叹了口气，说："我还以为他已经做好准备了呢。"

陆依依说："只做好了失去母亲的准备，但是，没想到还有另一个打击……"

听出她话中有话，YUKI疑惑地皱起眉头，用焦急的目光催促她往下说。

"安寂的父亲，就是林乔治。"

"什么？"YUKI被吓得不轻，脱口而出的两个字在幽静的走廊里产生了一阵回音。

他立即看了看安琪儿和美嘉的表情，结果两个人都给他肯定的眼神，这才使他不得不相信这个事实。沉重地叹了一口气后，YUKI自言自语道："难怪会惊动董事长……"意料之外，情理之中，早就隐约预感到的他很快就接受了这个事实，转而又问："弗罗娜在哪里？"

"她在……"陆依依刚要指方向，一回头碰巧看到安逸凡的身影。奇怪的是，回来的只有安逸凡一个人，刚才与他一同离去的林乔治和弗罗娜都不见了。

"怎么了？来找弗罗娜吗？"安逸凡猜到YUKI来这里的目的，主动告知，"你们董事长还在太平间和前妻做最后的告别，弗罗娜也在那里。"

他话音刚落，YUKI的电话就响了起来。YUKI是用日语接听的，在场所有人中，只有安琪儿可以勉强听懂一些。两三分钟后，YUKI挂断电话，安逸凡突然问："是OMI的

成员吗？"

YUKI毫无防备地点头回答："对，是未夜。"

所有人都以为安逸凡刚才只是随口问问，谁料他接下来却语出惊人，意味深长地对YUKI说："你不要太相信这个人。"

YUKI诧异地抬头望着他，要不是因为知道他的人品，真要把他当成挑拨离间的小人了。陆依依等人也都目瞪口呆地盯着他，猜不透他为什么突然说出这种莫名其妙的话。

安逸凡沉默了一会儿，然后当着所有人的面，揭穿了一个真相："其实我也不愿意相信，但是有人很肯定地告诉我，你上次回国时偷偷对外泄露你行踪的人，就是他。"

"他为什么要这么做？"YUKI难以置信。

于是安逸凡把从王盛世那里听到的情报简单讲了讲："S TOWN在日本的竞争对手NM公司，就是上次暗中买粉丝追车，还伪造你退团音频的幕后黑手。不用我说你也知道，NM就是未夜的前公司。他好像一直不满足于组合形式，想要当歌手，但在S TOWN显然是没有机会的。如果搞垮OMI，他就可以恢复自由之身。以他现在的人气，轻而易举就能实现歌手梦。"

当初YUKI怀疑安逸凡泄密，气得一度出走，现在安逸凡终于洗清自己的嫌疑，令真相大白，可心里并不轻松。如果是其他人说出这番话，YUKI半个字都不会信，但因为是安逸凡，他的内心动摇了，甚至……有一些恐惧。

最亲密的队友，真的会变成最可怕的敌人吗？

"你自己决定是否要把这件事告诉弗罗娜吧。"安逸凡拍了拍YUKI的肩膀，转身离开。

YUKI呆呆地站在原地，久久无法回过神来。

陆依依轻声试探他："你会和弗罗娜说吗？"

说，刚从安寂退团的打击中缓过气的OMI将会陷入前所未有的剧烈内部矛盾；不说，姑息养奸，也许后果将更加严重。摆在YUKI面前的是一个困难的抉择，但是，他遵从自己的内心，很快就找到了答案。

"最先放弃信任的才是叛徒。"他望着陆依依轻轻一笑，"这句话是你说的。"

未夜不是叛徒。只有在舞台上突然被他紧紧抱住，听到那声发自肺腑的"对不起"的YUKI，才敢如此坚定地相信他的清白。虽然安逸凡不可能无缘无故地污蔑他，但既然是队友，如果连这点儿信任都没有，这么容易就被扰乱心智的话，还有什么资格与他们一起站在舞台上呢？

重新开始的
决定

第六章

安琪儿带YUKI去见弗罗娜,安寂依然把自己关在病房里不见任何人。美嘉买好了返程车票,眼看发车时间越来越近,帮不上任何忙的她决定先行离去。前一刻还挤满人的走廊上,眨眼间只剩下陆依依和安逸凡,两人相顾无言。

望着紧闭的房门,想象安寂在黑暗中悲恸欲绝的样子,陆依依的脸上布满忧伤。看到她这副模样,安逸凡叹了一口气,说:"我们去外面走走吧。"

空气清新的花园中,浓郁的桂花香扑鼻而来,满眼的翠绿净化了陆依依心中的阴郁,连呼吸也不像在病房门外那么压抑了。两个年龄相差近三十岁的人在花园散步,尴尬的气氛可想而知,但陆依依听到这个邀请后没有拒绝,因为她隐隐猜到安逸凡有话想说。

"安寂他父母的事情,你知道多少?"

果然不出所料,安逸凡很快就言简意赅地切入正题。陆依依有些猝不及防,轻声答道:"会长不让我打听安寂的身世,说和整个安家都有关系,不想被外人知道。"

"她又自作主张了。"安逸凡叹了口气,似乎对这个精明能干的女儿伤透脑筋。"其实告诉你也无妨,至少能让安寂在迷茫的时候有个倾诉对象。你愿意听听吗?"

陆依依哪有理由拒绝,迫不及待地点头,说:"当然愿意!"

其实故事的开头她早就猜得七七八八,但过程却远比她想象中更加复杂并且充满无奈。当年林乔治留学中国学习中文,在校园里认识了端庄文静的小师妹安诗韵,但林乔治的父亲早就在日本为他物色到一名门当户对的未婚妻,所以林家听说这段感情后一直非常反对。

安诗韵出身书香门第,父母都是大学教授。一开始家人都舍不得女儿远嫁他乡,担心她被外国婆婆欺负,所以也很反对这段跨国恋情,但后来渐渐被两个人的真情打动,态度稍有缓和。结果到了谈婚论嫁时才得知林家坚决反对,觉得受到羞辱的安家一改前态,也开始反对两个人的婚事,但两个人仍然坚持交往,直到一个重大转折点出现——安诗韵怀孕了。

按照一般人的想法,这是一个奉子成婚的好机会。安家见生米煮成熟饭,为了女儿的幸福,也想早点儿让两个人完婚,但是从来没有见过安诗韵的林家人却不这么认为。他们不知道安诗韵这个异国媳妇有多好,反倒觉得这是安家挖空心思逼婚的卑鄙手段,于是反对态度更加坚决。

这样事情就陷入死结,两人无法结婚。眼看安诗韵的肚子一天天大起来,思想保守的安家人无论如何也无法接受女儿未婚先孕,孩子无名无分,暴跳如雷地催着安诗韵赶紧堕胎,但安诗韵说什么都不肯,原本和谐美满的大家庭整天吵得乌烟瘴气,空气中全

是硝烟味。

最后,被逼得走投无路的情人做了一个大胆的决定——私奔。

两人这一走就杳无音信,放弃了家族和学业,把两家长辈都气得住进了医院。

"如果早知道后面发生的事情,也许他们当初就不会这么冲动了。但是在那样的情况下,私奔的确是他们结婚、生下安寂的唯一方法。"回忆起当年的混乱,安逸凡连连叹息。

他们当初想要证明"结婚不是两个家庭,而是两个人的事情"。只要你情我愿,就能白头偕老。但是得不到家人祝福的恋情将很难走向幸福圆满,残酷的现实狠狠地打了他们一巴掌。

就在安寂出生后不久,林乔治的父亲被查出患上了绝症,去世前唯一的心愿就是再见儿子一面,但林家用尽一切办法都没能找到消失的林乔治,最终他只能带着遗憾撒手人寰。所以,后来弗罗娜谈起安诗韵时才会恶狠狠地说:"我父亲死不瞑目都是她害的。"

父亲去世后将近半个月,林乔治才从新闻里得知了父亲的死讯。在安诗韵的谅解和鼓励下,他主动与家人取得联系,立即返回日本参加父亲的葬礼。临走前许下山盟海誓,信誓旦旦地保证要把安诗韵娶回日本,却从此一去不回,甚至毅然决然地与安诗韵离了婚。

听到这里,陆依依忍无可忍地问:"为什么他这么绝情?"

安逸凡摇头说:"我也不知道他回到日本后经历了什么。也许是因为家族给他的压力很大,令他不得不妥协,也许是更简单的理由——为了继承林家的巨额遗产。"

听到这里,陆依依目光闪烁了一下,抬头望着他。

安逸凡徐徐讲道:"日本人就是顽固。听说他父亲死前曾留下遗言,说如果他不离婚,遗产一分钱都不留给他。虽然从法律上来说,没有人可以干涉他人的婚姻自由,但毕竟死者为大,已经沦为不孝子的他不可能为了争夺遗产再与家人对簿公堂。"

"所以他是为了钱才离婚的?为了继承遗产而抛弃了安阿姨和刚出生的安寂?"难以置信的陆依依几乎尖叫起来,突然理解了安寂为何如此痛恨他。

安逸凡没有回答,只是抬头望着林荫路的尽头。他不愿把林乔治想得如此丑陋,也不愿承认爱情如此廉价,但是他找不到理由说服自己,所以只能把沉默当作回答。

不知道当初爱得感天动地的两个人,是否能猜到最后落得这样的下场?

当年他们看似已经得到爱情最美的结局,你情我愿相守终老,但是这段执子之手、与子偕老的浪漫之路,却因为现实的逼迫和太多不得已,匆匆地只走到一半就在

哀叹中散了……

　　傍晚时分，林乔治终于和安诗韵做完最后的道别，离开太平间，来到安寂的房门外。他的眼眶微微红肿，眼球上布满细密的血丝，额头和耳鬓发丝还是湿的，一看就是刚洗过脸上的眼泪。公事缠身的他必须立即离开医院，临走前他鼓起勇气来见安寂。
　　安琪儿找安逸凡和陆依依去了，弗罗娜和YUKI则在住院部大门口的喷泉旁等待。
　　一手叉腰，一手抚额的弗罗娜走来走去不停打电话，处理因为这起突发事件引发的混乱，机关枪般的语速暴露出她内心的焦灼。YUKI当然不敢去惹开启母老虎模式的弗罗娜，静悄悄地坐在喷泉边上，担忧地凝望着某个窗帘紧闭的房间——那是安寂所在的房间。
　　"小寂，我可以跟你说几句话吗？"
　　清脆的敲门声回荡在幽静的走廊深处，本以为不会得到任何回应，但令林乔治意外的是，很快就有"咔嗒"一声轻响传来，安寂居然开门了。
　　他低着头，没有说话，从林乔治的角度正好可以看到他挂着泪珠的下垂的睫毛。
　　开门后，安寂转身回到床边坐下。
　　阴暗的房间仿佛是他紧闭心房的写照，透着压抑的窒息感。
　　林乔治轻轻关上门，坐在床边的小凳子上。病房被收拾得干干净净，显得非常空荡，所有与安诗韵有关的物品都被装在三个纸袋里。一个人就这样消失了，有点儿不可思议。
　　"小寂，我知道你很难过，不过现在最重要的是处理好后面的事情。你当初退团是因为要陪诗韵，现在她去世了，我认为你可以考虑重新归队……"
　　这个话题很敏感，林乔治先试探性地提了一句，立即停下来观察安寂的反应。
　　安寂依旧低着头，一副爱理不理的样子。
　　林乔治犹豫了一下，又接着说："如果你现在归队，公司可以考虑撤销诉讼。当初把你告上法庭并非我的本意，希望你可以理解我的无奈。如果只是家庭内部矛盾，我肯定跟你私下和解，但是这件事太大了，关系到整个公司和股东权益，所以才不得不走司法途径……"
　　上面任何一句话都足以瞬间点燃安寂的怒火，林乔治本想以毒攻毒，用最激烈的方式诱使安寂把所有怨恨喷发出来，然后再与他推心置腹。但是，安寂依旧没有任何回应。心如死灰的他早已丧失发怒的力气，他只想面无表情地听林乔治还能讲出什么伪善的笑话。

第六章 重新开始的决定

"小寂,我希望你明白,我做的一切都是为了你好。"

"虚伪。"终于听不下去了,安寂冷笑着说。

"我毕竟是你的亲生父亲……"

"你不是。"

再次生硬地截断林乔治的话,安寂蓦然抬头,用充满敌意的目光盯着他,恶狠狠地说:"我没有你这个父亲,也不想听你解释,我给你开门只有一个原因……"

说着猛地拉开抽屉,拿出一本存折,扔到林乔治的身上。

"这是这些年你给的钱,我现在一分都不要!官司也不用继续打了,用这笔钱抵违约金绰绰有余,我跟你从此恩断义绝,两不相欠。你没我这个儿子,我也不认你这个父亲!"

激动地吼完这通话,安寂气喘吁吁地瞪着面前呆若木鸡的男人。

解释没有换来谅解,更无法抹平十多年来积攒的累累伤痕,安寂的愤怒和抗拒完全在林乔治的意料之中。他叹了口气,捡起地上的存折,随手翻了翻,痛苦地哽咽着,但他迅速调整好情绪,当他重新抬头时,望向安寂的目光已经恢复素日的冷静。

"无论你多么抗拒,我们之间的血缘关系都是无法磨灭的。只要我还是你的监护人,我就必须为你着想。只有S TOWN可以为你提供最好的环境,帮助你实现梦想……"

安寂刚要反驳,门口突然传来"笃笃"的敲门声。

"不好意思,我想打断一下。"

不知何时,安逸凡已经出现在门口,身后还跟着不知所措的陆依依和安琪儿。他推开虚掩的房门,如王者般走进硝烟弥漫的房间,宣战似的对林乔治说:"其实监护权不一定归你,只要安寂点个头,我随时可以当他的监护人。既然他这么排斥你,你就不要再强人所难了。如果你真的为了他着想,就应该主动放弃监护权。"

稳重的话语中潜伏着刀光剑影,就连陆依依都嗅到一股浓烈的战意。

面对安逸凡的公然挑衅,林乔治居然没有应战,而是起身离去。走到安逸凡身边时,他才轻声说了一句:"你对我有点儿误会。"

安逸凡横身挡住他,说:"那就请你解释清楚。"他早就怀疑林乔治有所隐瞒,之所以表现得这么咄咄逼人,就是要逼林乔治把所有内情讲出来。

在他的强势面前,林乔治显得非常软弱。"现在还不是时候……"只轻声留下这样一句似叹似泣的话语,便绕开他,迈着沉重的步子离开了病房。

望着他孤独的背影,陆依依心中涌起阵阵悲凉。

一个为了钱而抛妻弃子的男人,为何看上去如此可怜?

从他的一举一动、一情一态中,陆依依都能感觉到他依然深爱着安诗韵,而且他至今未娶,也是对那段感情忠贞的最好证明,但他当初为何做出离婚的荒唐决定?

他爱着安诗韵,却无法与之相伴终老,守着终生不见的誓言,再见已是阴阳相隔;他也爱着安寂,但是他的所作所为却不被理解,只换来苦心白费的下场。

想到这里,陆依依突然觉得他是天底下最可怜的男人。

他放弃了解释的机会,心甘情愿地被憎恨和误会,究竟背负着什么不可告人的隐情?

九月开学后,陆依依很快就体会到高三的紧张感。教室里最大的变化就是黑板旁多了一块高考倒计时牌,上面的数字每天都会更换,逐渐减小,时刻提醒着莘莘学子这个"人生转折点"的逼近。课桌上的参考书堆积成山,许多学生就连课间上厕所都是一溜小跑。每个人都铆足了劲,在粉笔灰飞扬的教室中与一沓沓考卷做着仿佛永无止境的厮杀。

开学第一个月,所有老师都火急火燎地拼命赶课,似乎要在半学期内讲完整个高三的课程,然后将剩下的时间全部用来复习。在沉重的学业压力下,陆依依很少有时间关注外界新闻,她已经把论坛全权交给美嘉管理,即便如此,她依然与安寂保持着联络。

安诗韵去世后,陆依依每晚睡觉前都要与安寂聊几句。一开始是担心他心灰意冷,一蹶不振,后来渐渐养成了习惯,不跟他说一声晚安就睡不着觉。

"我刚做完三张试卷,累得头晕眼花,现在总算躺床上了。"

"那你休息吧。"

"你还不睡吗?现在都半夜一点了。"

"在写歌词。"

见他说话这么简洁,陆依依猜他正忙着呢,不客气地说:"发来我看看。"

几秒钟后,安寂就发来一张刚拍好的照片,照片拍的是写在素描本上的一段歌词。

"……闲言碎语全部消失,闲杂人等全部闭嘴。我的世界由我说了就好,外人不会明了。一个人也无所谓,睁眼发呆闭眼睡。虚假的关怀,谢谢我不要……"

龙飞凤舞的字迹很潦草,充满了发泄的味道,生硬的字句中弥散着对外界的强烈敌意。

"怎么样?"见陆依依半天没有回复,似乎有点儿不安的安寂主动问。

"挺好的。"没有多余的感想,只有公式化的标准回答。

第六章
重新开始的决定

陆依依不知道应该说什么,这段时间,在网络和现实的双重打击下,安寂仿佛变了一个人。以前安诗韵重病时,他写的歌词中至少还充满美好的希望,但现在却全是浑浊的负面情绪,看了以后让人觉得心情非常沉重。

说实话,陆依依有些难过,却又不忍心指责。对于短时间内接连失去亲人和朋友,彻底沦为孤身一人,整天把自己关在房间里不与外界接触的安寂来说,写歌是他唯一的发泄渠道。只要他把想说的话写出来,无论对错都可以疗伤。这样总比让伤痕在心底溃烂生疮好得多。

从陆依依的语气中,安寂察觉到异样。"最近我发什么给你,你都只说这三个字。"

无奈之下,陆依依只好鼓起勇气,多嘴了一句:"很多人对你的关怀都是真心的,不是什么虚情假意。"然而安寂却早已关上心门,拒绝别人的帮助。他用仇恨的目光望着全世界,给自己树立了很多根本就不存在的敌人。他就像受伤后对人类失去信任的野兽,面对每个向他靠近的人都会龇牙咧嘴,本能地竖起全身的毛,发出威吓的低吼。

这个夏季他失去了很多东西,失去了辉煌美丽的舞台,失去了共同拼搏的队友,失去了挚爱的母亲,甚至失去了梦想和方向,背负着"叛徒"的骂名,在全世界的口诛笔伐中躲进漆黑的小房间。他努力不让自己一蹶不振,自暴自弃,但是伪装出来的坚强只是脆弱的谎言。

不忍戳破这个谎言的陆依依一直假装不在意,默默看着他倔强地咬着牙硬扛下所有压在他脆弱肩头的苦难和挫折,其实心里早就急得如被火烧。

"别写了,和我聊聊吧……"陆依依恳求着。她怕他越写越极端,越写越偏颇。

安寂猜到陆依依想聊什么,立即假装轻松地回复:"我只是随便写写,你不要想太多。"

其实不是陆依依想太多,而是安寂不想谈。他不想耽误陆依依的休息时间,也不想把这么狼狈的自己毫无隐藏地曝光在她的眼前。心照不宣的两个人都明白,应该结束这个话题了。

"那就好。晚安吧,早点儿休息。"

说完,陆依依发去一个非常可爱的挥手表情,装作毫不在意的样子,却一直紧张地盯着手机,直到安寂发来"晚安",她才终于松了一口气。躺在床上辗转反侧,怎么也睡不着,陆依依忍不住又翻出一直存在手机中的那首《夜之光》循环播放。

不知道现在的安寂是否还记得这首歌,是否还记得歌词中那个在黑暗中希冀光明的孩子。没有乐器的伴奏,安寂温柔的清唱舒缓动人,每个字都仿佛在寒流中坚强绽放的

花朵，但现在他的歌声却布满锋利的荆棘，带着刀枪剑戟肆虐过的冰凉，令人胆战心惊。

开学已经大半个月了，同学们早就全身心地投入紧张的学习中，唯有被学校寄予厚望的陆依依没在状态。虽然她已经不再管理论坛，也很少上网，但总有几分心思还牵挂着安寂。

这样的情况老师和父母都看在眼里，担心在心里。陆依依的开学考试成绩不怎么理想，老师还专门为此找过她谈话，希望她以学业为重，不要再追星了。

当时陆依依还反驳："我不是在追星，只是在关心一个好朋友。"

老师语重心长地说："你朋友的事他自己不知道处理吗？你还是先关心自己吧。"

一番长谈之后，陆依依终于认错了，保证"我一定把心思都放在学习上"，可是做起来却远没有嘴上说的这么容易。写着似曾相识的习题，望着倒背如流的课本，过着两点一线的单调生活，总觉得越来越疲倦，提不起高三学生应有的那股冲劲。

这时她才意识到，自己与安寂一样，陷入了低潮期。

虽然自己知道不能继续这样，却不知道应该如何振作。

九月很快走到尽头，即将到来的是全国人民共同期盼的十一黄金周，不过对于高三考生来说，严重缩水的假期没什么好期待的。放假前一天还在上晚自习的陆依依拖着疲惫的身体回到家里，刚打开手机准备瞄一眼QQ群，就听见里面噼里啪啦地传出一阵阵提示音，吓得她赶紧静音，不料还是惊动了正在客厅看电视的妈妈。

"依依，再这样就没收你手机了！"

"明天放假，让我休息一下吧。"陆依依央求。

"别聊得太晚，不准开电脑。"看在放假的分上，妈妈网开一面，姑且没有没收手机。这是她所能做出的最大让步了，但是电脑是绝对不让陆依依碰的。

陆依依见好就收，连忙答应，手上也没闲着，迅速点开QQ群，查看聊天记录。所有与安寂和OMI有关的群都被刷爆了，大家都在讨论一个话题——安寂刚刚上传的新歌。

新歌的歌词正是陆依依三天前看过的。没想到安寂这么快就录了出来！

当时陆依依就觉得歌词里有很多地方不妥，但她欲言又止，以为安寂只是随便写写，不会公开，没想到安寂不但公开了，还取了一个非常狂妄的名字，叫作《全世界为我低头》。

新歌的节奏非常强烈，说唱部分还夹杂了一些英文的粗话，完全就是负面情绪的彻底爆发。虽说英文说唱歌曲里也有大量粗话，但是国内歌迷很难认可这样的文化。特别

是安寂在OMI时期走的是优质偶像的路线，突然转型成街头痞子的风格，那叛逆乖张的粗犷唱法的确很难让人接受。

出了这么大的事，论坛管理群早就乱成一团，但是为了不打搅陆依依复习，美嘉没有发来一句私聊，只在群里组织大家四处删帖辟谣。陆依依不想辜负美嘉的一片好心，望着不停刷新的聊天屏，好几次想说话都忍住了。

陆依依暂时关闭管理群，又去其他地方看了看。那些聚集了三教九流的公共论坛里已是骂声一片，污言秽语不堪入目。有人说："这就是他的本来面目，终于撕破伪装了。"还有人旧话重提："以前早就有人爆料说他是因为打架才被学校开除的。"更有人骂道："什么偶像啊，就是一个高中文凭的混混儿罢了！"这样下去，安寂好不容易建立起来的良好形象又要崩坏了。

陆依依担心得坐立不安，然而安寂却满不在乎。不一会儿，管理群里传来一个出乎所有人意料的消息："大家快来看啊，安寂开直播了！"说着分享了一个直播网址。

陆依依点进去一看，观众人数已经超过两万，还在以可怕的速度不断增长。

屏幕中，安寂抱着吉他，坐在一套繁复的录音设备前，面无表情地对着话筒说："很抱歉消失了这么长一段时间，不过我没有闲着，写了很多新歌，今天突然想唱给大家听听。"

他戴着一顶黑色的棒球帽，帽檐的阴影挡住了上半张脸。陆依依无法看清他的表情，只从他压抑的嗓音中，听出一丝痛苦的哽咽。他没有化妆，苍白的嘴唇干裂脱皮，紧绷的皮肤暗黄无光，显得非常憔悴。这么差的状态还素颜出镜，简直是自己枪毙自己的偶像身份。

你到底想干什么？被吓得眼冒金星的陆依依急得几乎快要昏倒了，呆呆地望着屏幕中满天乱飞的礼物和特效，还有刷得看都看不清的网友留言。这次直播好像是安寂的个人行为，没有任何人管理现场，留言的不仅是粉丝，更有一群蜂拥而至的键盘侠。

这群人恨不得用最恶毒的语言把安寂骂得狗血淋头，不停地用污言秽语拼命刷屏。知道OMI的就刷"叛徒滚出去"，连OMI都不知道纯粹凑热闹加落井下石的就开始人身攻击，而且每当遇到粉丝反驳还越刷越上瘾，仿佛找到了自己的存在感。

粉丝们气的气，怒的怒，全都丧失理智，跟这群人针锋相对，用越来越粗俗的字眼反击着。双方人马势均力敌，在留言区里唇枪舌剑，搞得一片乌烟瘴气，但安寂连看都没有看，低头抱着吉他，轻轻拨响琴弦，在简短的前奏后，用美好的嗓音唱出一首原创的抒情歌曲。

但是，优美动听的歌曲无法安抚众人激动狂躁的心。整个直播间没人听他演唱，所

有人都热火朝天地争论着,谩骂着,掐得硝烟弥漫,你死我活。幸好是在网上,如果是在现实中,肯定早就打得鲜血淋漓了。有人好心好意地发言维护秩序,但是瞬间就被淹没在滔滔谩骂中。

唱到一半时,安寂抬头望了一眼屏幕,终于对留言区的混乱忍无可忍,猛地按住琴弦。一声刺耳的杂音后,他突然停止演唱,把话筒拉到嘴边说:"不好听就别听啊,我又没拦你。"

他居然黑着脸亲自上阵,用充满敌意的生硬口气跟网友对掐起来。

"我的确唱得不好,但是仗着有背景,还是出道了。"

"也的确长得丑,黑眼圈很深,因为最近晚上都睡不着。"

"滚出娱乐圈?不好意思,我大概还要再待上一段时间,等我想滚的时候就会滚了。"

"以前夹着尾巴小心翼翼是怕我妈看到你们骂我会伤心,但是现在不怕了,你们尽管骂吧,让我看看你们究竟能骂多厉害,还能创造什么新词。"

他说得很平静,炮轰敌人的同时也嘲讽自己。他没有狂躁,也没有愤怒,只是一种自虐般纯粹的发泄。他越说越起劲,根本停不下来。如果再没有人阻止,骂战将无休止地持续下去。

陆依依顾不上考虑太多,马上给他打电话。

铃声在陆依依耳边响起的同时,在直播的安寂也听到放在桌边的手机响了起来。本以为这样就能打断骂战,但安寂只是冷漠地瞥了来电显示一眼,就直接食指一划,把电话挂断了。

他从容地对着镜头说:"想说什么就直说,我在这里回答你。"

他知道电话是陆依依打来的,也知道陆依依在看直播。他没有留给陆依依劝阻他的余地,而是用强硬的态度逼人知难而退。他在心房筑起高墙,隔绝外界攻击的同时,也切断了善意的支持。他已经失去理智,不分敌我,把矛头指向每一个靠近他的人,任性地攻击着。

陆依依还能说什么?望着屏幕,四目相对,仿佛安寂就在面前。

他们就这样彼此对望,空间的距离就此消失,双方似乎都可以直接看透对方的心。

谩骂消失不见,人群化作尘埃。混乱到极点的直播室突然安静下来,只剩下两个人在无尽虚无中沉默对视。彼此的悲痛是一样的,失望是一样的,就连所思所想都是一样的。唯一不同的是,站在万丈悬崖前,陆依依想挽救他,但他却选择了自我毁灭。

突然,一阵急促的拍门声传来,打断了陆依依的思绪。

第六章
重新开始的决定

屏幕中安寂蓦然扭头，向画外望去。背景中依稀传来模糊的吼声、拍门声、开锁声。

不等陆依依反应过来，她就被弹出直播室。她立即尝试重新进入，但进入后主屏幕却是一片漆黑，只有一群看热闹的网友议论纷纷。半分钟后，她再次被弹出直播室。这次，整个直播室都被关闭、删除、彻底消失，再也没人可以进入了。

所有群都闹翻了天，每个人都讨论着刚才的直播。

陆依依捏着手机，呆坐桌前，迟迟没有回过神来。过了好一会儿，混沌的大脑才重新启动。她猜多半是安逸凡和安琪儿打断了直播，那阵杂乱的响声就是他们破门而入的动静。

正想着，QQ突然响了起来。群聊天是不会响的，只有私聊才会响。本以为是管理群的谁，没想到低头一看，却惊讶地发现跳出来的是YUKI的博美犬头像。

"依依，你看了刚才的直播吗？"YUKI开门见山地问。

不等陆依依回答，他接着说："我在国内，想去见见安寂，你有时间吗？"

他的语气很急促，陆依依隔着手机都能感受到他的焦急。

OMI新专辑的宣传期已经结束，活动渐渐减少，YUKI大概是回国休息的。安寂住在安琪儿家，YUKI不方便单独前往，所以才约陆依依一起去。

"好。"陆依依二话不说，一口答应。她知道YUKI和她一样，都被刚才安寂的所作所为吓坏了。无论如何一定要尽快见到他！不然，安寂真的要自我毁灭了。

幸好正值十一黄金周，妈妈虽然抱怨了两句，但是心疼安寂刚刚失去母亲，还是同意陆依依前去探望。出发前，她一再嘱咐："这些都是大人的事情，你一个小孩子根本管不了。这次你过去，好好安慰一下他，回来以后就抓紧时间努力学习，再也不要分心了。"

陆依依唯唯诺诺地点头答应，其实根本就没有往心里去。

陆依依与YUKI一起来到安琪儿家，进门瞬间就感受到整个家的气氛都十分沉重。

眉眼低垂的安琪儿不声不响地打开门，把两个人领到客厅。安逸凡早已等候多时，抬手示意两个人坐下，叹气时嘴里散发着浓重的烟味。在此之前，陆依依还以为他不吸烟呢。

"这段时间他的状态很差。"安逸凡说，"整天把自己关在房间里，连吃饭都不出房门，我们说什么他都听不进去。你们来看看他也好，好好和他谈谈吧。"

简单地嘱咐了几句，安逸凡亲自带路，领两个人来到安寂房门外。

"安寂,你朋友来了。"他轻轻敲门,把声音压得很低,似乎生怕刺激到房间里的人。说出这句话后就转身下楼,只留下深锁双眉的陆依依和YUKI在门外等候。

陆依依紧张地咽了一口口水,还以为会被拒之门外,没想到过了一会儿,门开了。

安寂站在门后。他穿着皱巴巴的睡衣,赤脚踩在地板上,目光浑浊,眼眶微肿,头发蓬乱,没有洗漱。他的状态比直播那天更糟,至少那天还是洗过脸的。陆依依有些心痛。

"你们来干什么?还有什么好说的?"他冷笑着,一脸不耐烦的样子,转身坐回床边。

床上的被子没叠,乱糟糟地随意堆在角落里。房间中窗帘紧闭,隔绝了一切光线,仿佛是电影中吸血鬼居住的阴暗城堡。

YUKI和陆依依悄无声息地坐在他斜对面的小沙发上。沙发松软舒适,却令人如坐针毡。

"直播过后你看新闻了吗?"YUKI率先开口,语气沉重得仿佛压着千钧巨石。

安寂无奈地摇了摇头说:"直播后我就被禁网了,他们怕我又和网友对掐。"

"那天晚上各大娱乐网站的编辑都熬夜加班制作专题,凌晨你又登上各大网站的头条了。他们真要恨死你了,长假第一天晚上就给他们找活干。你想承包一整年的头条吗?"

YUKI没有责怪他,而是用开玩笑的语气淡淡说出。那晚他看到直播时真的很想把安寂臭骂一顿,不把他骂哭誓不罢休,但是现在已经冷静了。可气是可气,但更多的是心痛和无奈。

如此沉重的玩笑一点儿都不好笑,不过安寂听后还是干笑了两声,气氛变得有些尴尬。

他们曾经是无话不谈的好朋友,但在退团风波后产生的隔阂一直横亘在两个人心中。虽然依旧牵挂着彼此,但是被"背叛"拉远的距离却让他们在每次见面时,显得越来越生疏了。

片刻的沉默后,YUKI收敛笑意,开始切入正题:"你今后有什么打算?"

这次,安寂没有吭声,默默地低下了头。

"如果你还想继续唱歌,就不要跟网友置气了。你舅舅对你很好,听说他已经为你制订了很好的复出计划。你这样任性妄为,他会很为难的。"

"复出?"安寂冷笑着,语气有些激动,"就算我在他的安排下复出了,还不是和在S TOWN一样?其他人会怎么想?他们依然会觉得我没有半点儿才能,全是靠关

第六章 重新开始的决定

系上位的。"

"你不要管其他人怎么想,自己问心无愧就行了。"

"可我就是有愧。"安寂带着满腔怨气打断他,"连我也觉得自己很差劲,如果不是他们的儿子和外甥就一无是处,不配站在舞台上,不配唱歌跳舞,不配有粉丝,更不配当偶像。我为什么要任人摆布,任人操纵?如果可以的话,我根本不想在宏宇出道,我想走自己的路。"

他不服从安逸凡的安排,打乱预定计划,私自上传歌曲还做直播,就是一种反抗,想要摆脱被操纵的命运。在心底深处,他知道安逸凡是为了自己好,但是他不愿接受这样的善意。

"无论你在哪里出道,黑你的人都有话说。就算你在其他公司出道,他们也会觉得是宏宇幕后操纵。你现在的所作所为只是在斗气,消磨其他人对你的忍耐和包容,对自己百害而无一利,这就是幼稚。你的自暴自弃太令人失望了,这样下去粉丝都会离你而去。"YUKI的语气也跟着激烈起来,在任性的安寂面前,他除了失望还是失望,连继续劝说的力气都没了。

"真正喜欢我的人就会留下,就算所有人都走了,我也可以唱给自己听,唱给我妈的在天之灵听。我不需要太大的舞台,只要懂我的人关注我就行了。"

安寂早就做好了最坏的打算。他望着一直不敢吭声的陆依依,仿佛渴望着支持。

在他心中,陆依依就是那个懂他的,一定会留下来的人。

"你那天打电话想对我说什么?"旧事重提,安寂的语气显得咄咄逼人。当初两个人隔着屏幕的"对视"被安逸凡的突然闯入打断,最后整个直播都终止了,陆依依没有机会开口。

"我想让你冷静一下……"陆依依声音小得仿佛做了什么坏事。那时情况紧急,陆依依来不及多想,只是看到直播室中群魔乱舞的混乱场面后,下意识采取的行为。

"冷静有用吗?可以改变现状吗?反正无论我做什么都不是自己的努力,回到S TOWN有那个男人,留在宏宇又有舅舅。走到哪里都有靠山,连我自己都不敢相信我这么有后台!"

"你越是怀疑自己就越迷失,越会做出疯狂的事情。虽然冷静无法改变你和他们的血缘关系,但至少可以让你不要这么自暴自弃。YUKI说得没错,大家会对你失望的。"

"失望"二字从YUKI口中说出和从陆依依口中说出的分量是完全不一样的。安寂的表情明显僵硬了一下,眼神也随之暗淡下来。他扭开头,倔强地说了声:"无所谓。"

嘴上说着无所谓,心里却是在乎的。顽固的神情软化下来,显得局促不安。

陆依依不敢继续说下去，怕会刺激到他，只能望着YUKI求救。

看到安寂执迷不悟的样子，YUKI的语气加重了。他说："我们可以理解你，是因为我们知道你承受的打击，但是其他人不行。他们只能看到你在镜头前的样子，不在乎你到底经历过什么。你把负面情绪带到工作中去发泄，你的工作没有做好，那么他们骂你是应该的。"

两个人的年龄相差无几，但YUKI显得成熟很多。安寂被训得一声不吭，沉默哽咽。

陆依依于心不忍，安慰道："安寂，大多数粉丝都不知道你的身世，他们看到的是舞台上神采奕奕的你。大家都是被你的实力所吸引的，不是其他什么……"

"如果我连出道的机会都没有，你们怎么看到我？那个男人亲口对我说，如果我不是他儿子，我要两三年后才有机会在一个不受重视的新人组合出道。"

"可是……"

陆依依还想争辩，而YUKI轻轻拍了拍她的肩膀，说："你现在说什么他都不信了。"抬头又问安寂："那你想怎么样？"

"除非可以改头换面，在一个没人认识我的地方重新开始。"

"你清醒一点儿好不好？你觉得这有可能吗？你已经站得这么高，这么醒目，不可能再重新开始了。与其纠结于这些没用的东西，不如接受现实，振作起来，用实力让那些人闭嘴！"

这是一剂猛药。不是温柔的安慰，而是粗暴的掌掴。也许可以一巴掌把安寂打醒，但也许只会适得其反，把本就剑拔弩张的紧张气氛瞬间点燃，引发更激烈的争吵。

"那我就活该一辈子被骂有黑幕吗？"安寂的口气也强硬起来，"我的所有努力，一切成就，最后都会变成一句话——他就是投胎投得好。这样下去有意思吗？我还不够清醒吗？"

"你们别吵了。"急得快要哭出来的陆依依小声劝阻。

音量很小，但还算管用。YUKI深吸一口气，努力冷静下来，问："那你想怎样重新开始？"

安寂没有立即回答，而是斜身抱起床边的吉他，低头拨响琴弦。舒缓的旋律从他指尖流出，仿佛是休战的标志。他叹了一口气，轻轻闭上眼睛，沉浸在这一刻音乐带给他的安慰中。刚才的争吵就这样被美妙的音符淡淡拂去，两个人都渐渐平静下来。

没人愿意打破这样的平静，就连YUKI也收起还未说完的话语，发出一声沉重的叹息。

陆依依盯着专心致志弹奏的安寂不敢眨眼，生怕错过任何一个微小的瞬间。她隐约

预感到安寂正在计划着什么,那一定是一件大事,能让所有人震惊。想问,但找不到机会开口。

这时,安寂突然轻声说:"我已经想好了……"

手指依旧拨动着琴弦,没有停下。微微睁开的眼睛凝视着地板,有些欲言又止。

"你想好什么了?"不等陆依依开口,YUKI迫不及待地追问。

安寂咬着嘴唇犹豫了一会儿,突然猛地用指尖划过琴弦,令优美的旋律戛然而止。他抬头望着YUKI和陆依依,似笑非笑地说:"已经想好重新开始的方法,但是现在还不能告诉你们……"

十一黄金周的最后一天,陆依依终于明白安寂那句话的含义。她的预感果然没错,安寂真的酝酿出一个惊天动地的大计划,把整个安家都震得不得安宁。这天清晨,她接到安琪儿十万火急打来的电话:"你有安寂的消息吗?他去找过你吗?"

"怎么了?"还没睡醒的陆依依迷迷糊糊,边问边揉眼睛。

"安寂失踪了!"安琪儿快要急哭了。

"什么?"陆依依彻底清醒过来,腰上就像装了弹簧似的,"噌"地一下弹坐起来。

电话对面的安琪儿语无伦次,陆依依还是第一次见她如此惊慌失措。她混乱地说:"安寂不见了,保姆早上发现的。我爸调出了小区监控,发现他半夜就走了。我爸已经去找了,我在家里打电话。他带走了吉他和一些衣服,一句话都没留下,我们一点儿线索都没有……"

乱七八糟地说了半天,最后终于讲出重点:"你能去他家看看吗?"

安寂突然离开,最有可能就是回老家,但是安逸凡和安琪儿赶过来最快也要小半天。在没有确定安寂是否回老家之前,他们只能先在附近寻找,让陆依依去安寂的老家看看情况。

"好,我马上就去。"雷厉风行的陆依依立即把手机夹在脖子里,边说边穿鞋。

因为放假,爸妈都没有起床。手忙脚乱套上衣服的陆依依说了声:"妈,我有事出去一下!"匆匆关上房门。背后隐约响起妈妈的喊声,但她已经一头钻进电梯,无法回应了。

坐上出租车的时候,陆依依连头发都没梳,一边催促司机快点儿,一边摸出内嵌小梳子的随身镜梳头。她用最快的速度赶到安寂家,顾不上会不会打扰邻居,直接粗暴地拍门大喊:"安寂,你在家吗?"

房间里面没有任何回应，倒是邻居家的狗受到惊吓后"汪汪汪"地不停乱叫。

这时候安琪儿的电话又打了过来："依依，你到了吗？安寂回去过吗？"

"我到了。他应该回来过，但是已经走了。"

"你怎么知道？"

"他家这么久没人住，门缝里肯定被塞了很多传单，但是现在一张都没有，肯定是被他扔了。"陆依依边说边走到楼梯口的垃圾桶旁看了一眼，果然在里面发现一大沓传单和小卡片。

"那你下楼问问小区保安。"

"这里又不是什么高档小区，保安怎么知道？他还带走什么东西没有？"

安琪儿好像正在安寂房间里清查物品，慌忙地说："还有钱包和护照。"

护照？陆依依愣了一下，突然有种不祥的预感，因为只有一个地方会用到护照。

"你别着急，我马上去机场看看！"陆依依说完立即挂断电话，飞快地冲下楼去。

A城是个三线城市，机场的候机厅很小，一眼就能望到头，当初陆依依就是在这里遇到安寂的。今天是黄金周的最后一天，去程返程的人都很多。大清早机场里就人头攒动，热闹非凡。一路飞奔的陆依依猛地冲进候机厅，吓得众人纷纷侧目。她顾不上旁人的目光，焦急地在人群中搜寻着安寂的身影。突然，她的视线在角落里捕捉到一个熟悉的身影。

他坐在角落里，戴着时尚的豹纹棒球帽，低着头发呆，跷起的大长腿边放着一把吉他，旁边还有一个塞得胀鼓鼓的登山包。虽然他已经尽可能地降低了自己的存在感，但过往行人都会忍不住多看他几眼。陆依依更是在三秒钟之内，一眼锁定与众不同的他。

安寂，果然是他！陆依依几乎要哭出来，拨开人群狂奔过去。还没靠近，他就已经发现，轻轻地抬头望来。四目相对的刹那，时间仿佛静止，周围的嘈杂全部消失不见。

"你在这里干什么？安琪儿他们到处找你。"离他还剩三步时，陆依依就忍不住低吼起来。与此同时，一直握于掌心的手机突然响起，显然又是安琪儿打来的。

"依依，你到机场了吗？"安琪儿把时间掐得真是分秒不差。

"找到了，安寂他……"话没说完，手机就被抢走。陆依依诧异地抬头望去，安寂已把电话挂断。安琪儿也不是好打发的，立即又拨过来。这次，安寂干脆直接关机了。动作干净利落，陆依依完全没有反应过来。电话对面的安琪儿估计已经猜到是安寂干的，要气炸了。

"你干什么？你知道大家有多担心你吗？怎么一句话不留就走了？"陆依依生怕安

第六章 重新开始的决定

寂起身就走,连忙堵在他面前质问,口气也凶巴巴的,引来不少人侧目。

"我留了。"安寂倒是很平静,不但不生气,还微笑着说,"我已经设置好一封定时发送的邮件,飞机起飞以后,我舅舅就会收到。"

飞机?陆依依这才想起重点,低头看了一眼安寂手中的登机牌。目的地居然是伦敦!

不等她叫出来,安寂主动交代:"以前OMI经常到国外做宣传,幸好英国的签证还没有过期。虽然英国也有很多OMI的粉丝,但认识我的人应该比国内少多了,我想去闯闯。"

"你疯了吗?"听他说得这么简单,陆依依快要急哭了,"你过去以后怎么生活?"

"隐姓埋名,重新开始。其实我英文歌也唱得很好。"依旧是风轻云淡的语气,仿佛不知人间疾苦。真亏他还有心情说笑,陆依依被他从容无畏的态度搞得哭笑不得。就在她想要冲过去把安寂拉走的瞬间,安寂突然改变动作,把腿边的吉他横抱在胸前。像是为了证明刚才的话,他轻轻地唱起了一首英文歌。那是披头士的经典老歌 *Hey Jude*(《嘿,朱迪》)。

Hey Jude, don't make it bad. (嘿,朱迪!不要这样消沉。)
Take a sad song and make it better. (快乐地唱一首哀伤的歌。)
Remember, to let her into your heart. (记着,只要将它唱入你的心田。)
Then you can start to make it better. (世界就会美好一些。)

人生总是充满沮丧和失意,只有懂得安慰自己,才能让受伤的心重新振作。多亏了这个世界还有这么美好的旋律,能让人在大哭之后含泪感动地笑,勇敢地面对今后的漫漫长路。

很久以前,他只是一个单纯地唱着歌的孩子,因为热爱音乐而有了梦想,憧憬着更大的舞台。有一天,他终于获得出道的机会,以为出道后就能站上更大的舞台,唱歌给更多人听,跳舞给更多人看,直到骂声盖过掌声,流言遮蔽真相,清澈的世界变得浑浊,充满阴霾,才蓦然意识到获得光辉后必须付出的代价。有过失落和失望,也有过迷茫和孤独,他一步步坚强地硬撑着走过来,以为这就是成长的必经之路。但是,这一切都在被父亲告知的真相后失去了价值。

Hey Jude, don't be afraid. (嘿,朱迪!别害怕。)
You were made to go out and get her. (你生来就要学会勇于克服恐惧。)
The minute you let her under your skin. (在你决心拥抱恐惧的那一刻。)
Then you'll begin to make it better. (世界就会美好一些。)

在错误的安排下,走进最坎坷的试炼,繁华散尽后只留下一身疲倦和狼狈。久久的反思中,唯一庆幸的,就是自己依然有一颗追求美好音乐的虔诚之心,渴望在更宁静的天空下,做回曾经单纯的自己。重新开始很难,这不是逃避过去,而是踏上新的征途。

在让粉丝喜欢自己之前,先要变成自己喜欢的自己。这个愿望,只有离开才能实现。

And any time you feel the pain. (无论任何时刻,你感到痛苦了。)
Hey Jude, refrain. (嘿,朱迪!记得停下来。)
Don't carry the world upon your shoulders. (你不用把世界的重担都往自己肩上扛。)

只要重新振作起来,自己一定会变得坚不可摧。

清澈的歌声伴随着舒缓的琴声扩散,仿佛有一阵轻风抚去心中尘埃,安慰着悲伤,把一切苦难都染成美好的色彩。因为是公共场合,他把声音压得很低,但依然吸引了许多人的目光。在大家聚过来围观之前,他停住了,望着又惊讶又陶醉的陆依依。

"你觉得我会成功吗?"

答案是毋庸置疑的。因为这首歌,陆依依冷静下来,不再急躁,也不再慌乱。荒唐的是她居然想退开,不再挡在安寂面前,任他去走他想走的路。不再劝阻,只是祝福。

陆依依的眼中不知为何泛起泪光,视野里就像有水晶闪烁,美丽而虚幻,犹如童话。她有些哽咽,还没来得及讲话,广播突然响起。

"前往伦敦的安寂旅客,登机口即将关闭,请您尽快登机。前往伦敦的……"

原来已经到登机时间了。安寂明明早就可以过安检,但是他没有。

陆依依恍然大悟,有些感动,问:"你在等我吗?"

不知道要等的人是否会到来,但是安寂依然固执地等到最后一分钟。结果就像奇迹一样,她真的出现在人海尽头,气喘吁吁地跑向自己,披散的发丝飞扬在肩头,熟悉的面庞焦急而忧伤。即便如此,这个画面仍然无比美好,足以深深印刻在安寂的记忆中,

第六章 重新开始的决定

化为永恒的瞬间。

"幸好等到了,没有留下遗憾。"他微笑着起身,提起登山包,把吉他挂在肩头,走到依然挡住他去路的陆依依面前。

"还有什么话想说?"他轻声发问,哪怕广播已经重复到第三遍了。

"你走吧。我说过,只要是你自己做出的决定,我都会支持。"陆依依语气急促,生怕耽误安寂登机。

"你等等,我……我……"她全身上下地翻找着,很想找点儿礼物出来,但出门时走得太急,什么像样的东西都没带,只有一个在地摊上买的随身镜,觉得拿不出手。

看出她的窘迫,安寂拉住她掏口袋的手,说:"不用了,临走前就送我微笑吧。"

说完自己先微笑起来。上扬的嘴角,清澈的眼眸,美好得令人感动。陆依依已经忘记有多久没有看到他的笑容了,这种恍若隔世的错觉,让陆依依的眼眶中泛出淡淡水雾。

"嗯。"陆依依用力点头,使劲微笑,但还是落下眼泪,破坏了安寂笑着告别的计划。

"我真的要走了。"当广播重复第四遍时,安寂低头用指尖擦去挂在陆依依脸颊的泪痕。

有那么一秒钟,他专注地凝视着这个一路从风风雨雨中执着追来,忠诚相随,不求回报,见证了自己所有光辉和狼狈的女孩,唯一的遗憾就是要暂时消失在她的眼中了,有点儿不舍和愧疚。

就在他下定决心,转身离去的瞬间,陆依依突然一把拉住他,把什么东西塞进他手中,认真地说:"我不在你身边的时候,不要忘记经常送自己一个微笑。"

安寂低头一看,发现是面小镜子。轻按开关,镜盖打开,明亮的镜面中映出他的样子。他微笑,镜中人也笑起来,安静而恬淡的笑容抚慰了他的心,顿时让他觉得充满力量,不再孤独。

"谢谢。"安寂低声道谢,没有太多言语,诚恳的眼神令人心醉。

两人相视而笑,离别的伤感已经消失。

"暂时忘掉我吧,回家好好备考。给我一年时间,我不会让你们失望的。"

不管安寂说得多么有底气,陆依依还是忍不住问:"真的吗?"

"我向你保证,最迟下个夏天,我一定会重返舞台。那时高考应该也结束了,你可千万不要落榜哦。"

"才不会呢。"不要忘了她可是学霸,"我就怕你说话不算话,一走就杳无音信。"

"你看那边。"安寂转身指着大厅里的LED宣传屏,上面正在滚动播放房地产和化妆品广告,"我向你保证,当你拿到大学录取通知书的那天,我会出现在所有广告屏上。无论你在城市里的哪个角落,只要一抬头,就可以看到我。"

安寂专注凝视着屏幕,目光中闪烁着巨大的野心,说得无比认真:"那时我要向全世界宣布,我将重返舞台。"

"什么?他去伦敦了!你就眼睁睁地看着他走?"安琪儿气得差点儿想从手机里钻过来咬陆依依几口。

"他说服我了,不知道为什么,我就是相信他。只要他想,他就能做到。他不会被埋没,因为他太闪亮了。他会成功的,无论走哪条路,他最终都会有一番成就。我们要相信他!"

陆依依还在陶醉中,说出的话仿佛都是带着粉红色的。

"你有没有问他住在哪里?"

"来不及问,不过,他又没把电脑带走,你翻翻浏览器历史记录就知道了。"

"我居然把这招忘了。"安琪儿说着立即启动电脑,"先不说了,我查到他住址再来教训你。追都追到了,怎么就放他走了呢!"

安琪儿高抬贵手,陆依依的耳根总算清净了,但一回到家里,妈妈就开始不停追问:"依依,你大清早干什么去了?说也不说一声,电话也一直占线,最后居然关机了!到底出什么事了?你已经高三了,要好好学习……"以下省略千篇一律的劝学演讲十分钟。

如果是以前,陆依依会觉得很烦,但今天她的心情格外明媚,笑嘻嘻地把妈妈推出书房,说:"好了好了,我马上开始学习,你别打搅我了。"说着还真的坐在书桌前,打开课本。

虽然安寂离开了,却留下一个约定。

从现在开始到明年夏天,他们都会用这一年时间实现各自的梦想。望着桌上堆积如山的参考书和墙上的高考倒计时,想到安寂离开时的自信和坚决,陆依依不但不难过,反而倍受鼓舞。至少安寂不再自我封闭,怨天尤人,他又笑了,又找到了梦想和方向。

自己也不能输啊!陆依依翻开课本,握住钢笔,重新启动学霸模式。

从这一刻起,他们都将开始各自的修行,只为再见时可以让对方看到更好的自己。

三天后的下午，安逸凡的办公室里，一阵电话铃声急促响起。接通后，里面传来秘书战战兢兢的声音："安总，盛世传媒王总来电，听上去非常生气，说有重大事情一定要亲口跟您讲清楚，一分钟都不能等——您要接听吗？"

相较于秘书的紧张，安逸凡倒是坦然，从容说道："接过来吧，我知道他想说什么。"

"安总，到底什么情况？听说安寂突然出国深造了，节目要推迟？我们前期投入那么大精力，不少歌手的档期都已经敲定了，全都是大腕，我一个都得罪不起，你怎么说改就改……"

电话刚接通，安逸凡耳边就传来王盛世连珠炮似的严厉声讨。

安逸凡好几次想打断，都没有找到机会。只好等王盛世嚷完后，才温和地说："小王，这件事我们的确有错，麻烦你跟歌手和工作人员再好好沟通一下，希望他们可以理解。时间充裕一点儿，就能把节目做得更好。我打算把投资翻倍，请最好的歌手，做最好的编曲，聘最好的乐团，用最好的宣传，做一档影响力更大，播出后可以横扫全国的标杆性音乐节目。"

十分钟前，安逸凡吩咐负责与盛世传媒对接的专员把安寂的情况说明了一下，果不其然，王盛世听到消息后立即急吼吼地打电话来兴师问罪。好在安逸凡早有准备，当"投资翻倍"四个字一出口，他可以明显感觉到电话那头气得直喘气的王盛世平静了下来。

"唉……安总，我不是逼你一定要把节目安排在寒假播，时间不是不能调整，但你好歹提前跟我们商量一下再做决定吧，怎么突然就变了？我们很难处理啊……"

其实安逸凡心里更苦，谁让安寂离开前也没有提前跟他商量呢？好声好气地向王盛世赔礼道歉，解释原因，不过说辞上稍微美化了一点儿，把安寂的"突然离开"描述成"留学深造"。

王盛世的态度终于缓和下来，说："歌手那边也不是不能沟通，如果是为了节目质量，相信他们也能理解……"

"那就劳烦你多操心了。现在准备时间延长半年，节目推迟到明年暑假正式播出，效果肯定比寒假档好。"

"好吧，我明白了，我会尽力而为……这次说定了可就不能再改了。"

"一定不改了。"

安逸凡郑重其事的保证给王盛世吃了一颗定心丸。他转而又问："对了，关于是否邀请未夜的事情，你考虑得怎么样了？OMI成员之间的对决，一定会很有看点。"

第七章
刻骨铭心的永诺

"我已经考虑好了。不管当时他出于什么原因造谣YUKI退团,如今他已经深刻反省过了。我相信他以后不会再做出类似的行为,所以这次我们还是放过他吧。"

"什么?你怎么知道他反省过了?你这个决定起码放弃了三个头条!"

"说到底他们都还是孩子,未夜可能是被人利用了。"

王盛世一惊一乍,嗓门提得老高,而安逸凡却一如既往地气定神闲。他一边说,一边轻点鼠标,关闭了正在播放的某个视频。就在接听王盛世的电话之前,他正在与女儿安琪儿聊天,向其打听未夜的人品和与YUKI之间的恩怨情仇。

于是安琪儿就发过来一段视频,说这是两人关系的一个重大转折点。

视频是粉丝私录的。混乱的演唱会现场,YUKI不知所措地站在舞台上,是未夜突然对厮打中的粉丝群嚷道:"不要吵了!"随后,他紧紧抱住YUKI,沉痛地说了一句什么。

"大家都说他在道歉,我觉得也是。"

就在安逸凡接电话的几分钟里,安琪儿已经在QQ对话框里刷屏了。

"虽然他俩的关系一直不好,但是这件事后,OMI内部空前团结。"

"以前总在网上掐架的粉丝团也消停了,好几个抹黑YUKI和未夜的论坛都关闭了。"

"无论他们以前闹过什么矛盾,有过什么误会,能这样紧紧抱在一起,就证明他们已经真正理解对方了……"

如果未夜真的说了"对不起",那么安逸凡相信,他道歉的原因一定不只是强迫YUKI在综艺节目跳舞这么简单,而是包含了其他更多不能与外人道的隐情……

无论他做过什么,安逸凡都相信,至少他的道歉是真诚的。

他已经反省过,这就足够了。

高三的学习压力很大,陆依依每天都和试卷打交道。时间从指缝间悄悄流逝,怎么都抓不住。不知不觉间,校园里的梧桐树已经落光叶子,绿草如茵的运动场也变成了凝重的褐黄色。快到年底时,所有课程都已结束,老师发下几十页密密麻麻的考点汇总,带着大家从高一的内容开始复习。

整个高三上学期,陆依依都没有一点儿关于安寂的消息。

虽然她"闭关修炼"之前已经郑重拜托过美嘉,只要有关于安寂回归的任何新闻,无论她正在准备一模二模还是三模,就算是期末考试的前一天,也一定要第一时间告诉她,但是一直等到寒冬降临,等来了美丽的第一场雪,等来了浪漫的白色圣诞节,还是

没有等到安寂的消息。

美嘉已经去了英国,很巧的是,她竟然与安寂在同一座城市。不知道伦敦大不大,有几条街几所学校,他们隔得远不远,是否曾偶然在街头擦肩而过,是否曾抬头欣赏过同一片晚霞。

不用参加高考也不用打工的美嘉,每天有大把大把的时间管理论坛。不过安寂消失后,论坛清静了不少。没有太多新消息发布,只有粉丝们的自娱自乐。不少人都担心安寂一去不返,而美嘉却一次又一次地向大家保证:"他一定会回来,因为他离开之前亲口承诺过。"

"最迟下个夏天,一定会重返舞台。"

这不仅是对陆依依的承诺,也是对所有粉丝的承诺。

陆依依相信,美嘉也相信,还有很多在寂寞中等待安寂回归的粉丝也都深信不疑。

虽然答应妈妈不上网,不分心,但每当忙碌的学习告一段落,陆依依还是忍不住想起安寂。翻翻他的写真集,听听他的歌,把歌词默写了一遍又一遍。有时候望着高考倒计时,就觉得那是安寂回归的倒计时。看着时间一天天减少,心中既紧张又期盼,希望等到明年夏季来临时,两个人都能实现各自的心愿。自己考上名校,而他,则重新站上梦想中的华丽舞台。

安寂销声匿迹的同时,OMI依旧如日中天。他们已经成为全亚洲最具代表性的偶像天团,所经之处都有人山人海的粉丝热情追随。他们的专辑销量突破千万,连欧美歌坛都为之震动。他们已经没有休息日,每天都奔波在不同的舞台和片场。唱歌跳舞、开演唱会这些本职工作就不用说了,他们还拥有自己的电视综艺、电台广播,几十个代言和广告,参演电影、电视剧。不仅是90后和00后,上到五六十岁的大妈,下到幼儿园的小朋友,都能叫出他们的名字。

就连整天埋头苦读的陆依依,也能时不时地听说他们的辉煌战绩,在学校外的公交车站看到他们的广告牌。有时候是新电影上映,有时候是新拍的广告,有时候是演唱会宣传。

望着这个熟悉而又陌生的四人团队,陆依依总觉得少了安寂的身影后,画面寂寞了很多。

安寂的选择有没有错?这不是她应该思考的问题,但心中的小小遗憾却挥之不去。

整个冬季,只有一次,陆依依感到安寂就在身边,离她很近很近,近得触手可及,但是两个人依旧错过了彼此,没有像许多浪漫的电影中那样,只要蓦然回首就能看到他

第七章 刻骨铭心的承诺

伫立在灯火阑珊处。

那是在春节,大年初三的下午,陆依依冒着飘飘小雪,独自去墓园给安诗韵扫墓。

她走下长长的台阶,来到立在潺潺溪水边的墓碑前,发现碑前的湿泥里居然插着还没燃尽的长香和红烛。从燃烧时间推测,大概就在一个小时前,也有人来这里扫墓。

一定是安寂!也许还有安逸凡和安琪儿。陆依依只能猜到这个答案。他终于回来了,大概只是回来跟家人团聚,过一个简单的春节,但他终于从大西洋上那个遥远的岛国回来了。

他一定在这里对安诗韵说了很多话,讲述了很多在英国的经历。不知道他过得好不好,有没有长高,是胖了还是瘦了,是哭了还是笑了,是被挫折打击得灰头土脸,还是早已做好荣耀回归的准备……

"安阿姨,你走得太快了。你明明下半辈子有享不尽的福,但是刚刚熬过苦日子,就匆匆离开了……你说你是安寂的障碍,没有你,他能飞得更高,能去更远的地方闯荡……但是,你也是他的方向啊,没有你,他就迷失了……在所有观众中,失去了最在乎的那个掌声……"

陆依依蹲在祭盆边,烧了一沓沓手抄的歌词,以及寂寞时写下的关于安寂的一段段文字,希望她在九泉之下也能听见,看见。

喃喃说了很多话,不知不觉间陆依依早已泪流满面,哀伤得不能自已。望着所有祭品都化为黑色的灰烬,静静地沉淀在祭盆中,陆依依擦干眼泪站起来。

就在这时,她蓦然发现身后不远处早已伫立了一个人。

不是安寂,而是一个越看越像安寂的中年男子——林乔治,安寂的亲生父亲。

稍远的地方还站着一个穿着西装、身材笔挺的青年人,大概是他的司机。

"你好。"与陆依依目光对上后,林乔治首先出声问候。

"你,你好……"陆依依连忙弯腰鞠躬,紧张得脸都红了。

再也没有其他言语,两个人的对话就在这里戛然而止,简单得令人尴尬。

"那,那我走了……"道路很窄,只能让一人通行。陆依依低着头走过去,林乔治微微侧身,让她通行。擦肩而过的瞬间,一股压抑的气氛笼罩下来,令陆依依下意识地加快脚步。

墓园坐落在一个陡峭的山坡上,有几百级逼仄的石级,陆依依就像开挂似的,一口气就冲了上去,站在最上方,俯视坡下溪水边的林乔治。只见他跪在墓碑前,双手捂着脸,陷入无法形容的悲痛中。空中飘落的小雪将他染得漆黑的发丝又镀成花白,显得那么苍老和憔悴。

他依然爱着安诗韵。就连没有谈过恋爱的陆依依，都能从他的神态中感受到那股强烈的爱意。早知今日，何必当初？如果如此深爱安诗韵，为何要为了继承遗产而抛妻弃子？

可惜现在后悔已经太迟了。

虽然安诗韵临死之前已经原谅他，但是安寂和他自己，能够原谅那个荒唐的决定吗？

短暂的寒假后，高三进入下学期。高考迫在眉睫，压抑的气氛笼罩在教室里，特别是当倒计时从100变为99，那种被紧迫的时间逼至绝境的感觉，越发严重地蔓延在这群准考生的心中。

学校组织了好几次心理辅导，帮助考生调整心态，家长会也开了一次又一次，所有人都憋着最后一口气，只等在考场上爆发。好在陆依依的模拟考试成绩都在年级里名列前茅，以前总是不停念叨的妈妈接受了老师的建议，不再强行干涉她上网，而是相信她的自制能力。

另一方面，早早摆脱高考牢笼的美嘉，正在伦敦享受着崭新的留学生活。泰晤士河的清风拂过街道，河岸两旁恢宏而精美的建筑，仿佛《哈利·波特》中的城堡。古典和现代交汇于此，浓浓的异国情调让人有种穿越的错觉。

湿润的海洋性气候给这个地方带来了不冷不热的宜人温度，而且四季分明，所以一年到头都能看到不少游客。特别是在白金汉宫和温莎古堡等著名观光景点和大型购物村，熟悉的东方面孔总会映入眼帘。

美嘉还记得那应该是四月底的一天，因为家人正不停地催问她五一是否回国，所以记忆深刻。她穿着一件红黑格子的长衬衫，刚去唐人街买了火锅底料，打算跟同住一所公寓的小伙伴们一起回味家乡的味道，然而没想到的是，就在她即将进入地铁站的时候，忽然听见一阵歌声。

Damn who knew all the planes we flew.（谁会了解我们经历过怎样的旅程。）
Good things we been through.（谁会了解我们见证过怎样的美好。）
That I'd be standing right here.（这便是我在你眼前出现的原因。）
Talking to you about another path.（与你聊聊另一种选择的可能。）

我们相伴走过漫长旅途，也曾道别和分开。

第七章
刻骨铭心的承诺

最后缘分和羁绊总是能让我们相遇于茫茫人海。

繁华热闹的街道因为这段优美的旋律而变得美好，莫名熟悉的歌声乘着初夏柔和的暖风，轻轻拂过耳畔。心脏突然漏跳一拍，无法形容的激动和感动刹那间全部涌上胸口，美嘉突然有种想要落泪的冲动。她下意识地回头，隔着熙熙攘攘的人群，向歌声传来的方向望去。

那是好莱坞电影《速度与激情》的主题曲 *See You Again*（《再次见到你》），表演者自弹自唱，已经唱到一半了。嘈杂的街道因为这首歌而安静下来，美嘉匆忙的脚步也在这一刻突兀地停下。

她焦急地环顾四周，无法抑制越来越强烈的心跳。一种无法形容的感觉侵袭而来，令她激动得微微颤抖。她竖起耳朵，仔细辨别歌声传来的方向，最终把目光锁定在步行街入口处的一个小广场上。

那里已经围了不少人，男女老少都有，大家都面带微笑地陶醉于优美动听的歌声中。美嘉立即掉转方向，小跑着冲进人群，踮起脚尖探头张望。只见人群中心有一个身穿毛茸茸玩偶装的人，正抱着吉他坐在街边台阶上，对着一支立式麦克风专注地演唱着。

Had to switch up look at things different.（我们得改变观点。）
See the bigger picture.（将视野转向更为辽阔的天地。）
Those were the days hard work forever pays.（有付出的日子终有收获的时节。）
Now I see you in a better place.（此刻，我看到你走进更加美好的未来。）

道别时我们除了梦想一无所有，重逢时却已把未来握在手中。
追逐的路还在脚下无限延伸，每一步都通向更好的自己。

交错的命运在这一刻再次重叠，无论分开多久自己都可以在重逢的瞬间将他认出。悠扬的歌声就像一只温柔的手，轻轻牵着美嘉向人群的中心走去。在这个奇迹降临的时刻，美嘉拨开人群，挤到最前排，呆呆望着五步之外的歌手，再也无法移动脚步。

他穿的玩偶装是迪士尼动画里的经典卡通角色跳跳虎，胖乎乎的身材和粉红色的大鼻头既可爱又滑稽，但偏偏他的演唱走的是正经路线，唱得不输职业歌手，强烈的反差带来一种无法言喻的冲击。

不少围观者都走上前去，在他脚边的帽子里放下几枚硬币。听着听着，歌曲进入尾声。

And I'll tell you all about it when I see you again. （与你重逢之时，我会敞开心扉倾诉所有。）

We've come a long way from where we began. （回头凝望，我们携手走过漫长的旅程。）

Oh I'll tell you all about it when I see you again. （与你重逢之时，我会敞开心扉倾诉所有。）

When I see you again… （与你重逢之时……）

"When I see you again see you again,When I see you again…"不断重复着那句"与你重逢之时，重逢之时"，美嘉回过神来的时候，才发现自己已经热泪盈眶，连喉咙都哽住了。一曲唱罢，人群中立刻响起热烈的掌声，还有不少年轻人激动地喝彩。

不知道是哪来的勇气，美嘉居然走了过去，弯腰在帽子里放了一张大钞。

跳跳虎正在调整话筒，看到美嘉放下的钞票后，立即放下怀中的吉他，捡出那张大钞还给她，用英文简洁地说："太多了。"

美嘉很坚定地望着他，也用英文回答："觉得太多的话，可以送我一个福利吗？"

跳跳虎有些惊讶，愣了一会儿，依旧用流利的英文问："你想听什么？"

说着他重新抱起吉他，看样子准备再唱一首歌。一般围观者提出的福利无非就是让他多唱一首自己喜欢的歌，但是，美嘉提出的这个要求却令他猝不及防。

"我想看看你的脸。"这次说的是中文。

话音响起的瞬间，就像拍电影似的广场上突然吹来一阵风，把美嘉衬衫的衣角高高扬起。不远处的广场上，白鸽振翅高飞，发出"呼啦啦"的响动。时间仿佛静止在两个人对视的眼眸中，隔着跳跳虎的头套，美嘉仿佛已经看到歌手的样子，眼底浮出薄薄水雾，突然有点儿想哭。

"……你怎么知道是我？"久久的沉默之后，跳跳虎终于说话。

同样是中文，更加熟悉的声音，更加熟悉的语调。

"你一开口我就知道了。"美嘉无法控制自己的情绪，不停眨眼，但睫毛还是挂上了几滴晶莹的泪珠，"没想到会在这里遇见你，安寂。"

第七章
刻骨铭心的承诺

步行街一家怀旧风格的咖啡厅里，美嘉和安寂坐在角落里的位置，都点了一杯普通热咖啡。墙角的装饰植物是比蒲扇还大的墨绿色叶片，挡住了从落地窗透出的浅浅光线，Fly Me To The Moon（《带我飞到月球》）的美妙旋律在店内缓缓流动，气氛优雅得就像一部老电影。

刚才进店的时候，虽然安寂已经摘下头套，但是全身毛茸茸的虎皮玩偶装，还是让服务员微微露出诧异的神色。安寂向角落走去时，拖在身后的尾巴摇摇摆摆，好几次都碰到了其他客人的桌椅。看着安寂尴尬地不停回头说抱歉的样子，美嘉忍不住在心中偷笑。

"你在打工吗？怎么把自己搞成这样？"

桌子很小，安寂只能把头套抱在怀里，从跳跳虎光秃秃的头顶上露出两只略显疲惫的眼睛，模样非常可爱。对于粉丝来说，这可是百年难遇的卖萌画面，美嘉用了好大的自制力，才忍住了拍照的冲动。

"不是打工，只是想唱歌给大家听。"安寂把虎头当成抱枕，靠在上面。

他只是很纯粹地享受着分享音乐的快乐，而不是只把它当成谋生手段。美嘉心想：也对，他是一个深藏不露的富二代，不可能沦落到需要以卖唱为生的地步。

"每天都在练歌房对着墙壁唱歌太无聊了，越来越想念舞台和观众，想念大家听歌时的笑容。"说完还发出一声长叹，叹出心中的幽幽苦闷。

"大家也很想念你。"美嘉真诚地望着他，有种恍若隔世的错觉。已经整整半年了，半年没有他的任何消息，无论是美嘉、陆依依，还是聚集在论坛的粉丝，所有人都思念成疾。

气氛忽然变得有些严肃，安寂避开了美嘉直直注视着他的目光。还好这时服务员端来咖啡，接下来的好几分钟里，两个人之间只有加糖加奶和搅拌时，发出的轻微响动。

"你和安琪儿还有联系吗？"美嘉问。她知道当初安寂是背着安逸凡突然离开的，但刚才他说他一直在练歌房练歌，没有安逸凡的支持，他的日子大概不会这么轻松吧。

果然，安寂轻轻点头，说："他们帮我联系了一所音乐学校，我来伦敦后一直在学习。"

半年前，安寂飞抵伦敦后的第二天，安逸凡就找到了他的住处。舅甥两人促膝长谈，最后终于达成共识，安寂同意接受安逸凡的安排，在伦敦接受专业的音乐和表演培训。

安寂签约S TOWN时高中还未毕业，为了追求梦想而休学，但他曾答应母亲以后会参加成人高考，重返校园。虽然现在安诗韵已经去世，但是这个约定一直深深铭刻在他

的心中。安逸凡告诉他:"这所学校的学制和国内不同,你可以用一年时间修完大部分课程,之后几年即使在外工作,不能到校,学校也可以为你保留学籍,只要你通过毕业考试就能取得学位。"

安逸凡最厉害的一点就是,他知道什么是安寂的软肋。

"这样你既兑现了承诺,又可以提高自己。你母亲的在天之灵一定会深感欣慰。我们正在为你筹备最豪华的舞台,一年之后,你一定要浴火重生,华丽归来,让所有人震惊。"

安逸凡的话语如此诱人,但安寂却没有欣然接受,而是固执地拒绝:"我想靠自己的实力去打拼,而不是当一个傀儡。如果我踏上你们早已准备好的舞台,就算最后成功了,也没人认可我的实力。这不是我想得到的。"

"你放心好了。"安逸凡露出自信的笑容,"在那个舞台上,没有人知道你是你。"

听到这里,美嘉不由得皱起眉头,疑惑地问:"没人知道你是你?这话什么意思?"

"现在还不能告诉你。"安寂神秘兮兮地把食指放在唇边,莞尔一笑,"他成功说服了我。如果我可以在那个舞台上取得成功,我就可以证明自己。"

望着他神采奕奕的双眸,美嘉由衷替他高兴。回忆起最后一次见面,那个把自己锁在阴暗的病房中不见任何人、脸色苍白憔悴、眼神空洞的安寂,美嘉还是会觉得心中隐隐作痛。

时光已经抹平伤痕,淡化了锥心刺骨的悲痛,他变得比以前更加成熟和坚强了。

美嘉忽然问:"你还记得当初跟依依的约定吗?"

"当然记得。"安寂笑着回答,他拍了拍怀中的老虎头,"我戴这个唱歌可不是闹着玩的,而是在争分夺秒地练习,让自己就算戴着头套,也可以唱出更自然、更动听的声音。"

"你练习这个干什么?"在美嘉的常识中,歌手完全没有必要戴着头套唱歌。

这时,安寂从随身携带的小背包里拿出一张精美的老虎面具,轻轻放在桌上,非常霸气地说:"为了回归。"他非常明白这四个字的分量,也早就猜到美嘉听到后的反应。

回归?美嘉的眼睛在听到这句话的瞬间睁到最大,然后开始闪闪发亮。

"相信我,我很快就会回来了。"

美嘉的双眼中泪光闪烁,仿佛隔着银河凝视安寂自信的笑容。

第七章
刻骨铭心的承诺

她激动得久久不语，下意识地捂住嘴巴，不让自己叫出来，也不让自己哭出声，低下头去，眼泪砸到桌沿上。那张嵌满五彩亮片和灿烂金丝的老虎面具威风凛凛，仿佛正用漆黑的双眸注视着她，散发出勾魂摄魄的王者霸气。

这一刻，美嘉只想与一个人分享这个好消息。

终于等到这一天了，依依，你知道吗？安寂终于要回归了。

"不过，你先不要告诉依依。"安寂看出了美嘉的心思，开口阻止了她。

早有计划的安寂牵动嘴角神秘一笑，坏坏地说："我要给她一个惊喜。"

都说没有经历过高考的人生是不完整的，高三是真正能嗅到战场气味的一年。老师们不厌其烦地把知识点重复了一遍又一遍，大大小小的考试纷至沓来，麻痹着考生的神经。从睁眼到闭眼全都盯着复习资料的同学们一边拼命完成作业，一边苦中作乐。珍贵的时间在漫无止境的答卷和订正中匆匆流逝，把陆依依一步步向最后的决战日拉近。

当炎炎烈日令空调都变得无奈，当倒计时从"1"变成"高考加油"，当最后一场考试结束，所有考生齐声发出欢呼，整个学校都沸腾起来的时候，在停笔前最后三十秒成功解开一道大题的陆依依简直快要虚脱了，软绵绵地趴在桌子上长舒了一口气。

"老天保佑，十五分全部到手了……"感觉身体被掏空的陆依依暗暗泪流满面。

终于结束了。当这一刻真正到来的时候，居然没有一点儿现实感，好像置身梦境。

"依依，最后一道题你做出来了吗？""答案是多少？""哎呀，都说别对答案了！考完就考完了。""走，我们出去吃一顿好的。""我妈还在校门口等我呢。""我爸也来了。"……

陆依依没说一句话，身边的同学就叽叽喳喳地讲个不停。

考前的凝重气氛一扫而空，所有人的表情都变得轻松下来。

陆依依心想：也许有一天自己会忘记函数，忘记元素周期表和牛顿三大定律，但是一辈子都不会忘记高三的夏天。这是一场与全国考生的比试，也是一场战胜自己的试炼。成绩如何已经不重要了，反正自己已经全力以赴，没有留下任何遗憾。

回到家里，妈妈早就准备好一桌好菜，什么糖醋排骨、酸菜豆腐鱼、肚条炖鸡、凉拌卤牛肉，丰盛得就像过年一样，全都是陆依依喜欢吃的。

"依依，考完了你想去哪里玩吗？你喜欢的那些明星有没有谁开演唱会呀？"

妈妈变脸比翻书还快，昨天还是一脸严肃，今天就笑盈盈地望着受宠若惊的女儿。

高考前衣食住行、时间安排都被妈妈管怕了的陆依依心想，如果这时候回答"有"，妈妈肯定会立刻板着脸说："整天就知道追星，尽想着看演唱会！"于是保守

地回答："没有。"结果还是没能躲过妈妈的训斥："才考完你就知道没有,是不是考试前还在偷偷上网?"

真是千防万防都防不过妈妈的陷阱,陆依依走过最长的路就是妈妈的套路。

"呃……"还是少说话为妙,乖乖扒饭吧。

"那你想不想去旅行啊?"听说没有演唱会可看的妈妈马上提出新建议。

陆依依下意识地稍微向后躲了一点儿,生怕被妈妈妩媚动人的笑容闪瞎眼,心想这次该不会又有什么套路吧?自己该怎么回答呢?她正锁眉思考着对策,热情的妈妈又笑眯眯地接着说:"你想去欧洲玩吗?让爸爸陪你去,妈妈给你们报个团,你还能练练英语口语。"

欧洲?陆依依脑子里的一根弦被触动了,忙问:"我能不能去英国?"

"当然可以啊,妈妈明天就去旅行社帮你问问。"

"那个……"陆依依咬了咬筷子,有点儿胆怯,犹豫了好一会儿才壮起胆子说,"妈妈,我想自己去。"

"那怎么行!"妈妈立即皱眉反对。

"我有朋友在英国,她可以当我的向导。"

说着陆依依立即搬出美嘉的大名。两个人曾一起去过东京,美嘉的聪明能干早就被陆依依吹捧得天花乱坠,在妈妈心目中,这个姑娘一直是女神般的存在。爸爸在一旁帮腔说:"你就让她去吧,反正她都自己去过日本好几次了,不也没出事吗?"最后妈妈总算同意了。

陆依依立即联系美嘉,美嘉十分欢迎陆依依,只可惜她的学校还没放暑假,难以抽出足够的时间。不过,聪明的她立即提出一个好建议:"不如你跟我一起去听课吧,顺便感受一下国外的教育气氛。"

"我好不容易脱离苦海,你又让我去上课?"陆依依老大不愿意,她才没这么自虐呢。

"你别忙着拒绝,我给你设计一条路线,叫作'英大教授三日游'。"

"什么?"这个路线好新鲜,陆依依一下子来了兴趣。

"我们学校有好多英俊潇洒、风趣幽默的绅士教授。你就当是来参观大叔的,顺便听听课。如果你有兴趣,我还可以给你安排医学院学长一日游和划船队学弟一日游。你来不来?"

"来来来!"抛掉矜持的陆依依立即兴奋得举双手赞成。

于是高考结束后的两个礼拜,陆依依和美嘉形影不离地走遍伦敦。有课的时候两个

人一起上课，下课后就漫步校园。除了学长学弟一日游之外，美嘉还推荐了不少景色优美、不收门票的公园和广场。晚上两个人同睡一张床，吃饭也是自己动手，所以几乎没怎么花钱。旅途虽然平平淡淡，但又痛痛快快。

一年没有见面，提前成为大学生的美嘉成熟多了。漆黑的秀发披散在脑后，戴着一顶英伦风情的休闲帽，穿着白衬衫和格仔裙，浑身上下散发出文艺女青年的气质，她手上无论拿着什么书，别人都以为是诗集。一口流利地道的英文更是让陆依依羡慕得不得了。

美嘉住的公寓住着不少留学生，韩国的、日本的，还有印度和泰国的，就像一个联合国。与她们关系最好的当然还是中国同胞，大家经常凑在一起聚餐，说说笑笑好不开心。

时间一眨眼就过去了，回国的前一天晚上，陆依依和美嘉躺在床上。

"美嘉，你有没有安寂的消息？"陆依依终究没忍住，还是问了出来。她早就觉得有些奇怪，这段时间美嘉好像一直刻意回避关于安寂的话题，从不主动提起。

平躺在陆依依身旁的美嘉半天没有回答，陆依依还以为她睡着了，扭头一看才发现，她一直睁着眼睛，静静地盯着斜上方的天花板，表情有些古怪。

陆依依"噌"地一下坐起来，直勾勾地盯着美嘉问："你是不是见过他了？"如若不然，美嘉不会一声不吭。她肯定有事相瞒！陆依依一眼就把她看穿了，后悔自己没有早点儿问。

"嗯。"过了好一会儿，美嘉终于轻轻地吭了一声。

陆依依激动得掀开被子，差点儿叫起来。她刚想仔细追问，美嘉就神秘兮兮地莞尔一笑，说："他为你精心准备了一份大礼，回国后你就能看到了，你可不要逼我剧透哦。"

"到底是什么啊？"这次无论陆依依怎么追问，软硬兼施，方法用尽，美嘉都不肯透露分毫。陆依依又开心又惊讶，心里就像被一只小手在使劲挠，痒得她整晚都没有睡好。

安寂真的要回来了吗？这已经是最好的礼物了，什么大礼不大礼，都没有他的回归重要。终于到了要兑现承诺的时候，他将重新踏上属于他的舞台。

因为美嘉的那句话，陆依依回国后一直眼巴巴地盼望着大礼横空出现，但不要说什么大礼了，就连安寂的影子都没有瞧见。焦急难耐的她甚至去安寂旧居看了看，结果没有任何意外发现。她也旁敲侧击地向安琪儿打听，结果安琪儿比美嘉更讳莫如深，说话

遮遮掩掩。

怎么好像每个人都知道些什么，唯独自己被蒙在鼓里？陆依依有点儿不开心，心想收到那份神秘大礼后，一定要跟安寂讨个说法。

时间一天天过去，陆依依对大礼的那份期待开始渐渐变淡。六月进入尾声，天气越来越热，本就不太爱出门的陆依依更有了每天宅在家里吹空调的理由。她几乎每天都泡在网上，把整个高三没有上够的网全都补了回来。虽然论坛远不及过去热闹，但管理群里每天依旧热火朝天，陆依依的回归让不少潜水的老人儿全都浮出水面，大家每天瞎聊都能聊出上千条记录。

当然，大家最关心的还是安寂的回归，每天都有人问："老大，安寂什么时候回归啊？""听美嘉说就快回来了，你有最新消息吗？""我们都快等不及了，今年暑假有希望吗？"

面对这些问题，每次陆依依都不知道该如何回答，只能安慰大家说"再等等，就快了"，其实她心中一点儿谱都没有，好几次偷偷向美嘉打听，美嘉也用同样的话安抚她，"再等等，就快了"。

究竟还要等多久？陆依依望眼欲穿，却始终看不到头。不过，在安寂回归前，她却提前盼到了高考分数。上网一查，她毫无意外地考上了第一志愿。得知这个消息，她自己倒是很平静，因为早就猜到了。最高兴的人要数妈妈，她立即给家里所有亲戚打电话报喜，还欢天喜地地筹办酒席庆祝。

什么升学宴、谢师宴、家族宴、同学宴，吃了一轮又一轮，在亲戚朋友的祝贺声中，陆依依眼睁睁地看着自己的体重狂飙十斤，只能干叹气，一点儿辙都没有。妈妈说："你是天天在家躺胖的，多出去锻炼锻炼！"陆依依坚定反驳："我是吃胖的！"

这种每天跑饭局的辛苦日子持续了小半个月，七月初的一天，陆依依接到电话通知，让她回学校签收录取通知书。

她考上的是某重点大学的法律专业。大学位于安琪儿家所在的城市，离家很近，不嫌累的话周末都可以回家。选择法律专业的原因主要是妈妈觉得讲出去脸上风光，她自己也看过不少律政片，所以对法官和律师微微有些憧憬，当妈妈提出让她学法律时，她想了想就同意了。

从班主任手中接过录取通知书，陆依依的心情沉甸甸的，一想到再过两个月就要去另一座城市念书，开始新生活，不免觉得有些紧张。虽然她从小到大还算独立，但离开父母独自生活还是第一次。自己能否适应？能否像美嘉那样过得风生水起？陆依依心里还真有点儿打鼓。

第七章
刻骨铭心的承诺

怀着复杂的心情，她坐上回家的公车。学校早就放假了，再加上不是下班高峰，平时总是人满为患的公车里空荡荡的，只有寥寥几名乘客。陆依依坐在靠窗的位置，偏头望着车窗外匆匆而过的熟悉风景，忽然有点儿依依不舍。明明是每天经过，早就已经看腻的景色，今天看起来却格外令人感伤。一想到以后很难有机会再坐车经过这条路，陆依依的眼眶就有点儿酸。

陆依依认真注视着窗外的每一个商店、每一块招牌，想把它们都深深地刻进脑海，试图记下这座城市的每一处景色。当公车驶过市中心时，突然，陆依依看到某超市外大广场LED屏上闪过一抹黑色的身影，心脏剧烈地跳动了一下！

那似乎是暑期什么新综艺节目的预告片，五六名身穿奇装异服的剪影人在屏幕中交替出现。有人打扮得好像《爱丽丝梦游仙境》中的红心女王，有人打扮得好像精灵族后裔，有人戴着动物头套，还有人顶着金属头盔。他们就像好莱坞奇幻片中的演员，全身上下每一寸肌肤都笼罩在华丽的舞台装中，脸上无一例外地都戴着艺术品级别的精美面具。

其中，最令陆依依在意的，是一名穿着黄黑条纹的宽松休闲卫衣，戴着栩栩如生的老虎面具的年轻男子。刚才心脏的剧烈跳动，就是因为无意间瞥见这名男子在画面中一闪而过的身影。

就在这时，公车在广场站停下。司机打开门，见没人下车又把门关上。

陆依依就像吃错药似的，突然从座位上站起来，大喊一声："司机，我要下车！"

明明不该在这里下车，但是有一种神秘的力量催促她立即下车。她失去了理智，没有时间考虑，把身体的操纵权交给了本能的反应，三步并作两步冲下车去，激动地盯着LED屏。

今年夏季，史上最强歌手阵容，最神秘的歌唱类节目！
一场视听上的饕餮盛宴，一场歌手和猜评团之间的高智商角逐！
《全能歌王》，即将播出——

广告只有30秒，一直反复播放。虎面人只出现了三次，其中两次都只有两秒钟，最后一次有半句歌声，唱了不到六个字。就是这六个字，让陆依依久久驻足，无法移动。当她回过神来的时候，才发现不知何时自己的眼眶已经湿润了，无法言喻的激动令她恨不得抱住路人欢呼。

他回来了！陆依依的脑海中只剩下这四个字。

他真的完成了与自己的约定,重新回到舞台上。

条纹卫衣下,熟悉的身材;短短六个字,熟悉的嗓音;特别是那耀眼的老虎面具,更是一句只有粉丝才懂的暗语。

心有猛虎,安于沉寂。

这是当初美嘉想出的口号,这句标语曾出现在论坛组织的每一次应援活动中。他心中沉寂的猛虎即将觉醒,将用虎啸撼动歌坛,震惊世界。这是安寂发出的暗示,陆依依看懂了。

这天,全城所有LED屏都播放着同一个广告。如此大手笔的宣传,居然只用在一座三线城市,在内行人看来是非常不可思议的。但是,花钱买下这些广告位的人,却有着充足的理由。

就在陆依依呆呆伫立在广场上,盯着屏幕中不停闪过的虎面人的身影时,在千里之外的一座一线城市,一辆开往省电视台的汽车上,安逸凡打开手机,翻动着助理刚刚发来的照片。照片拍的全都是此时此刻在A城播放《全能歌王》广告的LED屏,大约有两百块。

安逸凡把手机拿给身边人看,说:"她就是今天去学校领录取通知书,应该已经看到了。这次节目你一分钱出场费都不要,全都换成A城的宣传了,真是比我还霸气。"

身边人淡淡地说:"这是我答应她的第一件事,现在我已经做到了。"一年前他指着机场LED屏对陆依依说:"你拿到大学录取通知书的那天,我会出现在所有广告屏上。"

"马上就要到电视台了。"安逸凡收起手机,提醒他。

他一下车,马上就有摄影师跟拍。穿着黄黑条纹卫衣的安寂,拿起早已准备好的老虎面具。从车前挡风玻璃望去,红毯就在不到五十米的地方,两旁围满肩扛摄像机、严阵以待的各路记者。

主持人遥望缓缓驶近的汽车,对着话筒兴奋地嚷道:"来了来了,现在第一位歌手乘坐的小车已经出现在我们前方。大家猜,他是谁呢?"

安寂不慌不忙地戴上面具,把容貌隐藏在五彩斑斓的虎头下。他平静地凝视着阔别已久的红毯,像是对自己,也像是对远在彼方的陆依依说:"接下来,是第二件事……"

我要向全世界宣布,我将重返舞台。

七月中旬,《全能歌王》正式播出。

第七章
刻骨铭心的承诺

正如安逸凡计划的那样,节目一开播,立即受到全国观众的关注,所有媒体都争相报道相关新闻。新颖有趣的节目形式,破除歌唱类节目的陈规,把竞技与猜谜相结合,勾起观众的好奇心,调动观众积极参与。无论是节目精良的制作还是歌手精彩的演出,都迅速成为热议话题。首播收视率不仅高居全国榜首,还刷新了同时段的历史纪录。

王盛世高兴疯了,拿到数据后第一时间给安逸凡打电话报喜。

化名"我不是HELLO KITTY"的虎面歌手凭借着对张学友的经典老歌《一路上有你》的翻唱,一夜之间成为网络焦点,刷爆头条。节目播出后,所有人都在讨论虎面歌手的真实身份。就连号称收录了两千多名职业歌手资料的智能机器人,都无法识别他的身份。

作为节目中第一名登场的歌手,当他瘦高颀长的身影出现在舞台后方的阴影中,所有人都睁大眼睛,全神贯注地屏息凝视着他,等待着他发出第一个音节。

当歌曲的第一句从他口中唱出——"你知道吗?爱你并不容易,还需要很多勇气……"

现场的观众不禁被这样的歌声打动,猜评团中更有人兴奋得忍不住惊叹。

"你相信吗?这辈子遇见你,是上辈子我欠你的……"

在聚光灯的跟随下,他踩着节奏,缓缓走上舞台。五彩的灯光投射到他华丽的服装和面具上。隐藏在虎头面具下的双眼,充满深情地凝望着镜头,用年轻的磁性嗓音赋予这首老歌全新的感动。猜评团和观众全都看呆了,很多人半天合不上嘴,目光一寸不离地死死盯在虎面歌手身上。他们时而陶醉在歌声中,时而因为猜不出头绪而皱眉,表情复杂得无法形容。

"一路上有你,苦一点儿也愿意,就算是为了分离与我相遇……"

歌曲唱到最高潮,所有人都忘记了猜谜,全身心地投入欣赏,情不自禁地爆发出热烈的掌声。

"一路上有你,痛一点儿也愿意,就算只能在梦里拥抱你……"

有人哽咽,有人抹泪,勾起了对往日旧恋刻骨铭心的回忆,深深地将这首唱进心底的情歌铭记。

论唱功,虎面歌手不在第一期节目就被猜出身份的实力唱将之下。实力如此强大的歌手,怎么可能到现在还籍籍无名呢?论年龄,他又是第一期节目中最小的,未来简直不可限量。

看到网友们一方面大赞虎面歌手的出色唱功,一方面挖空心思猜测他的真实身份,陆依依心中暗爽得快要内伤了。看了第一期节目后,她更加确定虎面歌手的身份。熟悉

的嗓音和吐字，就连气息和停顿，都与安寂的唱法如出一辙，唯一不同的就是更加成熟和专业了。看来这一年里，安寂没有闲着，一定在伦敦刻苦训练，所以才能一鸣惊人。

节目播出后，论坛和群里也炸了。不少人都和陆依依一样，猜到虎面歌手就是安寂。但是在真相揭晓之前，没有人可以肯定。粉丝在外站提到虎面歌手有可能是安寂时，经常能看到有人跳出来发毒誓说："如果安寂是虎面歌手，我就直播吃键盘和手抄《新华字典》！"陆依依每次看到这样的言论就忍不住发笑，越来越期待虎面歌手揭晓身份的那天，欣赏这群人被事实反击。

紧接着第二个星期，虎面歌手演唱了周杰伦的《听妈妈的话》，再度引爆网络，成为各大音乐网站下载飙升榜的冠军。这时，认为虎面歌手就是安寂的支持派与反对派势如水火，双方吵得不可开交。支持派一口咬定歌手就是安寂，反对派怒喷安寂捆绑炒作，强行碰瓷。

骂战持续了整整一个礼拜，直到节目播出到第三期，猜评团有一名成员试探性地问虎面歌手："我看到网上有不少人说你就是安寂，不知道你怎么看待这件事？"

"很高兴大家关注我，但我参加节目后一直都在准备歌曲，没怎么上网看评论。"虎面歌手的发言经过了变音处理，听上去就像吸过氦气似的，尖尖的声音又可爱又滑稽。

猜评团成员别有用心地问："安寂有次演唱被评为史上最惨车祸现场，你不认为这是对你的侮辱吗？"这时镜头还给了虎面歌手一个大特写。

电视机前的陆依依忍不住低骂起来："这明显就是故意挑事嘛！"

虎面歌手显得有些尴尬，拿起话筒放到嘴边，过了一会儿又放下，好像想说什么却忍住了。异样的气氛持续了五秒钟，电视机前的陆依依有些惊讶，这段居然没有被剪掉。虎面歌手最终缓缓开口："还是听歌吧。"

于是，他带来了在《全能歌王》舞台上的第三首歌——汪峰的《怒放的生命》。

"我想要怒放的生命，就像飞翔在辽阔天空……"

高亢的歌声回荡在整个舞台，猜评团每个人都惊讶地睁大眼睛，对他肃然起敬。伴随着激烈的鼓点，那歌声不是悲愤的宣泄和爆发，而是真正的怒放。

"曾经多少次失去了方向，曾经多少次破灭了梦想。如今我已不再感到迷茫，我要我的生命得到解放……"

一曲唱罢，观众们久久不能回过神来，满脸愕然地凝视着舞台上弯腰鞠躬的虎面歌手。

猜评团成员也全都陶醉在歌声中，睁大眼睛盯着一次次带给他们惊喜的虎面歌手，直到主持人连说两遍"现在请猜评团发表意见"，他们才终于从愕然中苏醒。有人冷静地分析道："这绝对不可能是一名年轻歌手，因为他对这首歌的处理太老练了，一定有着丰富的舞台表演经验。"还有人已经放弃猜测，满怀愧疚地说："今天已经是第三期了，如果我们还不能猜出你的名字，都应该集体向你道歉。这么有才华的人不应该被埋没，你的名字必须让所有人知道！"经过一番激烈的讨论后，刚才故意挑事的那名成员站出来说："今天你选这首歌，我们都听懂了。经过猜评团的讨论，我们一致认为——你就是消失了一年的歌手，安寂！"

他激动地指着虎面歌手，连声音都嘶哑了，双眼牢牢地锁定在虎面歌手身上，似乎想从对方的反应中寻找线索，验证答案。不过，稳如泰山的虎面歌手没有任何回应，依旧谦逊而从容，安静地站立在舞台上，等待着主持人宣布进入倒计时环节。

如果猜对了，五秒钟倒计时后，歌手将当众摘下面具；如果猜错了，歌手就直接转身离开。

"'我不是HELLO KITTY'究竟是不是安寂？现在就让他自己为我们揭晓答案吧！"主持人用高亢的声音率先开始倒计时，全场观众都跟着他一起齐声倒数："五，四，三，二，一。"

当最后一个数字被喊出后，一直静静伫立在舞台上的虎面歌手缓缓抬起了手。不是转身，而是抬手，这样的动作只会出现在揭开面具前。这时满场沸腾，呼声震天，就连猜评团的几名成员都忍不住蹦起来互相击掌。他们终于猜对了！

这名半个月之内红遍全国，用实力为自己争取荣誉的神秘歌手，终于在所有人钦佩和崇拜的目光下，揭下了那张覆盖他真容的面具！

坐在沙发上的陆依依冲到电视机前，恨不得一头钻进去。

面具之下，一张帅气而年轻的面庞出现在每个人眼中。观众们有的挥手，有的呐喊，他们忘掉了这名歌手曾经留下的黑历史，在这个公平的舞台上为他欢呼喝彩。猜评团成员爆发出连绵不绝的掌声，有人带着感慨万千的表情轻轻摇着头，直到现在还不敢相信这个事实。有人捂住差点儿就要尖叫出来的嘴巴，倒抽一口冷气，激动和兴奋之情溢于言表。

他真的就是安寂。那个曾经被骂得体无完肤，被吼"滚出娱乐圈"的"车祸歌手"，终于在消失一年后，披着满身霞光，在雷鸣般的掌声中像国王一样回到了万众瞩目的闪亮舞台。

他是属于这里的，天生就带着征服舞台的气场。当他望着满场起立，自发为他鼓掌的观众，眼眶中饱含着晶莹的泪光。这才是他一直渴望得到的认可，他终于不再迷失，

找到了自我。

节目开始回放他刚才的演唱:"我想要怒放的生命,就像矗立在彩虹之巅,就像穿行在璀璨的星河,拥有超越平凡的力量……"一遍又一遍嘹亮高亢地响起。

他享受着属于他的掌声,享受着这个还给他公道的舞台。他向所有人深深鞠躬,带着谢意,带着感激。这一刻,他真正获得了一直渴求的重生,骄傲地向全世界证明了自己。

这个结果一公布,微博和论坛瞬间被刷爆,那些当初发毒誓吃键盘的人全都蔫了,躲在电脑后不敢出来。安寂的粉丝奔走相告,普天同庆。很多已经很久没人说话的粉丝群一夜之间全都热闹了起来,陆依依的手机QQ一直热闹到半夜都没停过。

论坛"安于沉寂"的点击量和注册数暴增,差点儿让系统陷入瘫痪。还好料事如神的美嘉早就猜到会有这样的结果,已经提前把论坛升级了,还放出关于安寂的科普帖和豪华下载包,帮助新加入的粉丝们更加深入地了解偶像。

运筹帷幄的安逸凡满意地看着自己的计划大获成功,他实现了当初的承诺,为安寂提供了一个公平的舞台,让他用实力证明自己。王盛世赚得盆满钵满,名声大噪,早就把半年前的临阵改期抛到九霄云外,早早地就开始策划第二季节目了。

《全能歌王》成为暑期最红的综艺节目,安寂更是一雪前耻,成功为自己正名。

陆依依在电视机前热泪盈眶,一边看节目一边哭着跟远在伦敦的美嘉分享感动:"美嘉,你看到了吗?真的是安寂。你是不是早就知道了?怎么不早点儿告诉我呢?"

"现在这样不是更有意义吗?"

"你还知道多少?他什么时候出新歌?"

"这些问题,你还是当面问他吧。"

"我早就联系不到他了。"

"以我对他的了解,他肯定马上就要亲自出面,验收这场年度大戏的成果了。"

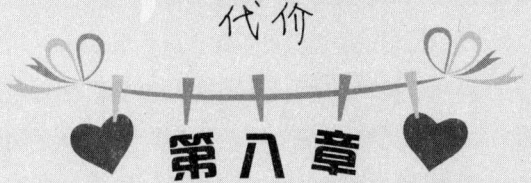

不被遗忘的
代价

第八章

节目播出后的第二天下午，正在处理论坛事务的陆依依接到了一个陌生号码的来电。

本以为是快递电话，没有太在意，结果接通后对面传来一声："你看节目了吗？"

瞬间，陆依依就像被雷击似的，从椅子上弹起来，握紧手机问："安寂，你在哪里？"

"我回A城了，想见你一面，你在家吗？"

直到这时，陆依依才终于明白美嘉昨晚那句话的含义。安寂果然来验收成果了。

他早已回到老家，约陆依依在滨海公园见面。这里见证了他的成长，从最初单纯热爱音乐的少年，到加入OMI后越来越迷茫的偶像，再到现在这个实力已被公认的实力派歌手。其实仔细算来时间并不长，其他人几辈子的故事全都被压缩在他年轻的生命中，让他纤瘦的身体有些不堪重负，曾经纯澈的目光中始终罩着淡淡的阴影。

不过，这次陆依依看到他时，发现他和以前大不一样了。首先是个子长高了，夸张点儿形容就是"脖子以下全是腿"。然后是变瘦了，不是病态的瘦，而是变得更结实、更健康。刚出道时还略显圆润的脸颊，变得紧紧贴住腮帮，让脸部轮廓显得更加成熟、更有男人味。最后就是迷茫的眼神消失了，不再怀疑自己，变得非常自信，笑起来上扬的嘴角把人迷得神魂颠倒。

"你变胖了。"谁料安寂开口第一句话就把陆依依打回现实。

"你会不会说话啊！"陆依依怒了，难道他不知道女生对体重有多敏感吗？她马上给自己找台阶，"都怪最近饭局太多了，开学以后一军训马上就能瘦下来。"

"头发也变长了。"安寂的眼睛就像扫描仪，精准地分辨出陆依依的每一处变化。

"一年没剪嘛。"都忙着备考去了，哪有时间管发型啊。

安寂忽然叹了一口气，说："本来觉得一年时间很短，但是看到你，突然觉得很长。"

两个人之间有了一年空白，再相见时已经变得有些陌生。想说时间犹如白驹过隙只是自欺欺人，一眼就能看出的明显变化见证着两个人各自的成长。令人有些遗憾，又有些欣慰。

上次在这里见面是冬季，寒冷的海风吹走了游客，到处都空荡荡的，而现在却是盛夏，公园里人山人海，两个人好不容易才找到一个清静的地方，坐在被太阳晒得发热的柔软沙滩上，望着一浪一浪拍打过来的浪花和远方的蓝天，心情豁然开朗。

"现在网上大家都在讨论你呢，没想到你的回归这么成功！"

"都是节目策划得好。"安寂倒是很平静，"不过，还是有不少人怀疑有黑幕。"

第八章
不被遗忘的代价

这样的观点陆依依也看到不少。根据《全能歌王》的节目规则，越是成名歌手就越容易被猜出真正身份，而籍籍无名的小歌手很难被猜出来，可以在节目里留更久，拥有更多出场机会。安寂身份揭晓后，网上出现很多质疑节目的声音，还有人发起联名抵制活动。

陆依依怕他又钻牛角尖，忙说："不是留的时间越长就越好，如果你没有真正实力的话，大家根本不会关注你，所以你还是靠实力赢得认可的。"

"嗯，这我倒是不怀疑。"没想到安寂居然颇为自恋地微笑起来。从前被骂得狗血淋头、自我怀疑的他，早已解开心结，变得勇敢而坚强，不再露出那副垂头丧气的疲倦模样了。

"虽然你被猜出来了，但下期不是还有返场表演吗？你准备好了吗？"

"还不知道唱什么……"安寂茫然地注视着远方，眼神放空。

陆依依望着他的侧脸，忽然不知道该说什么。温暖的海风迎面拂来，把他柔软的金色发丝刮向脑后，露出饱满的额头。他皱着眉头，微微眯起眼睛，专注的眼神变得更加深邃了。

"对了，上一期你举起话筒又放下，是想说什么吗？"好不容易回过神来的陆依依打破沉默。

安寂在节目中长达五秒钟的沉默勾起了广大网友的好奇和讨论。有人说他是心虚，自知身份暴露，所以不再狡辩；有人说他是尴尬，不敢面对曾经的黑历史；还有人说他是故意炒作，又用"影帝"级的演技来蒙蔽众人。不过，知道真相后的陆依依眼泪差点儿掉下来。

"我想骂人，但是忍住了。什么史上最惨车祸现场啊！我是被坑的！我唱得可好呢！"

他说着愤愤然扁起了嘴，那认真得可爱的表情令陆依依忍俊不禁。

"有什么好笑的？"安寂扭头望着扑哧笑出声的陆依依，"我说错了吗？本来可以澄清的，但那场活动的策划和《全能歌王》的策划是同一个，舅舅劝我不要旧事重提，真郁闷。"

人在江湖，身不由己，明明没有犯错却找不到地方说理，所有委屈只能隐忍下来，继续背负"史上最惨车祸现场"的污名，安寂的郁闷程度可想而知。陆依依为他掬了一捧同情的眼泪。

"对对对，你唱得好极了，我有音频为证。"陆依依边说边打开一直保存在手机里的那首《夜之光》。这不是现场录音，而是事后安寂单独录给她的。因为录的时候不小

心磕巴了一下,他千叮咛万嘱咐绝对不许分享,所以这首歌成了陆依依手机里的独家珍藏。

虽然音质不太清晰,但温暖的歌声充满治愈力,刹那间仿佛连强烈的海风都变得轻柔了。刚听了两句,陆依依突然灵机一动,激动地说:"对了,你的返场表演就唱这首歌啊。"

"啊?"安寂呆了一下。歌手的身份被揭晓后的确可以演唱自己的歌曲,但是这首歌是他一年前创作的,不是很成熟,要拿到全国人民关注的大舞台上去表演,总觉得心里有些怯。

"在哪里跌倒就在哪里爬起来。既然你无法亲口澄清真相,那就用事实来澄清啊。只要你唱得好,大家肯定再也不提车祸现场了,不然你一辈子都不敢唱这首歌,那多可惜啊。"

听上去好像很有道理,安寂摸摸下巴,陷入沉思。

"好,那你帮我录一段视频。"安寂突然站起来,打开手机的录像功能,塞给陆依依,"我这次回老家就是来找灵感的。本来节目组为我安排了一名跟拍摄影师,被我拒绝了。我答应他们自己把找到灵感时的情景录下来,拿回去做成VCR(录像)。"

突然被委以重任的陆依依呆呆点头,接过手机问:"怎么录啊?"

"对准我就行了。"安寂说着向前跑出两步,与镜头拉开距离。

镜头中的他面朝大海,深深地吸了一口气。热情的海风灌进他宽松的衣服,把他吹得胀鼓鼓的,而下半身的小脚牛仔裤则紧紧裹住他笔直而修长的双腿,让他看上去很像插在沙滩上的一杆旗帜,宣扬着青春和自由。

陆依依正看得出神,他突然回头望来,对着镜头灿烂一笑。金色的发丝掠过他眯细的眼眸,白皙的皮肤在耀眼的阳光下变得透明,被海风扬起的衣衫仿佛一对张开的翅膀。陆依依隔着镜头都被电了一下,紧张得心里小鹿乱撞。

安寂对着镜头,边想边说:"现在,我正在老家的沙滩上。终于知道下周该唱什么歌了。在哪里跌倒就在哪里爬起来,我相信,听完那首歌,你们一定会对我刮目相看……"

他一会儿抬头眺望远方海平线,一会儿低头望着脚下细软的沙滩,一会儿把被风吹乱的发丝掖到耳后,一举一动都美好如画。因为海风太大,他必须抬高嗓门,显得有些吃力,但他一直笑得非常开心,舒展的眉眼间再也没有一丝阴霾,终于找回了曾经快乐而自信的自己。

"每当回到这里我就能重获勇气,也许是因为曾经有人在这里对我说过一句话

第八章 不被遗忘的代价

吧……"他又回过头来，不是望着镜头，而是望着镜头后的陆依依。"她说，赢了就皆大欢喜，输了也会一直陪我直到东山再起。这句话不是谎言，因为，她现在真的依然在我的眼前……"

说到这里，安寂突然向镜头伸出了手。

全副心思都在拍摄上的陆依依吓了一跳，还没反应过来，手就已经被他抓住。

"好了，这样就可以了。"他从陆依依手中夺过手机，按下停止键。

两个人的距离近得差点儿贴到一起，陆依依脸颊涨红，心脏扑通直跳，呆了好几秒还回不过神来。刚才从镜头里看到安寂突然伸手抓来的时候，还以为他要把自己从镜头后面扯出去呢，吓得她魂飞魄散。

陆依依本以为最后这一段会被剪掉，没想到八月中旬节目播出时，居然全放出来了！

那周与"安寂重唱《夜之光》"这个热门话题齐头并进的居然是"安寂视频告白"。

网友们都在兴致勃勃地讨论："到底是谁给安寂拍的视频啊？""安寂肯定有女朋友了！""说视频是女朋友拍的人你们是不是傻！那明显就是节目组的安排。""有图有真相，那段视频绝对是女人拍的。"陆依依半信半疑地点开那个"有图有真相"的长微博，还真在视频截图中看到被红圈圈出来的几根比蜘蛛丝还细的头发，这就是所谓的真相。

都怪当时海风太大，她的三根发丝居然出镜了……

不过，连这都能看出来？流下两行宽海带泪的陆依依真要给火眼金睛的网友们跪了。

安寂重返舞台的重磅消息很快就传到日本。

根据当初与S TOWN签下的合约，安寂不能私自登台表演，但是安逸凡想了很多办法，比如说把安寂的艺名改为ANJI，而且在《全能歌王》的前几期节目中采用了蒙面演唱的形式。虽然日本方面早就注意到了虎面歌手，但是在确定他就是安寂之前，他们不便公开发难。

第三期节目播出后，安寂的身份被猜评团猜出，全国观众为之震惊。在随之而来的惊叹和掌声中，安逸凡没有沾沾自喜，而是保持着清醒的头脑，做好了迎接日本方面责难的准备。但是，令他意外的是，一直等到第四期节目播出，日本方面依然没有一点儿动静。

安逸凡有点儿忍不住了，私下向安琪儿打听，结果安琪儿却告诉他一个令人震惊的消息。

就在《全能歌王》第四期播出当天，OMI在日本的舞台演出中发生了意外。YUKI因为一个舞步没有踩稳而当众摔倒，伤势严重得根本站不起来，无法继续后面的表演，最后只能被队友扶下舞台。接下来的表演中只有其他三名队员，YUKI再也没有登场。

后来几天，YUKI没有出现在公众视野中，不过有人拍到他在医院坐轮椅的照片，一时间引起公愤。担心YUKI伤势的粉丝们聚集在S TOWN公司大楼外彻夜不归，这时YUKI一直带伤表演的消息才慢慢在粉丝群中扩散。于是有人旧事重提，集中炮火谴责未夜明明知情还强迫YUKI表演，令其病情加重；还有人直接把矛头对准弗罗娜，要求她辞去经纪人一职。

短短半个月，OMI粉丝群内部出现严重分裂，多次在录制现场发生冲突。如果仅仅是OMI的单独活动就算了，偏偏有很多粉丝不分场合，当着其他组合粉丝的面产生争执。

类似的情况一多，其他组合的粉丝当然就不满了。他们不仅越来越不待见OMI的狂热粉丝，就连OMI都被冠上"脑残教教主团"的恶名，被圈外人士耻笑。不少好事的八卦杂志都跟风报道OMI粉丝素质低下的事件，影响十分恶劣。

现在偶像团体的更新换代速度非常快，OMI已经是一个出道三年的老团了。四个老成员与半路加入又中途退出的安寂不一样，他们已经不是未满十八岁、稚气未脱的新人了，如今的他们已经快要迈过二十岁的门槛，不仅身材更加高大魁梧，而且眉眼间的稚气退去，气质也越来越成熟。去年夏季，OMI推出的第二张专辑累计销量突破千万大关，这是OMI最风光的一段时间。虽然OMI最近一年推出的单曲和迷你专辑都能在各大榜单雄踞榜首，却始终未能打破自己创下的纪录，所以类似"OMI过度消耗粉丝感情，开始走下坡路"的论调从未淡出过。

继安寂退团后，YUKI又受伤倒下至今没有重返舞台的消息，无疑是动摇军心的致命一击。

YUKI休息的时间越长，质疑OMI即将解散的声音就越多。陆依依在关注《全能歌王》的同时，也默默担心着YUKI的伤势。已经很久不上OMI论坛的她，在YUKI受伤的那个星期，几乎每天都蹲在论坛里守情报。很多安寂的粉丝群也都讨论着YUKI的病情。

一个礼拜后，刷遍论坛也找不到最新消息的陆依依终于忍不住了，明知道有些唐突，还是战战兢兢地给YUKI发了条私聊："你好点儿了吗？"别看只是简简单单的几个字，这可是陆依依几经斟酌后慎重敲下的。

第八章 不被遗忘的代价

本以为会被无视，没想到刚发过去，熟悉的博美犬头像就活泼地跳了起来。YUKI通常只在结束一天工作和训练的深夜出没，很少会在白天回复消息。这次能回复得如此及时，恰恰印证了陆依依最不愿知道的答案——他一定伤得不轻，现在还在养伤，所以才能这么清闲。

"快好了，最近就能上台。不要告诉别人哦。"

YUKI用有些调皮的语气说出这个天大的好消息，陆依依高兴得差点儿叫出来，忙问："那你什么时候能回归？大家都眼巴巴盼着你呢。"

"那你呢？"

屏幕上突然蹦出的三个字让陆依依呆了一下。不知道是不是自己多心了，总觉得YUKI非常在意自己的态度，塞满担忧的心里顿时变得暖暖的，有些羞涩和甜蜜。

"我当然也希望你早点儿康复，回到舞台啊。"这还用问吗？

"你不是早就移情别恋了吗？还会关注我们的演出吗？"

没有真要兴师问罪的意思，但是字里行间却带着淡淡的醋意，陆依依的心尖被这句话微微刺了一下。YUKI好像一直对这件事耿耿于怀，以前也说过类似的话……

"当然会啊，你们表演的视频我一个都没落下，全都看过呢！"陆依依摸着良心发誓这些都是大实话，就连之前因为高考而错过的近百段视频，放假后她都全部补完了。虽然她现在是安寂粉丝论坛的管理员，但是YUKI是她不变的初心，她无时无刻不牵挂着，关注着。

"嗯。"看来YUKI很满意这个答案，不再继续追问了。

"你一定要早点儿回来，我们都等着你呢。"陆依依发去一个鼓励的大心。

对面稍微沉默了一会儿，忽然发来一段长长的肺腑之言："本来已经觉得很累了，想过是否要放弃，但是一想到这是唯一让你看到我的办法，就舍不得离开舞台了。如果哪天我真的离开了，好像连最后一点儿与你的联系都失去了，也许这就是我一直坚持到现在的原因吧。"

虽然他清清楚楚说的是"你"，但是陆依依阅读时理所当然地将其理解为"你们粉丝"。把YUKI对她的表白当成了对所有粉丝的感言，没有深想其中的含义。

"不要说什么离不离开，OMI已经失去了安寂，不能再失去你了。你一定要好好保重身体，最近很多人都造谣说OMI要解散，你快点儿回到舞台上，狠狠地打那些造谣者的脸。"

本以为这样可以唤起YUKI的干劲，没想到YUKI消极的回答又让她心惊胆战。YUKI说："OMI解散未必是坏事，难道你不希望我回国吗？"

回国？难道YUKI私下真的在认真考虑退团的事情吗？他要成为继安寂之后第二个离开的成员吗？如果这是真的，OMI粉丝知道后一定又会掀起风浪。当初听安寂说退团时，陆依依曾非常激烈地反对，如今一年过去，不知道是因为自己成熟了，还是已经被安寂退团风波锻炼得更加坚韧了，听到YUKI这样说，她的心情居然非常平静。

"希望是希望，但是OMI怎么办？"

如果连核心成员YUKI也离开了，恐怕OMI真要宣布解散了。

"不知道，但我觉得弗罗娜已经在考虑让我休息了……"

"那你就回国吧。"看到指尖打出的字，连她自己都不敢相信，"安寂已经回国了，现在发展得很好，再也没有人敢质疑他的实力了。如果你真的回国了，你们两个可以搭档嘛。"

虽然不想看到OMI解散，然而解散却是每个组合逃不过的宿命，区别只不过是早点儿还是晚点儿罢了。如果真的走到OMI必须解散的那一天，陆依依依然真心祝福每名成员都有各自更好的未来。虽然自己最喜欢的是安寂，但是摸着良心讲，YUKI的人气是"网黑"安寂的好几倍，回国发展的前途不可限量，肯定有一堆大公司追在他的屁股后面争着跟他签约吧。

"还是不要做搭档了。"

陆依依脑海中描绘出的美好画面，被YUKI突如其来的回复击碎。她心里猛地咯噔了一下，还以为两个人之间有什么心结没有解开呢，结果YUKI若有深意地说：

"我和你一样，当他的粉丝就好了。"

又过了一周，在粉丝们的千呼万唤之下，YUKI终于重新回到舞台上，参加录制电视台的人气打歌节目。这个直播节目每期都有大约二十个组合参加，现场、电视机前和网上的粉丝都可以给喜欢的组合投票，最终票选出的冠军将在节目最后揭晓，享受掌声和荣誉。

OMI带来的是最新歌曲的舞蹈版——当初YUKI正是在表演这首歌曲时跌倒的。

当歌曲唱到最关键的那一句，YUKI踩着节拍旋转身体，在上千名粉丝提心吊胆的注视下，稳稳地落回地面，现场顿时爆发出雷鸣般的掌声。不少粉丝都哭了，红着眼眶齐声高喊："OMI我们爱你，一定要留在舞台上。"现场的气氛催人泪下，很多其他组合的粉丝都深受感染，忘记了之前发生的种种不快，一起为YUKI的回归鼓掌喝彩。

表演结束后，就连主持人都哽咽了，走上舞台后半天说不出话来，深深吸了两口气才终于含泪讲道："我相信，大家的呼声OMI已经听到了。他们对舞台的热爱不输给任

第八章
不被遗忘的代价

何一个组合，正因如此，他们才不得不怀着虔诚的心，清楚地表达自己的态度……"

就在主持人说话时，OMI成员已经整整齐齐地排成一列。按照以往的规矩，这时候主持人应该采访离他最近的队长REN，但是今天主持人却转身望着舞台的斜后方，高声说道："接下来，我们有请OMI的经纪人兼制作人，被称为最强魔女的弗罗娜·林走上舞台。"

前一刻还掌声雷动的现场顷刻间变得鸦雀无声，所有粉丝都带着愕然的表情，齐刷刷地扭头向主持人手指的方向望去。只见一束银白色的聚光灯下，一名身穿鲜红连衣裙的混血美女高傲地抬着下巴，踩着又尖又细的高跟鞋，优雅地走上舞台。

现场静悄悄的，没有人敢鼓掌，只有高跟鞋铿锵有力的落地声清晰可闻。所有人都被弗罗娜的气势镇住，目不转睛地盯着她，小声地议论着。她为OMI当了三年经纪人，曾出现在不少采访节目和花絮视频中，但今天是她第一次站上舞台对粉丝讲话。

所有熟悉她的OMI粉丝都预感到事情的严重性。她究竟要宣布什么？难道OMI真的要解散？不安的波纹迅速扩散，很多粉丝都哽咽着低声喊道："不要，不要……"

弗罗娜站在舞台中央，接过主持人递来的话筒。她平静地扫视着台下黑压压的人群，幽蓝色的眼瞳中没有一点儿怯意。她带着女王般的强大气场，从容而威严地郑重宣布："最近很多人都担心OMI会解散，但是OMI没有让大家失望，再次满血复活，回到神圣的舞台上。"

她一开口，所有议论戛然而止，几千人都屏住呼吸，认真倾听着她的发言。

"本来我这次登台是为了向你们宣布，只要有你们的支持，OMI就不会解散，OMI会一直存在，但是刚才你们的呼声却让我改变了主意。我觉得我应该更加真诚地回答你们……"

因为是现场直播，导播察觉到气氛不对劲后急忙看导演眼色，但导演却示意继续播出。

"说什么永远不会解散只是自欺欺人的谎言，但是我们可以承诺，我们将竭尽所能地走到最后一步。如果有人问我什么时候是最后一步，我会回答，就是我们之中再有一个人倒下的时候。到那时，OMI就会彻底解散。不过我和你们一样，都希望这一天永远不会到来。"

弗罗娜讲完后，正好看到台下工作人员向主持人示意时间已到，马上进入下一个流程。她深吸一口气，平复心情后把话筒还给主持人，带着OMI离开舞台。与之前抬头挺胸的模样不同，这次，她是低着头走下去的。卷曲的长发遮住了她的脸，她的表情隐藏在阴影中。

当陆依依看到这段视频的时候,都不敢相信她似乎从弗罗娜的眼中看到有泪光闪烁。

弗罗娜的这段话虽然在表面看来是强调OMI不会解散,但是仔细品味其中的深意,却能尝出一丝隐藏在背后的苦涩。再加上弗罗娜神态反常,不少粉丝都把这段话解读成OMI解散的预兆。

以前,陆依依只把弗罗娜当成一个无血无泪、手段狠辣的铁娘子,但是通过这件事才深深意识到,原来她在OMI身上投注的感情,远远超过所有人的想象。

走下舞台后,弗罗娜和OMI回到休息室。因为节目最后将宣布当期冠军,而OMI夺冠的希望很大,所以他们必须留到最后。接下来还有三个组合要进行表演,还需等待十多分钟。

一进房间,弗罗娜就跷腿坐在墙角的沙发里,一言不发地盯着地面。虽然她坐的是柔软舒适的三人沙发,但是其他人宁愿远远地坐在又小又硬的椅子上,或者直接站着靠在化妆桌边,都不敢靠近她三米之内的"绝杀区"。

正如弗罗娜自己在台上讲的那样,她说得太多了。明明只要宣布OMI不会解散就行,但是她却画蛇添足地加了很多惹人猜疑的内容。虽然公司里敢对她指手画脚、横眉怒目的人屈指可数,但是这次的事情肯定会使董事会对她产生质疑,同事们也会在背后议论。

僵硬的气氛中,时间都仿佛都被冻结了。四名成员你看看我,我看看你,依然没有人敢吭声,大家都急切盼望工作人员赶紧来通知他们上台领奖,好摆脱这尴尬的处境。

正想着,还真有人在外面敲门。

房间中的五双眼睛顿时齐刷刷地汇聚过去。他们都知道肯定不是工作人员,因为现在还没到领奖时间,不过无所谓了,只要有人从天而降,打破尴尬的气氛就是活菩萨、大救星。

天性活泼好动的舞立即高喊着"来了来了",跳着跑去开门。

"你好,我是NM公司新组合MONSTER的经纪人,想带他们来跟前辈打个招呼。"一个戴着眼镜的瘦高青年男子,客客气气地递上名片,身后还跟着五个长相帅气的新人。

新人和OMI一样走的都是花美男路线,精致俊美的长相和高挑纤细的身材就算放到美人横行的娱乐圈里,也绝对是令人眼前一亮的风景线。他们是NM耗巨资打造的

第八章
不被遗忘的代价

全新组合,出道刚一个月就已经横扫各大榜单,吸粉无数,曝光度比OMI刚出道时的势头更猛。

"哦,你好你好。"舞恭恭敬敬地接过名片,开门把他们请进房间。

虽然两个组合属于不同的公司,彼此间是竞争关系,但是在同一场活动中遇到时,一般新人都会主动到前辈房间里问候一声,混个脸熟,OMI刚出道时也是如此。

谁料经纪人刚走进房间,角落里的未夜立即愣住了,直勾勾地盯着经纪人,表情略显僵硬。他本来弓背靠在墙壁上,但看到经纪人的瞬间,就像军训时见到教官似的,立即站得笔直。

经纪人按照从近到远的顺序,依次给REN和YUKI发名片,最后来到未夜面前。他先停顿了两秒钟,随后带着社交性的笑容,温和地问:"我就不用给你发名片了吧?"

他说出这句话后,其他人才反应过来,未夜的前公司正是NM,他俩大概早就认识。

未夜没有吭声,只是僵硬地点了点头。他一直垂着头,不敢与对方四目相对。平时显得有点儿高傲的未夜,现在变得非常拘谨,不知所措。

其他人可能不知道,但在所有NM练习生的心目中,这个看上去温文尔雅、礼貌谦卑的男人是他们共同的噩梦。未夜在练习生时代经常被骂得狗血淋头,虽然现在换了公司,人也红了,但当初的阴影依旧深深留在心底,让他对这个男人有些忌惮。

"欢迎欢迎,我早就听说你们了。"弗罗娜立即换上无懈可击的笑容,热情地起身迎接。他俩都是经纪人,早就见过,虽然没有过多的交流,但都听过对方的大名。

两个人寒暄了几句后,话题落到未夜身上。男人对未夜赞不绝口,半开玩笑地说:"未夜被你们挖走我到现在还在心疼。如果他还留在NM,MONSTER里一定有他,不过是金子总会发光,我也为他如今的成就感到高兴。真可惜啊,如果我是他的经纪人就好了……"

"你花了三年时间也没有把他带出道,何必再说这些话呢?你吃资历饭的倒是无所谓,他们可是吃青春饭的。就算未夜留在NM,也未必能跟这群孩子一起站在舞台上。"

对方说得有分有寸,但弗罗娜每句话都咄咄逼人。其他人都不敢吱声,偶尔交换一下眼神,紧张地嗅着两个人之间渐渐变浓的硝烟味。说来奇怪,他俩明明没有什么交集,但弗罗娜却明显带着敌意。难道是因为心情不好,所以见谁就呛谁吗?

"你说得对,是我能力不足,没有把未夜带出道,我一直觉得很遗憾……"

对方见弗罗娜有情绪,立即低头认错,态度谦虚得令人顿生好感。但弗罗娜不以为意,冷哼一声,威胁似的说:"未夜已经和NM没有任何关系,请你以后不要再骚扰他了。"

这句话一出口，不仅是男人瞬间呆住，笑容变僵硬，就连未夜都紧张得抖了一下。

弗罗娜继续说："不要以为我什么都不知道。要不是因为牵扯到我们公司的艺人，我们早就法庭见了。"说到这里还意味深长地扭头瞥了未夜一眼。

从头到尾没有听懂一句的舞嗅到这里有大内幕的气味，急忙扭头低声问REN："怎么了？怎么了？"而REN也是一头雾水，摇了摇头。这时只有YUKI心口揪紧，猛地想起安逸凡的话。

安逸凡曾经告诉YUKI，当初泄露他回国行踪的人正是未夜，而且得到信息的那群人还伪造音频，造谣他要退团，让他自己决定是否把真相告诉弗罗娜。最终YUKI选择相信和原谅未夜，让这件事尘封心底，但他没想到弗罗娜早就知道了，而且知道得比他还详细。

望着弗罗娜冷笑的表情，男人冒着冷汗装傻说："我不懂你什么意思，不过，如果真遇到要对簿公堂的事情，我们也会据理力争，不会退缩。"说完后就急忙招呼MONSTER的成员随他离开，仿佛一秒钟都不想在这里多待。

就在这时，虚掩的房门突然被推开。一个穿着制服的工作人员气喘吁吁地闯进来。

从时间上计算，应该是来通知OMI上台领奖的。总算找到机会转移话题的舞兴奋地高举双手欢呼："上台啦！大家一起走吧。"说着第一个带头向门外走去。

谁料工作人员却尴尬地挡住他，低头小声说："对……对不起……我是来请MONSTER的。"

原来OMI不是冠军，MONSTER才是……

来势汹汹的新男团的人气排名竟然赢了OMI！

就在这一秒，舞完美地用自己的反应，表演了通常只能在漫画里看到的"瞬间石化"。他高举的双手和已经迈出半步的右腿彻底凝固，愉快的笑容与额头的冷汗并存，每一条神经都绷直了，仿佛有人轻轻一推，他就会"啪"的一声直挺挺地摔下去，变成满地碎片。

工作人员连看都不敢看他，低着头催促MONSTER："请快点儿上台，马上就要领奖了。"说完就像赶鸭子似的把MONSTER成员赶出房间，弯腰对OMI说了声"打扰了"，轻轻地合上门，扭头逃跑。

他们离开很久，保持着欢呼姿势的舞才从石化状态中恢复。他哭着一头扎进REN温暖的怀抱，撒娇般地嚷嚷着："好丢脸啊！好丢脸啊！我再也不要见到他们了！"

REN同情地轻轻抚摸他的头，在心中默默流下苦涩的泪水。

虽然OMI并非每次参加打歌节目都能夺得冠军，但是像今天这样被打脸还是第一

第八章 不被遗忘的代价

次。大家以为好胜心强的弗罗娜会气得脸红脖子粗，都战战兢兢地向她望去。

谁料弗罗娜却一反常态，没有发飙也没有生气，只是无奈地叹了一口气，轻声拍了拍成员的肩膀说："无所谓，大家回去吧。"那双失去战意的眼睛灰蒙蒙的，显得有些忧伤和疲倦。

返回公司的途中，五个人坐在车厢里没有说话。副驾驶席上的弗罗娜靠在枕头上闭目养神，没有人敢打扰她。未夜一直低头沉默，陷入深思，其他三个人时不时地偷偷看他一眼。

上车大约十分钟后，未夜终于鼓起勇气打破了令人窒息的沉默，痛苦地对弗罗娜承诺："对不起，我不会再接他的电话了。"

弗罗娜连眼皮都不抬，尖起嗓子说："接啊，为什么不接？不接他还以为我威胁你呢。我可没那么小气。"

"当初安寂提出退团后搞得人心惶惶，大家都很担心OMI会解散。他说想知道YUKI的行踪是为了查清楚YUKI是否也要退团，我也想知道真相，我发誓我不知道他会伪造音频。"

听到这里，舞和REN同时倒抽一口冷气，总算听明白他们在说哪件事了。

"你希望YUKI退团，OMI解散吗？"弗罗娜依旧闭着眼睛漫不经心地问。

满身冷汗的未夜内疚地低着头，迟迟无法开口。REN和舞都屏住呼吸，竭力把自己伪装成透明人，而受害人YUKI则面不改色地望着窗外飞驰而过的景物，仿佛事不关己。

没有等到未夜的回答，弗罗娜又接着说："如果OMI解散，你就可以做歌手了。我知道这才是你真正的理想。而他，也正是看准了这一点来利用你。"

"我承认我以前误会了YUKI，以为他软弱懒散、怕苦怕累，是团队的累赘。但是自从知道他一直带伤训练后，我就彻底改变了这个想法。原来我才是最无知幼稚的人……"

虽然是在忏悔，但是某些字词听上去依然非常刺耳。舞和REN都偷偷向YUKI望去，只见他依然专心致志地注视着窗外，表情从容淡定，好像什么都没有听见。

无论未夜说什么，他一点儿都不意外，因为他早就知道了。

弗罗娜冷笑一声，说："你也太傻了。他只是想彻底搞垮OMI，好趁机推出他的新团。"

未夜没有回话。车厢中气温骤降，凉得都不用开空调了。

身为队长的REN挺身而出，向弗罗娜表态说："我们以后一定更加努力，不让他们

超过。"

如果是以前,用这句话就可以结束整个话题,可是今天弗罗娜的反应却出乎所有人的意料。最讨厌消极情绪的她一反常态,幽幽叹息道:"没用的,我见过太多红极一时的偶像组合到最后销声匿迹,惨淡收场,OMI的结果也是一样……"

直到这时,她才睁开眼睛,回头望着后面座位上正惊讶凝视着她的四名成员。她忽然笑了笑,不再是从前那如刀锋般割皮刺骨的冷笑,而是淡淡的、柔和的苦笑。鲜红的嘴唇微微开启,仿佛是漫不经心地缓缓发问:"你们是想渐渐被观众遗忘,最后无声无息地慢慢消失,还是在最灿烂的时候选择结束,让一切成为传说?"

没有人敢接话,四双眼睛都直勾勾地凝视着弗罗娜认真的表情,就连司机都扭头望了她一眼,无法相信她会说出这样的话。

"我曾经带过不少组合,但是对OMI,我可以问心无愧地说,我近乎疯狂地倾注了自己的全部精力。你们就是我的梦想,最近我在考虑解散OMI的事情时,仿佛在亲手扼杀自己的生命。我考虑了很久,与其被遗忘,不如被铭记。让我们把OMI推上最高的王座,登上巅峰的瞬间让时间静止,让所有人永远铭记OMI最辉煌的一刻吧。"

说到最后,她的声音是哽咽的,双眼饱含热泪。她深深吸了一口气,竭力控制着自己的情绪。其他四个人都惊愕地盯着她,不敢相信却又不敢打断。

"其实我已经向公司提出为OMI举行告别演出的计划了。"弗罗娜很快地揩去眼角的泪珠,突然从刚才的感性又变回冷酷的工作状态。"最好的机会就是十月初的'白金之星大奖',从现在开始准备刚好来得及。当我们最后把冠军奖杯捧入怀中的时候,一起光荣地向全世界宣布OMI解散的消息。这就是我为OMI写下的最终结局,从此OMI将成为一段传奇。"

弗罗娜的目光有些兴奋,没人可以阻止她的疯狂想法。"白金之星大奖"是当今流行音乐界影响力最大、关注度最高的一个奖项,冠军完全由粉丝投票选举产生。粉丝们为了把心仪的偶像推上冠军宝座,都会竭尽所能地购买投票券支持。

"等等。"听到这里,REN终于忍不住打断她,"你的意思是,OMI十月份就要解散?"

弗罗娜认真地望着他充满质疑的眼睛,平静地点了点头。

"现在已经八月了,两个月后,我们就要告别舞台?"REN说出来连自己都不信。

未夜跟着激动地低嚷道:"为什么要解散?我不想当歌手了,我还想继续留在OMI。"

就连从来不严肃思考问题的舞都意识到事态严重,一本正经地说:"是啊,我们明

第八章 不被遗忘的代价

明熬过那么大的危机,好不容易缓过来,为什么要在形势大好的时候突然解散呢?"

"你刚刚在舞台上明明说OMI将一直陪伴粉丝走到生命的最后一刻啊!"向来好脾气的REN在这一刻忍不住低吼起来。团队解散这么大的事情,居然被弗罗娜说得如此轻巧!

"对。"面对大家的质疑,弗罗娜轻轻点头说,"我说的都是实话,一个字都不假。"

"可是……"REN刚说了两个字,就被弗罗娜打断。

"当初OMI组团,决定由我全权负责的时候,我就和公司有个约定。"弗罗娜微笑着讲出一段成员从未听闻的内幕,"当我把专辑销量做到五百万的时候,我要获得一个特权,那就是由我一票决定OMI什么时候解散。这条是写进合约里的,现在公司想反悔都不行。专辑销量大家都看到了,不仅超过五百万,早就已经破千万了,所以我有权行使自己的特权。"

"开什么玩笑!"未夜差点儿站起来,"凭什么由你决定?难道我们的意见就不重要吗?"

众人激动的情绪和强烈的反抗并未令弗罗娜产生一丁点儿退缩。她平静地依次望向每名成员的脸,用不到未夜一半的音量,缓缓说道:"未夜,组合不是你的归宿,你适合作为单人歌手出道,公司会为你圆梦的。YUKI,感谢你为组合付出了这么多,我早就该让你好好休息了,你也应该归心似箭了吧?REN、舞,以后公司会安排你们继续接拍影视剧,录制各种节目。你们多做做其他工作,从中寻找最适合自己的。虽然解散是OMI的终点,但也是你们每个人的起点。你们可以更自由地选择自己的前途,我相信你们一定可以做得比现在更加出色。至于OMI,就让它成为我人生中的最后一个艺术品吧,请你们原谅我的自私。"

从不说"请"的弗罗娜用近乎乞求的目光看着每个人。她的表情认真得令人心痛。

沉默,很长时间的沉默。

最终YUKI轻轻举起手,说:"我……支持。"

未夜就像被背叛似的,愤怒地扭头瞪着他,但YUKI没有把手放下。

过了一会儿,REN也默默举起了手。看到REN举手,舞也想跟着举手。未夜不停地用凶恶的眼神恐吓他,但他还是慢吞吞地把手举到耳侧。

"谢谢。"弗罗娜长舒一口气,紧张得发白的脸色稍微红润起来。

未夜不敢相信其他人居然会同意,气急败坏却又无力挽回。他气得太阳穴阵阵刺痛,扭开了头,赌气似的说:"好吧,既然如此,我还有什么好说的?随便你们。"

弗罗娜本来就有一票决定权,现在又有三名成员赞成,他的态度早就不重要了。

"不过……"YUKI小声提出,"就算我们策划得再完美,告别演出都不够圆满。"

是啊,所有人都心照不宣,少了一个人的OMI是不完美的,但是安寂不会回头了。

"关于安寂……"其实弗罗娜早就考虑过这个问题了。她的脸上洋溢着自信的光彩,笃定地说:"我还有最后一招没有使出来。如果顺利的话,应该可以让他回心转意。到时候OMI就能以最完美的阵容告别舞台了。"

八月底,林乔治和弗罗娜再次来到中国。他们此行的目的只有一个,就是再见安寂一面。虽然双方有官司在打,但安逸凡表现得非常大度,大大方方地把他们迎进家门。刚刚结束了《全能歌王》录制的安寂正好在家休息,在安逸凡"晓之以理,动之以情"的劝说下,才终于打开了紧锁的卧室房门,同意与林乔治单独见面。

本以为这次对话又会在一番争吵后不欢而散,但林乔治开口第一句话就令安寂始料未及。他问:"小寂,我知道你不想见我,所以我只谈重点——你想签约宏宇,还是继承我的公司?"

林乔治的公司当然就是S TOWN。继承这个影响力遍布全世界的庞大造星工厂,无疑比签约一家唱片公司的诱惑力大多了,只要是稍微有点儿脑子的人都不会拒绝。

这就是弗罗娜所说的"让安寂回归的最后一招",果然是大招。

但是,安寂听到这句话后却什么都懒得回答,只冷冷地笑了一声。

这样的反应完全在林乔治意料之中。他一点儿也不着急,发出自嘲般的叹息,低声感慨:"看来想要让你回到我身边,我必须讲出真相。小寂,当初我选择离婚不是为了继承遗产,而是为了你和诗韵着想。"

"住口!"愤怒到极点的安寂苦笑着,"一个人究竟要无耻到什么地步才能说出这种话?"

林乔治不生气,心平气和地继续问:"你知道我父亲是怎么死的吗?"

"没兴趣。"安寂把头扭开,恨不得立即结束这场无聊的对话。林乔治抛出的问题安寂上网就能查到,但是安寂从未产生去查证的念头,只想离那个又绝情又可恨的家族远远的。

林乔治说:"他死于脑肿瘤。被查出时已经是晚期了,所以很快就撒手人寰。"

"那又怎么样?"

"接下来的话,我是不想告诉你的。但是你已经长大了,以后我可能难以再继续隐

第八章
不被遗忘的代价

瞒下去。也许过几年你自己就会有所察觉，所以我还是决定亲口告诉你。"

"你到底想说什么？"安寂不耐烦地皱起眉头。

"我父亲的脑肿瘤是有遗传性的。"

低头淡淡吐出这几个字的林乔治故意停顿了很长时间，但安寂彻底沉默了。

林乔治只好接着讲："所谓遗传性，就是我也可能长出同样的肿瘤，然后迅速死掉。所以我在葬礼后也做了一次检查，结果很遗憾，我也被查出有阴影。所幸发现得早，可以用药物控制，但是几乎没有痊愈的可能。根据我父亲的遗嘱，如果我不离婚就无权继承任何财产，我只能带着一个长了肿瘤的脑子回到你和诗韵身边。你可以想象接下来的日子吗？"

虽然林乔治竭力控制着自己的情绪，但讲到这里时，眼眶已经发红了。

他淡定地为安寂描绘出一个非常可怕的未来："因为无钱医治，肿瘤会越来越大，最终我将失去行动能力，躺在病床上吃喝拉撒都让人照顾，还会产生高额的药费、住院费、护理费，这些全都由诗韵一个人承担。但这还不是最可怕的，最可怕的是……"

说到这里，他已经不忍心再继续说下去。

一直沉默不语的安寂低声替他说出下一句话："我也有可能长肿瘤？"

林乔治依旧低头望着地板，没有说话，但是沉默已经给了安寂肯定的答案。

不知道如何接受这个事实的安寂猛地站起来，忍无可忍地咆哮："从小到大你一天都没有陪过我，结果就给我一个肿瘤陪我一辈子？我为什么偏偏就流着你的毒血？"

林乔治抬头望着情绪激动的安寂，轻轻地说："如果你也发病，家里同时有两个绝症患者，无论如何医治，我们最终都将死去，留下诗韵孤苦伶仃一个人，她只有一贫如洗的空房子和一屁股巨额外债。难道你不认为与这样的结局相比，现在的她才更加幸福吗？没错，离婚后我的确没有尽到做丈夫和父亲的责任，但是我可以在一个你们看不到的地方，竭尽所能地供养你们。她不用辛苦工作，你也可以学习喜爱的音乐。你们衣食无忧，生活富足。就算某天你真的发病了，也可以接受最好的治疗，不会因为没钱而断绝生路。"

林乔治把语速放得很慢，竭力控制着即将夺眶而出的热泪，然而这席话讲到最后，他还是红着眼眶哽咽了。面前，愤怒的安寂表情扭曲，脸颊同样被滚烫的泪水覆盖。

"你每年都会做一次包括头部CT在内的全套体检，而诗韵则会把体检结果寄给我。她从未问过原因，但也许聪明的她已经隐约猜到了。你曾经问过我，如果你不是我儿子，还会不会在OMI出道。我说不会，你会接受更多培训，晚几年以更好的状态在其他组合出道。当时你非常不理解我为什么这么着急让你出道，现在我终于可以告诉你真相

了。那是因为我比任何人都清楚,你没有太多时间去挥霍和蹉跎。你必须更快地去实现梦想,趁年轻做完一切想做的事情。因为比起其他人,你的时间太宝贵了,我不能眼睁睁地看着你把青春耗费在漫长的等待中……"

安寂的目光柔和下来,盈满眼眶的泪水完全覆盖了他的视线。他的整个世界观都在这短短几分钟内彻底颠覆,他以为会恨一辈子的人,却突然变得非常卑微,非常可怜。

"所有你难以理解的事情背后都有我无法说出的苦衷,我做这些事的所有原因归根结底只有一句话,就是我爱你们。虽然我不能把这句话讲出来,但是我的所作所为,全都是由爱而发的。"

安寂扭开头,颤抖着问:"既然爱我们,为什么不说出真相?"

"当初我跟她离婚,不做任何解释,就是想让她恨我,这样她才可以另嫁他人。如今我们父子终于可以坦诚相见了,我知道你恨我,但如果换成是你,你会怎么做?"

这个问题太可怕了,安寂望着林乔治深邃的双眼,根本无法回答。他哽咽着质问:"那她死后为什么还不告诉我真相?为什么要让我继续恨你?"

"如果可以的话,我真的很想瞒你一辈子,一直瞒到你被查出肿瘤,必须接受治疗的那一刻。我不想让你生活在担惊受怕之中,我希望你能像其他人一样,拥有一段无忧无虑的青春。与其让你陷入恐惧,我宁愿你恨我。我不怕被你们恨,我只怕你们过得不幸福。"

幸福?这两个字听上去格外刺耳。安寂含泪低吼:"从你离开的那一刻起,我们这个家就注定不可能幸福!无论你做什么都没用,你亲手毁掉的东西已经消失了。"

林乔治的心中一阵痛苦。他真诚地说:"我承认我亏欠了你们母子。现在诗韵已经去世,我发誓在我有生之年,我将竭尽所能地补偿你。"

"我不要你的补偿。"安寂愤然扭头,习惯性地拒绝着。

"你要不要和我做不做是两回事。"林乔治的态度也是强硬的,"无论你是否理解,我都做了我认为最好的选择。而我现在坐在这里,告诉你真相,只因为两个原因。一是你已经长大了,也许某天会对为什么一直做头部CT产生疑问,我很难继续隐瞒下去。二是因为我已经42岁了,能活到现在已经是一个奇迹。而且最近的检查结果显示,我脑内的肿瘤已经开始恶化,我的时间所剩无几,所以不得不考虑公司的继承问题。"

林乔治望着安寂,父与子锋利的目光在被泪水泡得苦涩的空气中撞击。

"你是我唯一的儿子,我希望你回到我身边。"

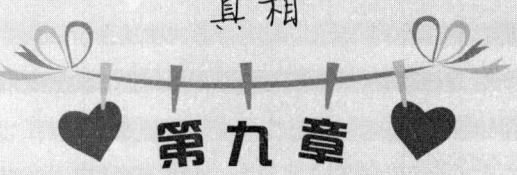

谎言背后的
真相

第九章

爱和恨不是一对反义词,爱真正的反义词应该是无视。

如果真的不爱一个人了,那么连恨都不会有,只会彻底无视那个人。所以,当一个人还恨着一个人,无法彻底不在乎的时候,他的心中依然残留着连他自己都不愿承认的爱。

安寂之所以深深地憎恨着林乔治,也许是在他的心中还留有连他自己都没有察觉到的对林乔治的爱。

恨一个人从来都是两败俱伤的结局,很傻,却无法控制。

林乔治离开后,安寂静静地在房间里坐了很久很久,反复回想着林乔治所说的每一句话。他尝试着反驳,却找不到太好的理由。他一遍遍地扪心自问,如果换成自己,当年是否会做出跟他一样的决定?以破裂的家庭换来殷实而平静的生活,这真的是最好的结局吗?

这晚,安逸凡留林乔治和弗罗娜在家过夜,说让安寂第二天给他们答复。

之所以如此爽快大方,是因为他断定无论林乔治开出怎样的条件,安寂都不会心动,想让安寂用坚定的态度拒绝,让林乔治早点儿死心。然而,当安逸凡从安寂口中听说了林乔治隐藏多年的真正苦衷后,他的自信竟产生了一点儿动摇。

他走进房间,试探安寂的口风:"你考虑得怎么样?"

冰凉的夜风掀开窗帘,灌入卧室。安寂垂头坐在床边久久不语,悲痛和震惊依旧纠缠于心底,令他深陷于矛盾的旋涡,如同溺水之人,在无法呼吸的绝境中拼命挣扎着。

"我终于知道我妈为什么叫我原谅他了……"

回忆起母亲咽气前的画面,安寂的眼底微微有些湿润。

"虽然我妈到死都没有从他口中听到真相,但是他俩之间从头到尾都没有任何误会,只有很多有缘无分的无奈和心照不宣的秘密。最后,他们很有默契地放弃挣扎,选择了分居两地,永不见面,即使如此也依然爱着对方……"

直到此时此刻,安寂才真正懂得他们之间的感情。

相爱容易相守难,选择放弃也是让彼此幸福的另一条路。

"我妈可以原谅他,是因为他们之间有着深厚的感情,但是我连见都没有见过他,现在要我原谅一个让我变成单亲小孩儿的陌生人,我真的很难做到。现在他给我什么补偿,都无法弥补我童年缺失的父爱。我也想过生日跟父母一起去游乐场,也想拍一张全家福,也想有爸爸帮我去开家长会,但是一次都没有,我甚至连奢望的机会都没有,只能接受现实……"

安寂很想原谅林乔治,这些话是他在尝试说服自己,但是始终跨不过心里的坎。

第九章 谎言背后的真相

安逸凡轻轻拍了拍他的肩膀，千言万语哽在涩痛的喉咙。纵使成熟聪明的他有一万种方法说服摇摆不定的安寂狠狠拒绝林乔治，他也不愿轻易开口，因为他不希望安寂受人摆布，而是能听从自己内心真实的声音。

最后，安逸凡留下一声叹息转身离去，把安静的思考空间留给安寂，把不安的心留给自己。

翌日清晨，安寂早早起床。一夜没有睡好的他显得有些疲惫，蓬松的金发就像一盆缺乏照料的盆栽，张牙舞爪地立在头顶。他一边按压着倔强不屈的发丝，一边走下铺着软毯的楼梯。听到他的脚步声后，正在餐厅用餐的三个人都不约而同地抬头向他望去。

这三个人就是男主人安逸凡，客人林乔治和弗罗娜。

安寂录完《全能歌王》后名声大噪，不仅接到很多节目邀约和名导电话，还有很多媒体记者挤破头皮抢着跟他约访谈。他刚刚复出，还没有聘请经纪人，一直与安逸凡共用一个助手，所以他的一举一动、每一个行程安排都在安逸凡的眼皮底下。

今天明明没有工作，他却这么早起床？安逸凡诧异地盯着向餐厅走来的安寂。

照理说，为了避免跟林乔治见面，他应该会躲在房间里闭门不出吧？

这些反常的表现令安逸凡预感到将有大事发生。

安寂一直低着头，没和任何人打招呼，酷酷地拉开椅子，一声不吭地坐在安逸凡身旁。

正在厨房忙碌的保姆听到脚步声，立即多摆了一份早餐上桌。

望着精美的蔬菜培根三明治和冒着热气的奶茶，安寂没有一点儿要用餐的意思。他不愿抬眸，目光一直低垂在玫瑰花纹的餐盘上，大概是不想与坐在对面的林乔治和弗罗娜目光相对吧。

"我已经考虑清楚了……"

他突然开口，下一秒三双眼睛就齐刷刷地汇聚到他的脸上。

听到这句话后，没有人还能吃得下饭了。

"我可以承认你是我的父亲，但继承不了你的公司，我只是一个普通歌手，没有那么大的能耐，也承担不起那么大的责任。不过，你根本不用担心公司后继无人，你不是还有一个勤劳能干的妹妹吗？如果你真的倒下了，她应该比我更适合当老板。"

说到这里，安寂终于抬头望了弗罗娜一眼。

弗罗娜冷笑起来，高傲的眼神如寒芒般从安寂脸上划过，鲜艳的红唇中淡淡吐出三个字："我拒绝。"坚定决绝的语气，没有一丝动摇的可能。

"那我也可以拒绝。"安寂与她针锋相对。

弗罗娜竟恼怒地低吼起来:"你根本不知道你拒绝了什么,你以后一定会后悔的!"

安寂不为所动,冷淡接话:"我已经考虑清楚了,一辈子都不会后悔。如果你真的这么热爱公司和工作,为什么要这么不负责任地把它们交给一个什么都不懂的我呢?"

"你可以……"

"你听我说完。"安寂打断弗罗娜的话,接着说,"虽然我不能继承公司,但是我可以回日本,参加OMI的告别演出。无论如何,谢谢你们邀请我,还把我当成OMI的一员。"

当初毅然退团不是因为跟成员有何深仇大恨,而是因为无法配合公司的工作安排。对此,安寂也有几分愧疚。因为他的突然退出而让早已准备就绪的专辑推迟发行,让其他成员重新录歌和排舞,让大家将近半年的努力成果全部付诸东流,一切推倒重来,他的心中早已充满歉意。

经历这样的"背叛"后,OMI还愿意承认他是组合的一员,他于情于理都不应拒绝OMI最后的邀请。

"等等,这件事还没有跟我商量吧?"安逸凡见苗头不对,急忙打断。

早有准备的林乔治沉稳地接话:"如果你同意让安寂参加告别演出,他违约退团的事情,我们同意接受调解。"这无疑是S TOWN做出的巨大让步。如果调解成功就可以撤诉,双方都不用再为麻烦的跨国官司劳神费力了。

听到这里,刚才还略有异议的安逸凡不作声了,似乎有点儿心动。

弗罗娜也来助阵,接着补充:"与其把有限的精力浪费在处理过去留下的烂摊子上,不如集中全力开拓未来。现在安寂风头正劲,你应该还有更重要的事情要做吧?"

双方都是聪明人,知道应该如何取舍,也都能猜透对方的心。话已至此,安逸凡还有什么不满呢?望着对面达成默契的兄妹,他微笑着举起酒杯,仿佛在说:"成交。"

暑假最后一周,酷热的天气整天把人烤得懒洋洋。自从《全能歌王》开播后就没闲过的陆依依开始认真思考,是否要提前找几本大学课本预习一下呢?不然怕到了高手如云的大学以后,保不住学霸的地位啊。然而,就在她想要重新抱起书本时,却接到一个意外的邀约。

"依依,陪我去趟日本吧,大概两三天。"

消息是某天晚上安寂用QQ发来的,陆依依正好坐在电脑前。

第九章
谎言背后的真相

安寂的回归无疑是整个暑假最令人振奋的消息。寂寞了一年的粉丝全都满血复活，到处奔走相告，热烈庆祝。不仅如此，最近两个月安寂粉丝数量激增，会员等级高的网友在论坛享受更高的特权，可以任意下载和浏览，但是新注册的用户却连发言都受限制，连很多精华帖都看不到，就更别提下载福利了，所以这段时间老账号被盗事件时有发生，令人叫苦不迭。

当时陆依依正在写一则关于"如何加强账号安全管理"的论坛公告，手指"噼里啪啦"地打着字，心情慷慨激昂，文思犹如泉涌，暂时没来得及回复。

结果安寂生怕陆依依不答应似的，急忙发来一大串附加的优惠条件：

"我包你来回机票和所有衣食住行哦。"

"再送你一套衣服参加聚会时穿，你去商场随便选。"

"造型师和化妆师都给你用！"

"还能见到YUKI他们……"

"全程都让你跟拍，保证不没收手机，行不行？"

"……"

等陆依依把公告写完，点开安寂的对话框一看，差点儿被那大一片刷屏的文字吓傻了，忙问："你舅舅知道吗？"因为安寂已经不是第一次独自出远门了，而且他和OMI的关系一直非常微妙，所以陆依依对安寂此行的公开性深表怀疑，担心他又背着安逸凡擅自行动。

安寂立即回答："他知道。宏宇和S TOWN接受调解，现在双方关系不怎么紧张了。"

"真的吗？那太好了！"只要可以摆脱旧合约的限制，安寂以后一定会有更好的发展。

不过，陆依依还是有点儿担心。

"就我和你吗？那多不方便啊……万一被别人拍到，我又要上热搜了……"过去留下的心理阴影还在陆依依心中没有淡去呢，她早就暗下决心要小心谨慎了。

"怕什么，又不公开，没人知道。"

"而且我们光明正大地去，就算被拍到也没什么。"

"对了，你可以当我的助理啊！"

安寂又开始刷屏了。他最近有向话痨发展的趋势。

"啊？"陆依依蒙圈了。安寂的助理？听上去好"高大上"的样子。

"这段时间都是我舅舅的助理帮我处理事情，但是我舅舅离不开他，他不能陪

我出国。"

陆依依战战兢兢地问:"当助理要做什么啊?"

安寂爽快地答道:"你只要跟着我就行了,不用做事情。"

居然还有这等好事?陆依依眨巴着眼睛,有点儿心动了。

"你去日本干什么?"答应之前有必要先了解一下行程安排。

"去见见老朋友。"安寂说得很随意。

这个陆依依懂,大概是指YUKI他们吧。但是,接下来蹦出来的一句话却令她愣住了。

"还有一些亲戚……"

在日本的亲戚?难道是林乔治和弗罗娜的家人?安寂怎么会同意和他们见面呢?

仿佛知道陆依依想问什么,安寂主动说:"虽然我还没有完全原谅他,但是终于明白我妈为什么不恨他了……他真的是有苦衷的,我想试着去了解他,希望有一天能接受他……"

也许这就是血浓于水吧,骨肉至亲的父子之间难以产生真正的深仇大恨。世上哪有不想得到父亲认可的儿子?哪有一点儿不爱儿子的父亲?哪怕双方相处的时间、流露的关爱是一片空白,仅仅是"父亲"这两个字,就可以让他在安寂心中占据举足轻重的位置。

父爱如山,深沉而厚重,从小失去父爱的安寂在与林乔治一夜长谈后,渐渐感受到这种克制而隐忍的爱。他用隐瞒和欺骗把所有罪名都扛在自己肩头,他小心翼翼,不敢靠近,却一刻也没有把关切的目光移走。他的爱不是不存在,而是从来不敢让安寂看到。

就在距离东京S TOWN公司大楼不到一百米的地方,坐落着一幢古典和式风格的独栋别墅。别墅外用深棕色的木栅栏围起来,苍翠的庭院大得仿佛一座精致的小公园。一条木板铺成的小径优雅地跨过池塘,弯弯曲曲地绕向宽敞得可以开烧烤派对的正门玄关。

这里就是林乔治住的地方,无论在家中的哪个角落,抬头就能看到时尚又气派的S TOWN大楼。他平时的生活半径基本就是从公司到家的这一百米了,简单得不可思议。

来到东京的第一天晚上,陆依依沾安寂的光住进这幢豪宅。躺在不熟悉的榻榻米上,嗅着从纸门外传来的泥土清香,听着月光下院子里热闹的虫鸣,好像置身于一部怀旧的日本电影。枕边整齐地叠放着安寂亲自为她挑选的小套装,蓝地大白花的吊带上衣

第九章
谎言背后的真相

外加一条白色包臀裙。陆依依试穿时望着镜中映出的那名成熟中又带着一些小性感的美丽女性,都不敢相信是自己了。一想到明天就要见到安寂的家人,就紧张得有点儿睡不着觉……

第二天一大早,安寂带着化妆师和造型师把陆依依叫醒。经过他们两个小时的精心打造,平时总是素面朝天的陆依依摇身一变,成为一个妆容精致得好像马上就要登台表演的明星,全身上下都在熠熠发光,不断向外散发出"看我啊看我啊"的信号。

"是不是……太夸张了……"

送走化妆师和造型师后,陆依依审视着镜中的自己,有点儿不好意思出门了。

被染成浅茶色的梨花卷蓬松地垂在她纤细的肩头,贴上假睫毛后瞬间放大两倍的眼睛忽闪忽闪地盯着镜子。陆依依嘟起涂着珊瑚色口红的嘴唇,略施粉黛后更显得吹弹可破的白皙脸庞上,表情中带着几分无法掩饰的尴尬。

刚才一时兴起,拍了一张照片给妈妈看,结果妈妈却发来一句令她心碎一地的回复:"女儿,你不是长这样啊!"居然连亲妈都不认识自己了,这让陆依依情何以堪。

安寂倒是对变身后的陆依依非常满意,不停地点头称赞,说:"这是你和他们第一次见面,当然要打扮得漂亮点儿,给他们留下好印象。"

"我只是助理而已……"又不是丑媳妇见公婆,这么大费周章干什么?

"谁说你只是助理?"

安寂的大声反驳令陆依依紧张了一下,还以为他有什么惊人发言,结果他涨红脸什么都没说,硬生生地把后半句话咽了回去,害陆依依小小地失望了一下。

"安寂,依依——"

就在这时,门外突然传来一个令人意想不到的声音,令你一言我一语的两个人都吓了一跳,不约而同地扭头望去,只见YUKI不知何时已经站在门边,正笑盈盈地望着他俩。

"你怎么来了?今天不用上班吗?"安寂惊讶地起身问道。他最了解OMI的时间安排,每天就算没有工作也必须去公司训练。除非YUKI有什么特殊情况请假,不然绝不可能翘班。

YUKI淡淡地回答:"我今天请假休息。REN他们中午也会过来。"

说话间他已经弯腰坐在榻榻米上,饶有兴趣地盯着陆依依仔细打量了一番。直勾勾的目光毫不避讳,嘴角迷人的浅浅笑意足以让每个和他对视的女生心神荡漾。

求你了,不要这么盯着我看啊,我知道我今天的妆容有点儿隆重,但我也是被安寂逼的!陆依依紧张得心中小鹿乱撞,飘忽不定的眼神在四周游来荡去。

"你这样挺好看的。"本就奇怪的气氛因为YUKI这句发自肺腑的评价,变得更加尴尬了。高兴是高兴,但是瞬间加剧的紧张感却令陆依依咬着嘴唇,不知该做何反应了。

为了化解尴尬,陆依依不惜自黑说:"好看得连我妈都不敢认我了,真要谢谢化妆师……"

她不满地噘起嘴巴的模样把YUKI逗笑了。

"不是,是你本来就很漂亮,化妆师只是锦上添花而已。"

比起见面第一句话就一针见血地指出自己长胖了的安寂,还是YUKI的甜言蜜语好听多了。反正只是礼节性的赞美罢了,陆依依不敢太当真,但是雀跃的心情却久久无法平静。

"你们当我是透明的吗……"一脸不满的安寂怒刷存在感,撇着嘴发出抱怨。这两个人聊得起劲,完全把他晾在一边。

YUKI居然装出很惊讶的样子,问:"原来你在啊?"

安寂气得在他的肩膀上重重捶了一拳。看到他们亲密打闹的样子,一旁的陆依依不自觉地露出幸福的微笑。以前他俩都在OMI时就经常在舞台上互动,无论是获奖时的拥抱还是打闹时的推搡,都能引起粉丝们的阵阵尖叫。但是自从安寂离开OMI后,两个人就再也没有同台过了,如今再次看到这样的打闹画面,竟有种恍若隔世的感觉,心中充满苦涩的感概。

"说真的,OMI确定要解散吗?"安寂收敛笑意,认真地问。

陆依依听到这个问题,突然回过神来,虽然问题的答案已经有许多预兆,但她还是认真地等待着YUKI的回答。

"嗯。"YUKI低沉地说,"弗罗娜想让OMI成为传说。"

关于弗罗娜的想法,安寂早就听她亲口说了。虽然觉得不可思议,但也不是完全不能理解,所以安寂听了YUKI的话后并不十分惊讶。现在他最关心的是:"那你以后有什么打算?"

"回国吧。"

"要来宏宇吗?"

YUKI笑了笑,有些懒散地说:"我还是好好养伤吧。"

听到这里,安寂和陆依依都紧张了一下。

安寂忙问:"又严重了吗?到底怎么回事?"想来也是,如果伤势不严重YUKI现在就不可能出现在这里了。弗罗娜的铁石心肠安寂是深有体会的,她不可能随随便便就同意YUKI休息。

第九章
谎言背后的真相

"如果以后再也不跳舞，不做剧烈运动，倒是没什么大问题。但是，如果继续表演的话，伤势还会继续恶化。最坏的结果就是……"YUKI垂下眼睫，淡淡地吐出两个字，"瘫痪。"

陆依依的心猛地一沉。无论他说得多么风轻云淡，也无法掩饰伤势越来越严重的事实。一直以来，YUKI都是整个团队里最没有野心、最随波逐流的一个。后来公司多次削减他的歌词和表演，外人都以为是公司有意打压态度消极、不知进取的他，然而事实却是为他减负。

他是一个不喊痛不喊冤的人，什么都默默隐忍下来，正因如此才格外令人心疼。就连被队友未夜误会和排挤，他都从来没有解释过。直到那次在表演中跌倒，才令隐瞒已久的伤势曝光，让真相大白天下。

当他面对挑战，微笑着摇头回答"不行"的时候，不是他不够努力，而是真的做不到。不是他没有拼搏进取的精神，而是他心里清楚自己的极限在哪里，只是不能坦白讲出来。

"不过你们不用担心，瘫痪只是最坏的结果，我现在不是还好好的吗？"

察觉到气氛突然降温，安寂和陆依依都不说话了，YUKI连忙笑着解释。

"那你要退出娱乐圈，以后再也不出现了吗？"陆依依小声问。她担心YUKI伤势的同时更舍不得他。一想到以后再也不能在电视上看到他的身影，突然觉得心中空落落的。

"也许吧……"YUKI轻声说，"其实我不适合做艺人，因为本来就没什么才艺……"

"谁说的！"陆依依忍不住大声反驳，"大家都很喜欢你。"

YUKI笑了笑，说："所以我一直很感谢大家对我的喜爱和包容，但我也有自知之明，特别是进入S TOWN这么专业的娱乐公司后，每时每刻都感觉到自己和大家的差距……当初我是走在街上被星探发掘的，听上去好像很厉害，但是你仔细想想，星探究竟看中了我什么？我没有在街上唱歌，没有跳舞，甚至没有说话，但是他却急匆匆地追上来，硬要塞给我一张名片。他只是纯粹看中这个而已——"说着指了指自己的脸，苦涩地笑着。

"所以我一开始给自己的定位就非常明确，只是颜值担当而已。"

迎着陆依依写满反对的眼眸，他伪装出自豪的样子，其实每个字都是心酸的自嘲。

"我的所有才艺都是进入公司后从零开始学习的。我明白我和大家的差距有多大，一开始也非常努力地想要证明自己，渴望脱颖而出。也许就是因为太努力了，结果不小

心弄伤了自己。我不认为这是挫折,反而认为这是老天在提醒我,也许我该换条路走走了……"

三年前,OMI刚出道不久,在一次重要的现场表演前的彩排中,YUKI不小心扭伤了腰,一直疼痛不止。因为马上就要登台了,没有时间去医院仔细检查。当时大家都以为只是肌肉拉伤,没有太在意。弗罗娜坚持让YUKI上台,并且给他注射了两支镇痛剂。然而,失去痛觉的YUKI在正式表演中令伤势加重了。后来到医院检查才发现,他的一小截脊椎严重错位,并且已经伤到神经。那之后整整一个礼拜,YUKI都是在病床上度过的。

这件事毋庸置疑是弗罗娜的责任,但是S TOWN为了公司名誉,没有对外公开。

从那以后,YUKI每次训练和演出都是带着伤痛进行的,直到安寂入团,替他分担了部分表演后,他才开始渐渐轻松下来。正因如此,安寂是OMI中第一个比较准确地知道YUKI伤势的人,就连未夜等人都以为他只是普通的肌肉拉伤而已。

"当初明明是你帮了我的大忙,但是大家都以为是你抢走了我的表演。每次看到你被黑,我都很想替你解释,所以依依找我录澄清视频时,我才瞒着弗罗娜一口答应。后来依依对我千恩万谢,好像欠了我很大一个人情,但是我一直很想说,我做的一切都是我应该做的……"

说完回头对陆依依微微一笑,仿佛在说:这才是真相,你懂了吗?

陆依依不懂,不懂他为什么要解释得这么清楚。他好像在说:不要觉得好像亏欠了我什么,其实我一点儿也没有多做,一分一毫都是应做的。他想要证明自己不是没有原则的滥好人,不是无条件地、无缘无故地一味力挺安寂,只是分担了一部分本就属于他的责任。

他这样突然与安寂划清界限,好像埋下了什么伏笔……

中午十二点,客人们渐渐聚集到别墅。宽敞明亮的大厅中,摆放着厨师精心准备的料理,有生鱼片,有炸鸡,还有寿司和沙拉,供客人们自行取用。男人们西装革履,彼此都很熟悉,三三两两地聚集在一起谈话。女人们大多是三四十岁的中年妇女,全都是披金戴银的贵妇装扮。

安寂早早地就被林乔治叫走了,一个一个地问候客人,忙得连吃口饭的时间都没有。身为助手的陆依依完全不敢靠近他,在YUKI的陪伴下,坐在角落里的小沙发上默默用餐。

过了一会儿,刚刚结束了上午的训练,急急忙忙从公司赶来的REN、舞和未夜闪亮登场。仿佛安装了小鲜肉探测雷达的贵妇们立即围过去,叽叽喳喳地娇笑着与他们攀

第九章 谎言背后的真相

谈、合影。他们费了好大的劲，才终于慢慢挤出包围圈，艰难地与YUKI和陆依依会合。

已经不是第一次见面了，大家一点儿都不拘谨，就像老朋友似的互相寒暄。

最会撒娇的舞拉着陆依依抱怨REN今年送给他的生日礼物没有去年好，让陆依依给他评理，无论REN怎么解释都不听，非要REN请他吃烤肉才能消心头之气。舞一出现，刚才还和陆依依聊得投机的YUKI就只得退开了。他把最靠近陆依依的VIP座位让给舞，起身走到未夜身边。未夜靠在墙角，假装正在欣赏庭院，目光却总是流连在安寂和林乔治身上。

"原来弗罗娜的大招就是让安寂回来继承公司。"YUKI一眼就看透了未夜的心思，猜到他一定正在思考这件事。

未夜转回头，半开玩笑地笑着说："没想到曾经的队友居然要变成老板了，心情真复杂。"

"不过听说安寂拒绝了。"YUKI正色道。

未夜摇摇头，说："这可不是他想拒绝，就能拒绝得了的……"

"是啊。"YUKI无奈轻叹一声。天降重任，身不由己。不想接也得接，谁让他是林乔治唯一的儿子呢？只不过现在林乔治身体还算健康，所以林家没有不择手段地苦苦相逼而已。

两个人低声耳语的和谐画面映入陆依依眼中。虽然她被舞缠得无法脱身，但眼角总是时不时地关注着这两个曾经在团队中关系最不和睦的人。他们花了三年时间才彻底解除误会，真正交心，然而随之而来的却是分离和解散。这样的结局，就连陆依依这个已经退圈的粉丝都有些沮丧和难以接受。

正想着，聚集在户外的人群突然传来一阵骚动。所有人都停止交谈，目光齐刷刷地转向栅栏外。不知何时，大门口已经停了一辆漆黑的高级轿车。一名身穿和服、气质高雅、不怒而威的老妇在两名英俊魁梧的黑衣人陪同下，优雅地踩着木屐，沿着小径款款走进中庭。

聚集在庭院里的人群自动让开一条路，毕恭毕敬地弯腰九十度向老妇发出问候。他们的态度就像宫廷剧里奴才见到太后的样子似的。

老妇现身后，林乔治急忙带安寂大步流星地走去，弗罗娜也立即赶去迎接。

因为距离有点儿远，大厅里的陆依依听不见他们的对话。YUKI贴在陆依依耳边小声说："那是林氏兄妹的亲姑姑，也是安寂的姑奶奶，而且是S TOWN的大股东。"

难怪大家的反应这么大，果然是太后大驾光临了。

第一次见长辈，安寂显得有些局促，一直低着头没有吭声，只有林乔治不停地说

着什么。而老妇由始至终连看都没有看安寂一眼,高傲地抬起下巴,挺胸抬头冷漠地走进大厅。她一进来,陆依依和其他人就像屁股触电似的弹起来,端端正正地站到墙边去了,紧张得连大气都不敢出。

老妇带着淡淡的笑容环顾四周,礼貌而谦和地向众人点头问候,然后毫不客气地坐在大厅环形沙发最中央的位置。林乔治和弗罗娜两名晚辈立即陪坐两侧。

安寂刚要跟着坐下,老妇突然发话,说:"你过来让我看看。"

安寂只好走到她面前。她轻轻拉着安寂的手,皮笑肉不笑地仔细打量着。过了好一会儿,她冷笑着扭头望向林乔治,刻薄地吐出一句:"你们父子果然长得很像,不然我一点儿都不想认他。想必他妈妈以前也是一个大美人,难怪当年把你迷得神魂颠倒,六亲不认。"

这些话陆依依一个字都听不懂,都是YUKI小声翻译给她听的。

结果老妇听到YUKI窸窸窣窣的声音后,悠然移眸望了一眼。眼神倒是挺和蔼的,但YUKI却不再吱声了,趁人不注意时悄悄拉着陆依依离开。陆依依早就不想在那个憋得透不过气的大厅里久留,来到户外嗅到花香后,才有种终于可以顺畅呼吸的轻松感。

"那个姑奶奶怎么回事?讲话含沙射影的……"

来到外面,陆依依终于可以大声讲话了,愤然为安寂鸣不平。

"都快二十年了,两家从未有过任何来往。这是他们第一次见面,肯定会有点儿尴尬的。"

"这可不是尴尬而已,她那笑里藏刀的样子都快赶上宫斗戏了。"

陆依依总觉得以后就算有林乔治撑腰,安寂在日本的日子也不好过。

YUKI刚要说话,突然有人在后面拍了陆依依的肩膀一下。

"依依,你过来一下。"

不知何时,安寂已经来到两个人身后。他拉着陆依依的袖子,想让陆依依跟他回大厅。可是陆依依回头一看,只见林仁美、林乔治和弗罗娜全都抬头盯着她,气氛说不出的紧张。

"干什么?"双脚牢牢地扎在原地,她才不想去见那个比容嬷嬷还可怕的姑奶奶呢。

"你来一下嘛,我跟她介绍一下你。"安寂哀求道。

"助理有什么好介绍的?"

一心只想降低存在感的陆依依才不想抛头露面呢。她用可怜巴巴的眼神瞅着左右为难的安寂,仿佛在说"大哥,求放过"。但是,林仁美怎么说都是林家有辈分的人,又

第九章
流言背后的真相

是公司的大股东,已经成为人群焦点的陆依依总不能当着这么多人的面,不给老人家面子吧……

没办法,陆依依做好心理准备后,还是硬着头皮跟安寂进去了。

结果进去以后才真是骑虎难下,以为点头笑一笑就可以完成任务的陆依依太天真了!

简单的几句寒暄后,早已接到"懿旨"的弗罗娜突然说:"我姑姑想单独跟你说几句话,我来做翻译。"说完优雅地扶着林仁美站起来,用目光示意陆依依跟她们到楼上的小书房去。

这是什么情况?我只是一个渺小得可以忽略不计的挂名助理而已!不是说只要跟着安寂就行了吗?为什么会变成跟老太后和弗罗娜私聊的局面啊?

陆依依在心中眼泪长流,每一步都走得好像上刑场一样悲壮。

弗罗娜和林仁美把她带到二楼的小书房,关上门。

林仁美坐在一张非常气派的长方形书桌后,弗罗娜站在斜后方,而低着头的陆依依却拘谨地站在门口,手足无措。幸好书房不大,门口到书桌也就相距五六步而已。

"我早就听弗罗娜说过你。"没有宾客围观,林仁美的笑容瞬间冷却。通过弗罗娜的翻译,陆依依都能感受到那股冰凉刺骨的寒意。

"不知道中了什么邪,我们林家的男人都喜欢外国女人。我哥娶了美国媳妇,我侄子又跟一个中国女人私奔。我侄孙流落在外十多年,好不容易认祖归宗了,结果又带回来一个中国女人。林家这两代吃尽了跨国婚姻的苦头,不但家庭不美满,还害得公司股权四分五裂,人心不齐。林家早已痛定思痛,再也不想重蹈覆辙了……"

弗罗娜的中文水平本就不佳,再加上林仁美说话绕来绕去,陆依依还没有把人物关系理清楚,就已经被绕晕了。

看到她晕头晕脑、一脸茫然的样子,林仁美脸色更黑了,冷笑着抛出一句:"我不知道你懂不懂我的意思,总而言之就是一句话,林家不会接受你。"

话音一落,气温骤降。陆依依光是看着她锋利的眼神就像被割了一刀。

这句话是弗罗娜从头到尾翻译得最准确的一句,但是陆依依听后却诧异地瞪着眼睛,问:"你没翻译错吧?你跟她说清楚没有?我只是安寂的助理而已。"

弗罗娜抱着胳膊,似笑非笑地说:"刚才安寂可不是这样介绍的。"

"那他是怎么介绍的?"

"他说你是他的女朋友。"

其实安寂的原话是"她是我喜欢的女孩子",但是弗罗娜偷了个懒,直接翻译成女朋友,一下变成安寂好像故意营造了一个骗局似的。

听到这个晴天霹雳般的回答,陆依依的脑子"轰隆"一下炸开了。什么情况?安寂一开始不是这样讲的啊!不是说来当助理吗?怎么眨眼就变成女朋友了?欺负她不懂日语吗?

陆依依急得语塞,涨红了脸,却不知道该怎么解释。

看到她手足无措的样子,看透一切的弗罗娜风轻云淡地说:"他说,因为他在中国有女朋友,所以不能留在日本。你不用紧张,他应该只是拿你当挡箭牌而已。"

前半句是安寂的态度,后半句是弗罗娜的猜测,林仁美毫不知情。

凝视着弗罗娜深邃的眼神,陆依依心中百味杂陈。前一刻听到安寂说自己是他女朋友的紧张和羞涩,这一秒已经被挡箭牌三个字冻成了冰块。是啊,如今已经成为万人迷的国民偶像安寂,怎么会看上自己呢?他只不过是拿自己当借口,打消林家人逼他回家的念头而已。

心情突然变得有些复杂,带着阵阵酸涩侵袭上来。连陆依依自己也不知道为什么,好像在松了一口气的同时,又忍不住有些难过……

林仁美离开后,聚集在一楼大厅的人群稍微散去。宾客们都端起盘子,开始取餐了。YUKI趁人不注意悄然来到安寂身旁,凑到他耳边小声问:"你姑奶奶为什么要单独见依依啊?"

陆依依已经上楼十分钟了,还不见下来,YUKI与其说是好奇,不如说是担心。安寂倒是能猜到楼上在谈什么,但是在好像对陆依依有些好感的YUKI面前,他不好明说。

看到安寂那犹豫不决、难以开口的神色,YUKI已经猜到几分了。

"听弗罗娜说要解散OMI时,我突然感觉轻松了很多……"

YUKI边说边悠闲地往嘴里送新鲜的蔬菜沙拉。

安寂还以为他放弃刚才的话题了,重新打起精神,望着他。

"可以好好养伤,不用担心伤势恶化倒是其次,最让我开心的是,以前和S TOWN签订的不平等条约终于可以解除了。"说到这里突然扭头,用古灵精怪的眼神地盯着安寂问,"你知道所有条款中,让我觉得最痛苦的是什么吗?"

不等安寂回答,他就忍不住揭晓答案:"就是不能谈恋爱。"

令人意外的发言让安寂愣住了。他呆呆望着YUKI高深的笑容,隐约觉得他话中有话。

第九章
流言背后的真相

果不其然,YUKI接下来又说:"一旦解约,我做的第一件事情就是对喜欢的人表白。"

安寂对私人感情避而不谈,而YUKI却偏偏挑这个话题。听到这里,安寂隐约猜到他的真实意图,微微带着一丝防御心,试探性地问:"你有喜欢的人了?"

YUKI轻轻点头,坦然承认:"她让我发现了这个世界上很多曾经被我忽略的美好。如果不是她,我和未夜之间的误会不会解除,我也不会像现在这样舍不得OMI解散了。"

不需要再继续说下去,安寂已经彻底明白他的意思。

明澈的眼眸中闪过淡淡的疑惑,视野中YUKI的笑容变得模糊。

"其实我没有表面看上去那么善良无私,真实的我也有冷漠无情的一面。"YUKI专心地用叉子拨弄着盘子里的蔬菜丝,轻轻说道,"正因为总在生活中演出最好的自己,让自己变成大家渴望看到的样子,所以总觉得其他人也和我一样,都戴着面具周旋在复杂的人世间。"

安寂第一次听他讲这些话,诧异地睁大眼睛,不知道如何接话。

"我爸当初就是靠坑蒙拐骗发的家,我见惯了虚与委蛇、阳奉阴违的人,所以觉得虚情假意都是人之常情,被误会和污蔑都是微不足道的小事,不想去费力解释。是她让我发现人与人之间的爱和信任其实是一件很单纯、不功利的东西。我不想错过这么美好可爱的她……"

想起陆依依纯洁爽朗的笑容,YUKI的嘴角情不自禁掠起淡淡笑意。

"安寂,我们现在面临一个非常糟糕的情况。"YUKI忍不住叹了一口气,从容的眼波中漾起不安的波澜。他抬起头,平静地注视着安寂惊讶的脸庞,说,"我们爱上同一个人了。"

这真的是最糟糕的情况。如果处理得好,大家以后还是朋友,但是为了逃避见面时的尴尬,肯定会下意识地避开彼此;如果处理得不好,恐怕以后连朋友都做不成了……

"为什么对我说这些?"安寂迟迟回不过神来。

因为YUKI的坦白,三个人的关系从这一刻起,开始出现微妙的变化。

"再不说就来不及了,我怕被你抢先。如果你当我是好兄弟,就答应我一件事……"

也许是因为知道接下来的要求有些过分,YUKI垂下头避开了安寂的视线,低声说:"可以答应我,给我一个公平竞争的机会吗?在我正式解约回国之前,你不能抢先对她表白。"

说完后终于抬起头，鼓起很大的勇气，迎向安寂错愕而茫然的目光。

安寂直到这一刻才明白，YUKI与他划清界限就是为了这场竞争做铺垫。因为只有彼此互不相欠，才能真正站在公平的立场上，为了真爱全力以赴。而YUKI之所以选择在这个时候公开，是因为他已经察觉到，如果再晚一天，不，也许再晚十分钟，就再也来不及了……

两双眼睛久久地凝视着彼此，没有人退缩，他们都看到了对方的认真。

清澈而诚恳的目光中，没有敌意，也没有紧张感。

作为情敌宣言来说，这样的气氛是一个良好的开端。

安寂点了点头，刚要开口回答，突然听到楼上传来一声尖叫：

"来人啊——"这是陆依依的声音！紧接着还有林仁美的叫喊。

所有人都吓了一跳，反应快的立即冲上楼梯。安寂和YUKI愣了一秒，也跟着人群冲上二楼。混乱的中心，陆依依和林仁美扶着晕倒在地的弗罗娜。林仁美吓得花容失色，又是跟林乔治解释，又是让人打急救电话，好像疯了似的。

安寂把不知所措的陆依依拉到门外，紧张地问："怎么了？"

"我不知道，她突然就晕倒了！怎么叫都没有反应。"陆依依还没从惊吓中回过神来，慌乱的眼神到处游移着，迟迟找不到焦点。

弗罗娜为什么会突然晕倒？她可是像铁打一样的女强人啊。

如果换成其他人，陆依依不会惊慌成这样，正因为是弗罗娜，一种强烈的不祥预感涌上心头。她想起弗罗娜曾经冷傲地站在舞台上，庄重地面对全世界粉丝宣布："如果有人问我什么时候是最后一步，我会回答，就是我们之中再有一个人倒下的时候。"

这一刻，真的要来了……

弗罗娜被送去医院，林乔治和林仁美随车陪护。主人离开后，宴会的气氛骤然降到谷底。午休时间还没有结束，不少公司的人都纷纷告辞离去，YUKI他们也离开了。保姆默默收拾着狼藉的餐具，偌大的别墅中倏然间变得阒静无声，仿佛有人按下了静音键。

陆依依坐在沙发上，明明肚子还饿着，却没有一点儿食欲。虽然她和弗罗娜的关系并不好，也曾偷偷在论坛上和大家一起声讨过弗罗娜的不近人情和冷酷严肃，但是在看到弗罗娜晕倒的一幕后，过往的所有不满全都烟消云散了，只剩下真诚而深切的担忧。

"你们到底在谈什么，弗罗娜会晕倒？"安寂问。

这个问句听上去好像他怀疑弗罗娜是因为谈话内容而晕倒的，陆依依急忙认真地解释："和我们谈什么没有关系，她是突然晕倒的。没有任何征兆，一下子就倒下去了。

第九章
流言背后的真相

我都忘了当时我们在谈什么了,反正是些鸡毛蒜皮的东西……"

安寂不作声了,低头思索着。此刻他的脑海中已经隐约浮现出一个答案。

林家有遗传性脑肿瘤病史。既然弗罗娜是林乔治的妹妹,当然也有可能发病。但是,这次林乔治是因为病情加重才急切渴望让他回归家族,弗罗娜怎么也偏偏在这个时候发病呢?

过分的巧合,令安寂隐隐有些不安,总觉得整件事的背后都透着一丝怪异的感觉。

他仔细回忆着与弗罗娜在一起的全部片段,找不到一丁点儿线索。在他的记忆中,弗罗娜不仅从来没有去过医院,而且从来没有吃过药,甚至连感冒药都没有吃过。

弗罗娜就像一台不知疲倦、从不休息的机器,每时每刻都在精确地运转着。

强大得已经不像人类的她,怎么会突然倒下呢?

安寂正想得出神,耳边突然传来陆依依小心翼翼的声音。

"为什么说我是你的女朋友呢?"

安寂吓了一跳,神游天外的意识被这句话猛地拽回现实,紧张地抬头盯着陆依依。

陆依依更加紧张,双手捏着膝盖,全身都绷直了。她知道这样问很突兀,但就是忍不住,话已出口才觉得后悔。糟了,怎么办?这下该怎么收场?

按照安寂原本的计划,这时他的标准台词应该是:"因为喜欢你,所以想让他们看看你有多好。"但是,在这样的时间,这样的地点,在弗罗娜被送往医院,YUKI又已经提前请求过的现在,这句早就练习过无数次的浪漫台词却堵在喉咙中,怎么也说不出口了。

现在还不是时候……

"在我正式解约回国之前,你不能抢先对她表白。"YUKI的话反复地在安寂脑海中回荡。

片刻的犹豫,让他失去了最好的时机。陆依依脸上的期盼缓缓淡去,弥散在空气中的紧张感也随之变得稀薄。那句话始终哽在喉咙中,说不出,咽不下,化作痛苦和矛盾。

"对不起……"良久的沉默后,安寂终于低着头说,"我怕他们逼我留在日本,所以撒谎说为了你想继续留在国内发展。我不是故意骗你的,只是怕你不答应,对不起……"

"没关系。"听到这样的回答,陆依依长长地舒了口气,慌乱的心跳终于平静下来。

弗罗娜果然没有说错,自己只不过是挡箭牌而已。

先前的紧张不见了,取而代之的是轻松和坦然。这样才对嘛,胡思乱想干什么?陆依依自我安慰着,尽量不表现出失落。始终藏在心底的一丝隐隐的苦涩,只有自己知道。

三个小时后,躺在病床上的弗罗娜缓缓地睁开眼睛。

她看到林乔治坐在床边。林乔治的脸色不好,弗罗娜一秒钟就猜到原因了,于是缓缓转开视线,望着窗外的树木,一副死不悔改又爱理不理的样子。

"弗罗娜,你刚刚苏醒,我知道现在不是谈这些问题的时候。但是,我一刻都忍不了。我尽量控制情绪,心平气和地问你……"

林乔治的声音很低。他不仅压着音量,更压着快要爆发的情绪。

"这是我第一次看到你的病历。令我惊讶的是,我竟然觉得如此眼熟。"

他拿出一份厚厚的病历,在弗罗娜眼前扇了几下,但弗罗娜连瞥都没有瞥一眼。

"父亲病逝时,我们同时接受检查。后来两份检查报告我都看过,一份是你的,一份是我的。上面清清楚楚地写着,你的头部没有出现任何异常,只有我有危险。"

弗罗娜一声不吭,用冷漠的态度拒绝交流。

"弗罗娜,你看着我,好好回答我——你是怎么造的假?"

"我没有造假……"弗罗娜低低地顶了一句。

林乔治苦笑了几声,用嘶哑的声音艰难地说:"没错,你没有造假,只是把两份报告调换了。不仅如此,这些年来,我看到的每一份检查报告和病历,应该都是你的……"

多么讽刺,多么可笑。以为自己快死了,其实只是妹妹撒了一个弥天大谎。

这段时间病情加重的不是林乔治,而是弗罗娜。

直到这时,林乔治才明白这个倔强的妹妹为什么那么严格,严格到几乎是燃烧生命在工作。原来她早就知道自己活不长了,所以才拼命去活出最精彩的自己。

"既然你都知道了,还来问我干什么?"弗罗娜由始至终没有回头看林乔治一眼,"是想听我亲口告诉你,你非常健康,可以长命百岁吧。我现在说了,恭喜你,你可以走了。我死后会把所有股份转给你,这样你就是公司最大的股东,不用再看其他人的脸色了。不管你怎么想,至少我帮爸爸保住了公司,没有让大权旁落,九泉之下父女团聚时也不怕挨骂了。"

看到弗罗娜如此漫不经心、敷衍了事的态度,林乔治一点儿都高兴不起来,反而一

第九章
谎言背后的真相

股莫名的怒气冲上胸口，随时可能爆发。要不是考虑到弗罗娜刚刚苏醒，恐怕他早就失控了。

他用压抑的声音问："你知道我发现这个真相后，有多么恨你吗？"

也许是"恨"字太刺耳，弗罗娜微微蹙眉，嘴角浮起苦笑。沉默片刻后，她用淡漠的态度回应："我知道迟早会有这一天。不过，当这一天到来时，反正我已经快死了，所以也不怕被你恨。等我撒手人寰以后，什么痛苦都感觉不到了。你要恨就恨吧。"

"你倒是可以潇洒地一走了之，但是我呢？你彻底破坏了我原本非常幸福美满的家庭，现在我的妻子死了，我的儿子恨我，我们三口之家甚至连一天都没有真正团聚过，不是生离，就是死别——全都是因为你说的谎！你于心何忍？"

"你也破坏了我的家庭。"弗罗娜猛地扭过头，用含满热泪的眼睛恶狠狠地瞪着林乔治，"我的父亲也死了，死前唯一的愿望就是见儿子一面，但是直到咽气的那一刻都没有实现。他走得一点儿都不安详，因为他很痛苦，不明白儿子为何如此无情无义。在你离开之前，我的家庭也很幸福，但是因为你不负责任地离去，一切都变了。你又于心何忍？"

激烈的质问令林乔治一时语塞。他深吸一口气，努力平复情绪后，轻声说道："弗罗娜，你从来没有爱过一个人，所以不懂我的感受。"

弗罗娜冷笑着反问："那你爱过我们吗？我们是你的亲人，流着和你一样的血。父母含辛茹苦把你养大，我从小到大最尊敬和崇拜的人，一直是你——但你爱过我们吗？"

望着从弗罗娜脸庞滑落的泪水，林乔治无言以对，胸口又闷又痛。

弗罗娜带着眼泪微笑，哽咽着替林乔治回答："我知道你会说爱。但是，同样是爱，为什么我们就被舍弃了？"

所有情绪都在这一刻轰然爆发，弗罗娜再也控制不住。

"你知道我有多么不甘心吗？我只想问一句，凭什么你能为了一个认识一两年的女人，抛弃养育你二十多年的家？如果当初我没有调换检查报告，你参加完父亲的葬礼后，是不是又会再次消失？我已经别无选择了，公司里已经人吃人了，大家都在暗中争夺父亲名下的股权，但是你居然置身事外，沉浸在卿卿我我的泡沫爱情里。我感到非常不可思议，这不是我认识的大哥。我必须不择手段地留下你，让你知道你是谁，让你知道你该做什么！"

弗罗娜彻底爆发了，每个字都是撕心裂肺的吼叫。林乔治没有打断，等她讲完后，才轻声问道："弗罗娜，直到现在你对我，对诗韵，对安寂，都没有一点点歉意吗？"

最令林乔治伤心的是弗罗娜的态度。他本以为事情过去这么多年，兄妹俩可以平心静气，推心置腹地把实话讲出来，但是，看到弗罗娜暴怒的模样后，他知道自己错了。

"你对我有吗？"弗罗娜擦去眼泪，冷笑着问。

望着眼前伶牙俐齿又咄咄逼人的妹妹，林乔治痛苦地闭上了眼睛。虽然他没有回答，但是心中已有答案，只是无法把那个答案说出口而已。

于是弗罗娜替他说："你不会对我道歉，我也不会对你道歉，因为我们是同一种人，都自私得无药可救。"兄妹不愧是兄妹，弗罗娜果然是最了解他的人，每个字都令他痛如锥心。

明明兄妹之情依然存在，为何偏偏还是被逼上相爱相杀的绝路？林乔治无法解答这个疑问，对弗罗娜的愧疚令他不忍心责怪这个把他美满幸福的家庭撕得粉碎的妹妹。

无论是他欠她的，还是她欠他的，现在追究责任已经太迟了，说不说道歉也已没有任何意义。他们都走上了一条无法回头的绝路，除了咬紧牙关继续坚持，用强大的内心去承担无法改变的恶果之外，早就别无选择。怪不了别人，自己选的路，跪着也要走下去。

有生以来时间最长,而且没有一点儿作业的暑假眨眼间已经走到尽头。

当挂历匆匆翻到九月那一页,陆依依满怀期待地踏进了憧憬已久的大学校园。

第一次住校,第一次铺床,第一次躺在床上跟寝室里来自其他省份的同学彻夜长谈,第一次亲手洗衣服,第一次排队打开水,第一次骑自行车去上课,一切都是如此新鲜有趣。

还记得暑假跟安寂见面时,他一开口就说"你长胖了",当时陆依依就下定决心要利用军训让自己迅速瘦下来。结果军训结束后,虽然减肥成功,但是她白皙的脸蛋却被晒得黑黢黢的,不化妆都可以出演女包公了。减肥目标达成,美白大战又打响了……

军训最后一天是阅兵仪式。在阳光暴晒的操场上,早就被教官训练得站如松、行如风的陆依依挺胸抬头,迈着用汗水铸就的标准正步,跟着方阵完成了指定动作。当班级在掌声中领到荣誉奖杯时,陆依依顿时觉得这半个月的所有辛苦都是值得的,被晒成黑乎乎的泥鳅也认了。

解散后,大家吃饭的吃饭,洗澡的洗澡,陆依依回到寝室休息。

她住的是四人寝室,跟她关系最好的是一个外号"二哈"的山东姑娘。二哈原名陈雪菡,留着俏皮可爱的齐耳短发,论颜值怎么也能排进全系前五名。她之所以有这么一个搞笑的昵称,是因为她自拍时放得太开,总爱做鬼脸吐舌头。姿势和神态都像极了爆红网络的一组哈士奇照片,二哈这个外号她当之无愧,以至于现在都没什么人记得她的真名叫什么了。

被太阳晒得大汗淋漓的陆依依正抱着一瓶冰红茶"咕噜咕噜"猛灌,突然听到斜对面正在玩电脑的二哈发出一声惊天动地的吼叫:"天哪!依依,快来看——"

"怎么了?"陆依依不耐烦地问。二哈就喜欢一惊一乍,一只小蟑螂都能把她吓得哭爹喊娘,满寝室乱跳,陆依依早就对她的尖叫免疫了。

"OMI要解散了!"

陆依依暂时还没向她透露自己和OMI的关系,不过她们这个年纪的女孩,基本上都是OMI的粉丝,所以看到解散的消息后,二哈立即尖叫着跟陆依依分享这个惊天动地的大消息。

"你怎么一点儿都不惊讶啊!OMI要解散了!一个天团解散可是一个时代的终结啊!"

二哈冲过来把陆依依拖到电脑前,指着那条刚从小窗口里弹出来的新闻哇哇大叫。

"这个不奇怪吧,网上传他们要解散也不是一两天了……"

其实陆依依早就知道了,她甚至知道OMI解散后每个成员以后的发展方向。看到这

个消息后,她心中只有一个淡淡的想法:该来的果然还是来了。

　　暑假时,在YUKI受伤后复出的那次舞台表演中,很少登台的弗罗娜曾经当着所有粉丝的面,郑重宣布:"当我们之中再有一个人倒下的时候,OMI就会彻底解散。"

　　这句话伤透了无数粉丝的心,大家都能从弗罗娜的语气中感受到她的决绝。但是,不愿接受现实的粉丝依旧怀着侥幸和期盼,战战兢兢地祈祷着,希望OMI能一直留在舞台上。

　　后来陆依依才明白,原来弗罗娜话中的那个"倒下的人"不是指带伤表演的YUKI,而是身患绝症的自己。早在那次演出前,她就已经知道自己病情恶化,时日无多了吧……

　　她不愿把自己亲手打造的OMI托付他人,所以自私地决定要让OMI和她同时消失。只留下一段光辉的传说,让舞台上最耀眼夺目的瞬间化作永恒,铭刻在所有粉丝的记忆中。

　　"这也太突然了吧!OMI现在这么火,躺着都能赚钱!公司的人脑子被门夹了吧!"

　　"这恰恰证明他们没有把OMI当成赚钱工具啊……"陆依依轻声说。

　　望着新闻图片中弗罗娜毅然决然的坚定眼神,陆依依仿佛觉得自己更了解她了。她把OMI当成生命中最后的艺术品,所以才会如此任性。如果她去世后OMI的人气渐渐衰退,最终被世人遗忘,那么OMI对于她来说就不是辉煌的皇冠,而是失败的污点了。

　　"依依你看,十月的'白金之星'就是告别演出。我已经决定要守直播了,还要给他们投票!我的QQ群都快炸了,大家都说要帮OMI冲冠军。最后的票数会破纪录吧!"

　　"是啊……"陆依依轻轻点头。

　　不得不承认,弗罗娜真是一个聪明人,知道怎么做最能调动粉丝的热情。现在不仅是OMI现任粉丝蓄势待发,就连很多已经退圈的前任粉丝都陆续回归,要为OMI尽最后一份力,还有很多徘徊在追星圈边缘的人也纷纷挤破头皮凑热闹,表示要跟着投票,见证历史。

　　望着网上一边倒的大好形势,陆依依坚信:白金之星一夜之后,OMI必将封神。

　　以前高中老师总说:"你们努力学习,等考上大学以后就轻松了。"陆依依居然天真地信以为真了,等真正踏进大学校园以后,才发现大学生活远没有她想象中那么轻松。课程表排得满满的,晚上还有晚自习,各种大考小考也不少。不过听学姐学长说:"大一大二多学点儿东西,等到了大三大四就轻松了。"也不知道是真是假,反正陆依

依不敢轻信了。

　　法律系都是高才生，个个都长了一张学霸脸。不甘心落后的陆依依仍然保持着高中时养成的良好学习习惯，预习复习一样都不敢落下，就连节假日也经常在图书馆里流连忘返。不过二哈跟她完全不同，属于自由散漫派，每天都被催命似的催着起床上课，不然就会迟到，课间总是懒洋洋地趴在桌子上呈休眠状态。两个人迥异的习惯让二哈不止一次地拒绝跟她一起上课，理由是她每次抢座位都抢最中间，老师一眼就看到了，想开个小差都不行。

　　开学一个月，大一新生们迎来了入学后的第一个国庆长假，二哈终于可以睡到自然醒了。住得近的学生都欢欢喜喜地回家过节去了，住得远的也早就制订好了旅游计划或者打工计划。

　　至于陆依依，她的行程早在弗罗娜宣布OMI的告别演出时，就已经安排好了。不久前，她和安寂同时收到了YUKI寄来的门票。他们约好在机场见面，然后一起去东京的演出现场。安寂作为神秘来宾，将在OMI演唱最后一首歌曲时登台合唱。

　　宽敞明亮、一尘不染的候机大厅中，陆依依和安寂故意坐在不起眼的角落。安寂依然戴着黑色的棒球帽，压低的帽檐在他白皙的脸颊上落下浅浅的阴影，只露出紧抿的薄唇和瘦削的下巴。即便如此低调，匆匆过往的路人依然会被他的气质吸引，投来好奇的目光。

　　安寂总是很疲倦，正在闭目养神。陆依依不敢打扰他，悄悄注视着他安静的睡脸。

　　回忆起来，他们第一次见面就是在机场，而且登机后还坐在一起。当时安寂也像现在这样，一直在睡觉。不同的是，陆依依再也不觉得他高傲冷漠，拒人于千里之外了。

　　哪怕他不说话，两个人的心也紧紧依偎在一起，贴得很近很近。

　　《全能歌王》播出后，重磅归来的安寂又变得繁忙起来。陆依依在为他高兴的同时，一想到以后见面的机会将变得越来越少，又不免有些失落。一方面，希望他能得到所有人的认可，活在光芒万丈的世界里；另一方面，又害怕他受委屈、被误解，想牢牢地把他保护在身边。

　　有点儿寂寞茫然，有点儿患得患失，陆依依还是第一次产生这么矛盾的心情。

　　不知不觉中，两个人的关系正悄然改变着……

　　两个小时后，陆依依和安寂准时抵达东京机场。

　　因为今晚就是白金之星的现场直播，不少明星都乘今天的航班赶到，所以机场里挤满了前来迎接自家偶像的热情粉丝。陆依依刚下飞机就看到大厅里黑压压的密集人群，

第十章
灿烂美好的未来

被吓得不敢走了。幸好机场工作人员及时赶到，用专车直接把他们送到S TOWN的接机车上。

令人意外的是，陆依依一上车就看到恭候多时的YUKI。用他的话来说，安寂是今晚的神秘嘉宾，绝对不能提前曝光，他是被派来当保镖的。

陆依依在心里默默吐槽，一个安寂就已经够引人注目了，再加上一个YUKI，两个人走到哪里都像自带聚光灯一样，想不被粉丝发现简直难如登天。果不其然，陆依依抽空刷了一下微博，毫不意外地看到"疑似安寂的神秘男子现身机场，是应援还是砸场"冲上头条。

陆依依把这条新闻拿给YUKI看，YUKI无奈地干笑说："完了，我会被弗罗娜吃掉的。"不过他的预言并不灵验，弗罗娜在车库见到他后，非但没有狂吼怒骂，还带着"我早就知道"的表情，淡定地说："这样也好，今晚演出又有爆点了，我们为收视率做出了卓越的贡献。"

再次见到弗罗娜，她依然是那么强势干练。鲜艳的口红遮掩了苍白的唇色，厚厚的粉底覆盖了憔悴的容颜。外人一点儿都看不出她有病在身，反而觉得她比以前更加威风凛凛，举手投足间的女王气场变得更加强大了。作为决定OMI命运的人，在OMI最后封神的今晚，她毫无保留地奉献出生命中的所有力量，就算最后全部燃尽也在所不惜。

直播晚上八点正式开始。为了不被其他嘉宾和观众认出来，陆依依和安寂一直等到直播开始、全场熄灯后，才在工作人员的带领下，蹑手蹑脚地来到摄像机扫不到的角落里。虽然是角落，但是离舞台非常近，近得可以看清台上每个人细微的表情。

主持人登场之前，大屏幕上播放了一段长达三分钟的宣传片。五十多组今年叱咤荧屏的当红偶像照片快速闪过，穿插着无数段被粉丝们奉为经典的视频片段，经过后期人员时尚酷炫的剪辑制作，变成一段能让人反复观看几十遍都不会腻的大作。

随着画面的变换，观众席中发出一浪接一浪的惊呼。最后当画面定格在OMI的那一格时，十万人的体育场就像爆炸似的，响起比雷鸣更轰动的齐声呐喊。

OMI将在今晚解散的消息早已尽人皆知，现场五六成观众都是OMI的粉丝。体育场外还有近万名粉丝没能入场，直接在场外的大屏幕前席地而坐，陪伴OMI度过最后的辉煌一夜。与他们相比，能在前排观看表演，还和安寂并肩而坐的陆依依是何等幸运啊。

既然宣传片最后定格在OMI的画面上，按照一般规矩，晚会的开场秀肯定是由OMI表演。在山呼海啸般的呼唤声中，整个体育场地动山摇。场内和场外所有观众都齐声高喊着OMI的名字，一直喊到昏暗的灯光豁然明亮，绚烂的光束犹如飞舞的虹光般满场穿梭，四个身着华服的人影终于从舞台正中央升了起来——万众期待的OMI登场了。

他们带来了今年最红的主打曲，瞬间就把现场气氛炒得热浪滔天。粉丝们全都兴奋地挥舞着手中的荧光棒，用尽全身力气跟着节奏一起大合唱。今晚所有人都是配角，只有他们才是主角。热烈的气氛让晚会变成了OMI的个人演唱会，粉丝们带来有史以来最火爆的应援。

陆依依没有坐在粉丝区，不好意思跟着大家又喊又唱，但是胸腔中怦怦直跳的心脏早就跟舞台上绚烂绽放的OMI融为一体了。似曾相识的画面令记忆开始疯狂倒带，陆依依恍惚间又回到了两年前的暑假。当时她也像现在这样坐在台下，用崇拜的目光追随着台上的偶像。

不同的是，当初第一次登台，显得那么生涩可爱的安寂，现在正静静地坐在她的身旁。算起来也只不过是两年时光而已，当年那个连讲话都不敢大声，自带尴尬效果的新人，已经在千锤百炼中迅速成长为可以独当一面的歌手了。

他曾经顶着全世界的质疑，赌上了作为艺人的前途，勇敢地选择离去。现在他又静静坐在台下，凝视着从前与自己同台歌舞的队员在最后一次演出中拼命绽放的耀眼身影。虽然他们做出了不同的选择，走上了不同的道路，但是所有人的命运依旧紧密地联系在一起。

过去的，现在的，台上的，台下的，痛苦的，美好的……

一切一切的经历，都是珍贵的记忆，共同交织成光辉无悔的人生。

想到这里，陆依依的心情越发激动，忍不住热泪盈眶。虽然这是告别的舞台，但是每个人身上释放出的光芒都足以令人相信，离开OMI后的他们必将迎来更加光明的未来。

"喂……"

陆依依全身心都沉浸在OMI的精彩表演中，耳边突然传来一声低呼，回过头，看到的是安寂酸酸的表情。他撇撇嘴说："快回回神，你的眼睛都发直了。我会吃醋哦……"

居然明目张胆地盯着其他男人看，就算是曾经的队友也不行。更何况YUKI早就下战书了，他可不能掉以轻心啊。刚才陆依依盯着YUKI看的样子，令他产生了一点儿危机感。

"别这么小气嘛，待会儿你上台，我会用更炙热的眼神盯着你看的！"

说着，还提前表演了一下什么是"炙热的眼神"。陆依依把热情如火的大眼睛瞪得圆滚滚的，像两团熊熊燃烧的篝火一样，直勾勾地盯着满脸无奈的安寂，最后被安寂无情推开了。

第十章 灿烂美好的未来

白金之星晚会既是一场精彩绝伦的表演，也是一场盛大的投票活动。整场演出长达四个小时，直到深夜十二点才会公布最后的冠军得主。在此之前，每个小时都会公布当前统计票数，粉丝们可以看到票数的变化，如果自己喜欢的偶像落后了就要拼命追赶。

在九点第一次公布的投票结果中，OMI毫无悬念地以绝对优势遥遥领先，总票数几乎是第二名的两倍。粉丝们都开始在网上提前庆祝了。

但是，在十点公布的投票结果中，前一轮只名列第五的新人组合MONSTER就像开了挂似的一口气冲到第二名，还大大缩短了与OMI的票数差距。

深受刺激的OMI粉丝开始组织第二轮投票，终于在十一点公布的投票结果中，把第三名甩到望尘莫及的遥远后方，但是第二名MONSTER的票数依旧咬得很紧。

眼看离十二点最终冠军揭晓只剩下最后一个小时，OMI分布在全世界的所有粉丝团都使出浑身解数，有钱的出钱，有力的出力，势必要将OMI推上冠军的宝座。

看到来势汹汹的MONSTER追得这么紧，陆依依也很紧张，但是冷静地分析一下就知道，MONSTER毕竟只是一个新人组合，根基远远没有OMI那么深厚，而且他们的票数一直落后，想要反超几乎是不可能的。

大家都知道今晚是OMI的告别演出，就连主办方都在暗中帮忙，把OMI的表演安排在晚会的黄金时刻，所以OMI夺冠是民心所向，不可能出现意外。无论MONSTER多么努力，最后的胜出者肯定还是OMI，差别只是领先几百票还是几千票而已。

距离冠军公布只剩下三十分钟时，弗罗娜偷偷来到观众席，通知安寂去后台换装准备。陆依依这才知道，原来冠军揭晓前的压轴演出也是OMI，这可是拉票的绝好时机！陆依依终于放心，甚至有些自负地想：结果毫无悬念，其他组合都是陪跑而已。

十一点五十分，激动之情溢于言表的主持人登台，用洪亮的声音宣布："相信现在大家都非常期待最后的悬念揭晓，投票时间只剩下十分钟，在全世界的粉丝们做出最后冲刺的同时，让我们再次请出OMI登上今晚荣耀的舞台。他们将带来他们的成名曲——Always。"

雷鸣般的掌声响彻夜空，深夜的寒意被大家如火的热情驱散。陆依依激动得脸颊涨红，再也抑制不住内心的兴奋，跟着满场观众齐声呐喊OMI的名字。

光彩流溢的缤纷舞台上，闪烁的彩灯与天空的繁星融为一体，与四周如波涛般伴随着旋律缓缓挥舞的荧光棒一起，汇成一幅美好得令人流泪的画面。

一束橘黄色的聚光灯下，几个人影背靠背围成一圈升上舞台，一时间无法看清人数。直到YUKI嘹亮地开唱后，舞台灯光才瞬间明亮起来，把每一个角落都照得亮如白昼。队员们一边跳舞，一边向两旁散开，最终露出藏在最里面的那个人。

现场所有粉丝都惊呆了，发出刺耳的尖叫。

舞台上的成员不是四个，而是五个！当第五个神秘来宾转身面向舞台的瞬间，仿佛连天空璀璨的星光都落在他银色的披风上，化为无数华丽的闪光，为他的到来增光添彩。

所有人都认出了他。他是安寂，OMI最后一个，最新一个，最不安分，最多黑料，但也是身份最特殊，最具话题性和争议性，只身抵挡了最多舆论风暴和最不堪入耳的流言攻击，最后穿越重重艰难，用意想不到的顽强毅力证明了自己的实力，在万众瞩目下涅槃重生的传奇成员。

他终于回来了，在OMI告别舞台的最后表演中，他还像曾经那样，站在属于他的位置，唱着属于他的歌词，再次与曾经一起分享荣耀、共度坎坷的队友一起，用最美丽的歌喉和最动感的舞蹈，把他们的爱和谢意深深地铭刻在这个华丽而伤感的离别之夜。

人群的欢呼汇成疯狂的海洋，夹杂着哭声和嘶哑的呐喊。这才是OMI最完整的阵容，那个短暂绽放后就毅然离去的传奇成员，在这个重要的日子，为了圆所有人的梦而回归。

今晚，这个舞台终于圆满了。

跟唱的粉丝们早已泪流满面。他们之中有的喜欢安寂，有的讨厌安寂，有的挺过安寂，有的踩过安寂。无论他们的立场如何，是爱是憎，所有恩怨都被舞台上和谐美好的表演融化。这一刻，所有粉丝都是一体的。他们因为对OMI的爱紧紧地聚在一起，再也不分彼此。

不知何时，陆依依的喉咙哽咽了。看着重新回归OMI的安寂，恍若隔世的感动令她心潮澎湃，泪如雨下。*Always*是安寂出道的第一首歌，粉丝们爱他恨他都是因为这首歌。这首歌里蕴藏着太多太多的故事，曾经是陆依依爱上OMI的初衷，也是把安寂推上风口浪尖的元凶。这首歌的意义早已超越了歌曲本身，仿佛成为OMI一路走来每一个脚步的象征。

这是一首歌唱友情、歌唱梦想的歌。既唱出了对背叛的失望，也唱出了对未来的憧憬。积极的歌词在响亮的节奏下，充满铿锵的力量，深深震撼着每个人的心灵。

这首歌将永远铭刻在陆依依的青春中，铭刻在安寂、YUKI、美嘉、安琪儿，每个与OMI共度这段青春历程，共同经历了这么多风风雨雨，哭过笑过的人心中，永远不会消失。

一曲唱罢，五名成员紧紧地拥抱在一起。每个人的眼眶都是湿润的，注视着彼此，大声地笑着，疯狂地吼着，高高地举起手中的麦克风，一起面向观众席深深地鞠躬。

第十章 灿烂美好的未来

最后一次，感谢这么可爱的粉丝，感谢这么痛快的舞台，感谢这么美好的世界。

他们九十度屈着的上半身迟迟没有抬起，直到主持人走上舞台，才在几个擦泪的动作后，慢慢直起腰来。热泪盈眶的主持人情不自禁地热情拥抱着他们，鼓励和安慰着他们，然后激动地面向观众席宣布："接下来，我们将揭晓今晚的冠军。"

话音一落，大屏幕上立即出现前五名的票数。这些票数还在以肉眼无法看清的速度噌噌上涨。"让我们倒数十秒，关闭投票通道。十、九、八、七、六、五、四、三、二、一……"

现场每个人都跟随主持人一起倒数。

"零——"

伴随着归零的呼声，跳动的数字戛然而止。OMI依旧排在第一，MONSTER排在第二。陆依依松了一口气，但是仔细一看，却发现两者的票数非常接近，都已经达到八位数了。

再仔细一看，前六位居然是一模一样的，只有最后两位不同。

再仔细一看，陆依依倒抽一口气，不敢相信自己的眼睛。

为什么？为什么MONSTER更高？

这时，静止的画面突然跳动了一下，MONSTER从第二名跳到了OMI上方。

整个世界都在这一瞬间静止了，十万人的体育场里阒静无声。

没人相信刚才那一瞬间发生的事情，就连主持人都呆若木鸡。

连电脑都花了两秒钟才排出正确的名次，人脑根本就反应不过来。

过了好一会儿，观众席的某个角落里，MONSTER的应援区响起了山崩地裂的巨大欢呼声。紧接着，其他偶像的应援区才陆续传来掌声和喝彩。

但是OMI的应援区却迟迟没有任何反应。过了很久很久，哭声笼罩了整个体育馆……

"散伙饭大家都吃得开心一点儿，不要哭丧着脸。"

酒店自助餐大厅，弗罗娜高举酒杯，但是没有人响应。大家都愁眉不展，心事重重，三五成群地聚在一起，不是把酒言欢，而是唉声叹气。

陆依依也参加了这场散伙饭，同样提不起一点儿精神。她直到现在都想不通MONSTER为什么会在最后一轮反超。今晚全世界的粉丝都不用睡觉了，现在大家都到处嚷着有黑幕，有阴谋，要为OMI讨回公道，但是MONSTER的粉丝也旗帜鲜明地站出来捍卫自己偶像的荣誉。

这场两大粉丝团的世纪骂战大概要持续几个月才会慢慢消停吧。

"输了就是输了,人生就是这样,命运就爱在你最春风得意的时候狠狠地赏一个耳光。我们不仅要赢得漂亮,也要输得坦然。我知道这样的结果非常遗憾,作为OMI的结局是一大败笔,但是从这一刻起,OMI已经不存在了。让我们忘掉过去,为了明天而干杯吧。"

已经豪饮十几杯的弗罗娜早就醉醺醺的了。她摇摇晃晃,哭哭笑笑,晶莹的眼泪还挂在睫毛上,一会儿搂着YUKI的脖子说笑,一会靠在安寂的肩膀上抽噎。

OMI输了,她是最不甘心的。而她最最不甘心的是,她连卷土重来的机会都没有。因为今晚之后,她也将彻底退出娱乐圈,听从医生的安排,乖乖地住院养病,多活一天是一天。

夜越来越深,工作人员渐渐离去,最后偌大的宴会厅中只剩下弗罗娜和几名成员,以及陆依依。成员们促膝长谈,推心置腹,做着最后的道别,突然有说不完的话,都舍不得挥手说再见。

浑身散发出浓郁酒精味的弗罗娜瘫倒在沙发上,陆依依和安寂主动承担送她回房的任务。

深夜安静得犹如真空的包厢电梯中,半醉半醒的弗罗娜靠在安寂的肩膀上,痴痴地笑着说:"别怪我……生病后才真正了解病人的寂寞,原来这么害怕,这么需要人陪……也许这就是我的报应吧,让我也尝尝这种滋味……"

她说得语无伦次,但是安寂和陆依依都听懂了。

她想起了安诗韵。想起那个离婚又重病的可怜女人在病房度过的漫长时光。

"很多人都说偶像就像烟火,必须用生命去瞬间绽放,不然就会被黑夜吞噬……我对此深信不疑,也这样教育你们……希望你们能成为照亮夜空的刹那璀璨,哪怕燃尽生命……但是,现在我看着你们,仿佛看见了霓虹的光芒,温和而不夺目,但是同样拥有自己的美丽……"

说着说着,弗罗娜的声音越来越低。她就这样靠在安寂的肩膀上,沉沉地睡着了。

这个把一生都献给了工作的女人,终于可以卸下重担,好好休息了。

希望从今天开始,她能为自己所剩不多的时间,找到新的意义。

就在陆依依和安寂送弗罗娜回房的同时,冷清的宴会厅里来了一名意想不到的客人。

"YUKI……"这名客人用哭得红肿的眼睛望着正在与队员谈话的YUKI,用嘶哑的

第十章 灿烂美好的未来

声音问,"我能单独和你说几句话吗?"

她就是安琪儿。今晚她组织了五百多名国内粉丝来到现场观看OMI最后的演出,没想到眼巴巴盼到最后却是这样的结局。在几个小时的抱头痛哭后,她终于稍微冷静下来。

宴会厅外,走廊尽头。YUKI笑着对她说:"你以前从来不和我单独谈话。"

还没有从悲痛中完全恢复的安琪儿吸了吸鼻子,认真地说:"因为粉丝会有规定,不能单独和你见面,但是现在不一样了……"

她只说到这里就无法继续下去,因为后半句话可以让她继续大哭两个小时。

OMI解散,粉丝会也该解散了,一切规矩都已经不复存在。

没有约束后本来应该轻松,但是这样的轻松却是用令人悲痛的解散换来的。如果可以选择,她宁愿被约束一辈子,只要可以换回OMI重回舞台。

沉甸甸的胸口压着难以言喻的伤感和苦闷,她连呼吸都显得格外困难。看到这样的她,YUKI说不出地心痛。不仅是安琪儿,今晚在全世界的每个角落,都会有无数像安琪儿一样心碎的粉丝。

"这是宏宇的合同,希望你能抽空看看。"安琪儿从包里掏出一份文件。

YUKI没有接,叹了口气,说:"谢谢你,但是……"

"你再考虑一下!"安琪儿知道他想说什么,急忙出声打断,把文件硬塞给他。

然而,YUKI却把文件轻轻塞回她的包里,低声说:"我已经考虑过了……"

就算重新考虑无数次,也不会考虑出其他答案。YUKI的态度是坚定的,没有一丝犹豫。这样的坚定可以在一瞬间磨灭安琪儿的所有幻想。

"谢谢你的好意。但是我已经决定退出演艺圈,开始另一段人生了。"

这就是YUKI发自肺腑的回答,无悔的选择。

陆依依从东京回来后,十一长假还没有结束。空荡荡的寝室里只剩下二哈一个人有气无力地躺在床上。听见陆依依进门的声音后,四肢无力的她还是瘫在床上一动不动,病恹恹地呻吟着:"依依,太不甘心了……怎么就输了呢?亏我还那么积极地投票呢……"

知道陆依依要去东京现场看出演时,二哈震惊得下巴差点儿掉了。本来她们已经计划好,等陆依依回国后一起去周边一日游,但是现在提不起一点儿精神,只想闷在寝室里长吁短叹。

"没办法,这都是命啊。命中有时终须有,命中无时莫强求。"陆依依自我安慰。

无论多么不甘心，事情都已经结束了。虽然遗憾伤心免不了，但是总不能一直沉浸在忧伤中吧。

"你怎么这么想得开啊！"二哈"噌"一下坐起来，把屏幕明晃晃的手机塞给陆依依，"你看，好多人都怀疑这次投票有猫腻，有人说对方肯定用技术手段刷票了，还有人说OMI粉丝会内部有人把粉丝的投票钱贪污了，不然OMI绝对不可能输给那个什么新人组合！"

"这些都是谣传而已，根本没有证据。"

陆依依扫了一眼手机屏幕，上面显示的是"粉丝集资被贪污，要求公开投票详情"的帖子。

其实她在回来的路上就看到了，但她曾经也是粉丝会的一员，在管理群里认识了不少内部人员，就算后来被驱逐出群也依然相信大家不会做出这种事。会出现这样的流言，只是因为部分粉丝输掉比赛后觉得不甘心，想方设法找原因，希望帮OMI平反而已。

粉丝的用心良苦可以体谅，但是这种无中生有的污蔑真是令人心寒。

"不是啦，依依，你要仔细看，这上面说得有理有据的，我也觉得粉丝会肯定贪污了！"二哈见陆依依不为所动，动作麻利地从床上翻下来，一边翻帖子一边跟陆依依强行解释。

"好了好了，过去的事情就让它过去吧。"受不了二哈在耳边不停唠叨的陆依依生硬地转移话题，"对了，我还没吃饭，我们去食堂吧。"

这招用在二哈身上真是百试不爽。她就像小狗似的，乖巧地点着头说："好呀好呀，等我换身衣服。"说着就爬上床去了。多亏有二哈这个有趣的朋友，陆依依的心情好多了。

白金之星是国外的活动，国内粉丝想要投票只能通过粉丝会。怀疑粉丝会贪污的网友在分析帖中指出，OMI三次中间结果票数增长幅度都比较平均，但是最后结果公布时的增长量却比预期中少很多。OMI是晚会压轴表演的嘉宾，照理说最后一轮的票数应该暴涨才对，不可能增长幅度比前三轮都小。

网友的分析听上去很有道理，但是说到底也只是怀疑而已，拿不出什么实质性的证据，除非粉丝会公开投票细节，不过粉丝会却采取了不理不睬的冷处理方式。

当天晚上，陆依依正在自习室里写作业，手机突然响了起来。一看是安琪儿打来的，她预感到肯定与OMI有关，立即拿着手机跑到走廊尽头的小平台上。

第十章
灿烂美好的未来

安琪儿第一句话就问："依依，你看到网上怀疑粉丝会贪污的帖子了吗？"

声音听上去有些沙哑，好像刚刚哭过。陆依依以为她受了委屈，连忙安慰道："我看到了，你别难过，那些怀疑你们贪污的只是少数人，大部分人还是相信你们的。"

谁料安琪儿却哭着打断她的话，说："我对不起大家的信任……"

"怎么了？"陆依依怔怔地站在原地。

安琪儿吸了吸鼻子，稍微平复了一下情绪后，问："你还记得美琪吗？"

陆依依当然记得，美琪是OMI粉丝会东南分会的高级管理人员，她高一暑假去东京参加演唱会时还见过真人。美琪深得安琪儿的信任，在粉丝会里人气很高。

安琪儿抽抽噎噎地说："晚会当天我去现场应援了，所以把集资投票的事情交给美琪负责。看到网友怀疑粉丝会贪污后，我仔细清查了投票的账目，发现果然有问题。我拿着问题去质问美琪，一开始她还矢口否认，直到我威胁说要报警后，她才哭着承认了……"

陆依依彻底呆住了，不知道该怎么说。原来粉丝会里真的有内奸！

听到安琪儿嘤嘤的哭泣声，陆依依着急地问："那你打算怎么办？真的要报警吗？"

安琪儿边哭边说："她贪污得不多，只是五百元人民币，换成日元大概值两百多票，可最后OMI是以几十票的微弱差距落败的，五百元已经可以扭转结局了……"

陆依依宁愿没有接这个电话，没有听到这句话。本来已经平复下来的心情，这下又像海啸般翻涌起来。为什么会发生这种事？为什么要让OMI因为这种事而留下永远的遗憾？

"她为什么这么做？"猛然变得尖厉的嗓音暴露了陆依依心中的愤怒。

"她说她没有忍住诱惑，觉得贪污一点儿没人能看出来。当时OMI一直遥遥领先，她觉得五百块不会影响大局，而且一想到OMI解散后粉丝会也要跟着解散，以后就再也没有机会接手这么多钱，就更控制不住心中的恶魔了……"

陆依依的胃里翻江倒海般泛起阵阵痛苦的酸楚味，怎么也不敢相信美琪会做出这种事！

安琪儿接着说："但是，就算美琪没有贪污，我们也不一定能赢。我怀疑MONSTER刷票了，但是没有证据，只能怪我们太轻敌……现在美琪已经知错了，愿意把钱归还，但是现在归还又有什么用呢？投票已经结束了，我们输了，如果再闹出这么一茬，其他人还以为是我们为了帮OMI翻身而自导自演的闹剧呢。我不敢告诉其他人，害怕把事情闹大……"

眼看网友的质疑已经渐渐消停下去,如果安琪儿公布粉丝会真的存在贪污现象,那么不仅会令粉丝会名誉扫地,还会连累OMI沦为笑柄。没有得到冠军的告别演出已经留下遗憾了,不能再让粉丝会的错误玷污大家的回忆。

陆依依可以从安琪儿的话中听出,她的态度已经非常明显了,那就是隐瞒真相,不做声张。既然如此,她为什么要打这通电话呢?

仿佛明白陆依依的心思,安琪儿紧接着说:"之所以告诉你,是因为和你也有一点儿关系。美琪说,她之所以产生贪污的念头,是因为当初你也有一个很好的机会骗钱……"

"我骗钱?"陆依依惊叫出声,不过不等安琪儿揭秘,她就猜到美琪的意思了。

当初她为论坛集资,但是钱却被坏人从卡上取走了,好在后来大家都原谅了她。虽然最终钱没追回来,但是作案手段已经确认。她的银行卡不是安全性更高的芯片卡,而是已经快被淘汰的磁条卡。集资前她曾用那张卡在一家餐厅消费过,刷卡时的POS机被人偷偷做过手脚,导致后来密码泄露,整张卡都被复制和盗刷,所以卡在她身上,钱却被人取走了。

"看到后来大家都原谅了你,她产生了侥幸心理,认为她也能利用大家的信任,在OMI解散前捞一点儿钱。"安琪儿长叹一声,"不知道是我长大了,还是粉丝会渐渐变质了,最近总感到有点儿心力交瘁……我想,我以后大概再也不会加入任何粉丝会了吧……"

可以不计回报、全心全意地为喜欢的人付出的时光,其实也就那么短短几年。为爱燃烧得越彻底,就越容易让热情燃烧殆尽。用通俗的话来讲,这大概就叫作"累觉不爱"吧。

OMI的解散,仿佛宣告着安琪儿青春中一样非常重要的东西,已经渐渐淡漠了。

也许这就是成长,每个人的必经之路。虽然过程不尽相同,结果却是殊途同归。每个人都无法避免地看着自己的热情渐渐冷却,然后成为冷静成熟的大人。

"无论如何,你永远是我崇拜的会长。"

陆依依不知道,电话对面的安琪儿听到这句话后终于破涕为笑,双眉舒展。

疲惫的心得到了安慰,阴霾的世界也重新绽放光明。她庆幸自己打了这通电话,庆幸自己把陆依依当成可以分享这个秘密的、最值得信任的人。

十一长假的最后两天,陆依依回到老家。妈妈做了一大桌好菜为她接风洗尘,什么糖醋排骨、麻辣兔丁、清炒虾仁,总而言之鸡鸭鱼肉全都齐了,而且都是学校里吃不到

第十章 灿烂美好的未来

的，满满当当地摆了一大桌。两天根本吃不完，她回校后爸妈还要再继续吃几顿剩菜才能消灭光。

仿佛算准了陆依依的回家时间，安寂也在老家休息。说来奇怪，安寂复出后照理说应该非常繁忙，陆依依已经做好只能在电视上看到他的心理准备，但是不知道为什么，这段时间他总是频频出现在自己身边。特别是每当自己休假时，他总能抽时间现身，好像工作很清闲似的。

"我很忙啊，要唱歌，要拍戏，还要录综艺节目……"

不过安寂从来不承认他很闲，总是能报出一大堆紧密忙碌的行程安排，让陆依依五体投地。

"哦，那就算了，本来我还想为你庆祝一下，如果你忙的话……"

"谁说我忙啦！你立刻过来，给你三十分钟时间，马上出现在我面前。"

"咦？啊，哦……"

不是安寂太霸道，而是以他现在的身份和知名度实在是不便外出行走，他大部分时间都只能待在家里。以前他戴个帽子还敢和陆依依去逛公园，但是《全能歌王》播出后，他连出门丢垃圾都会被认出来。要见面只能在他家，想外出要么有专车接送，要么只能挑大半夜。

三十分钟后，陆依依提着巧克力蛋糕站在安寂家门口。

安寂家的老房子最后没有出租，一直空着。当初安诗韵住院后委托安逸凡出租，希望多少能抵一点儿医药费，不过机缘不巧，一直没有找到租客，于是被原封不动地保留下来。房子久无人住就容易结蜘蛛网，生蟑螂，所以安寂有空会回来打扫一下。

"有人过生日吗？"安寂诧异地盯着巧克力蛋糕，拼命回忆今天是什么重要日子。

"没有人过生日就不能吃蛋糕吗？"陆依依把蛋糕放在茶几上，熟练地动手拆包装。

"你想庆祝什么来着？"

OMI与白金之星失之交臂，安寂这几天也有点儿萎靡，做什么都提不起劲儿。他没想到陆依依居然这么快就恢复了，难怪专家说女人的疗伤能力比男人强，看来是真的。

"庆祝OMI成为冠军啊。"

陆依依边说边揭开盒子，安寂一眼就看到蛋糕正中央摆着一块写有"恭喜OMI摘下白金之星"的巧克力片。他眨了眨眼，心情有些复杂。

"别自欺欺人了，就庆祝OMI得了亚军吧。"

安寂说着想把那片刺眼的巧克力拿起来吃掉，陆依依却一把抓住他的手。

"这不是自欺欺人,安琪儿告诉我了,本来OMI是可以夺冠的,但是粉丝会有人贪污,导致最后OMI少了两百多票。不然的话,OMI早就封神了!"

陆依依说得一本正经,半点儿都不像开玩笑。

安寂呆呆地望着她,好半天才问了一句:"真的?"

"真得不能再真了!安琪儿不打算把这件事公开,我也没有告诉其他人。虽然其他人不知道真相,但是我知道OMI才是真正的冠军,是无冕之王。我们应该好好庆祝一下。"

安寂听后一声长叹。事到如今,他也不想去责怪谁了,只当是老天爷开了一个玩笑吧。他望着那个写着"恭喜"的巧克力片,无奈而苦涩地笑了笑。无论多么不甘和委屈,只要能放宽心付之一笑,就真的可以抛掉很多琐碎的烦恼。这是出道后这几年他学会的人生哲理。

"其实留下一个遗憾也好,至少未来还有一个目标。如果真的把那个看上去很神圣、很厉害、很遥不可及的奖项踩在脚下,反倒会失去追逐梦想的乐趣。"安寂倒是想得开,反过来安慰陆依依,"虽然OMI已经解散了,但是YUKI和我,还有其他人都才刚刚开始。现在我们应该有同一个目标,就是要再次站上那个舞台,把那晚的遗憾都改成圆满的结局。"

说话间,他已经切开蛋糕,把有草莓的一块放在纸盘上,温柔地递给陆依依。

这时陆依依发现茶几上有个笔记本,上面乱七八糟地写着一些短句,好像是歌词。她好奇地伸长脖子瞄了几眼,随口问道:"这是什么?"

没想到安寂认真回答了:"宏宇最近投资了一部关于母爱的电影,让我负责主题曲。不仅是唱,还要自己作词作曲,对我来说是一个很大的挑战,但我相信我能做好……"

他低沉的嗓音压抑着内心的情感,努力不让心底的悲伤流露出来。

陆依依停下所有动作,微笑着望着他。

"嗯,你一定能做好。"

没有理由不相信他,因为他曾怎么爱过,怎么痛过,陆依依都清清楚楚地看在眼里。

这是安逸凡为他开的一剂疗伤药,让他不要把失去亲人的悲痛都藏在心底。如果无人倾诉,不如写成歌词,谱上旋律,把所有感受凝聚成一首真情的歌,唱给全世界。创作的同时也能整理情绪,让自己慢慢走出来。陆依依相信,当歌曲完成的时候,安寂一定不再悲伤了。

第十章
灿烂美好的未来

"依依,依依!你听了吗?安寂发新歌了!"

十月底的一天,躺在床上玩手机的二哈就像发现新大陆似的紧急呼叫陆依依。

其实陆依依已经循环播放一个小时了。二哈这个颜控喜欢不少偶像,但是喜欢的程度都不深,不像陆依依这样站在情报第一线,一分一秒地守着新歌发布的时间。

为了不扫二哈的兴,陆依依假装不知道,非常配合地说:"是吗?快点儿发给我。"

二哈果然兴致勃勃地发来链接,算准陆依依听完的时间,开始跟她热烈地讨论起来。

这首歌名叫《生死门》,是电影《大地震》的主题曲。电影讲的是一群人地震后被困在废墟中试图逃生的故事。主角是一对矛盾重重的母子,最后母亲牺牲自己,把逃生的机会留给儿子。《生死门》的意思就是一扇有形的门令母子阴阳相隔,而一扇无形的门却连通了母子的心。

"我都听哭了,唱得太好了,歌词也写得好……"二哈一边抹眼泪一边说,"以前我爸妈给我打电话我还总嫌他们啰唆,以后我一定经常主动给家里打电话……"

二哈幡然悔悟,决定痛改前非的样子莫名搞笑,陆依依想安慰她都找不到词,一边敷衍一边把鼠标移到安寂的QQ上,想告诉他"你功力真高,一首新歌把我室友都唱哭了"。

没想到,不等陆依依把他点开,他就自己跳了出来。

"依依,你周末有空吗?"

安寂已经回到安琪儿家里,而陆依依的大学正好与他同城,见面非常方便。

"干什么?"

"我的新歌要拍MV,你想来当女主角吗?"

"什么!"陆依依吓得差点儿跳起来。

"不会耽误太长时间,一天就能拍完……不,半天就行……"

"可是我从来没拍过啊,肯定不行的……"

"你过来试试吧,一定要来,我向导演推荐的,你不来我就不要女主角了。"

"呃……"

接下来,陆依依整整花了半个小时,从主观因素和客观条件,从时间安排到能力问题等各个方面进行坚决推辞,但最后还是败在安寂锲而不舍的坚持之下,无可奈何地答应了。

星期六上午,陆依依乘公车来到摄影棚,在化妆间看到已经拍完单人镜头的安寂。

他穿着薄薄的白衬衫，看上去整个人好像都变成半透明的了。浅金色的刘海垂在眼皮上，让他的眼神显得更加深邃迷人。修长的双腿把普通的牛仔裤都穿出了国际名牌范儿，真是羡煞旁人。

这次MV的大部分画面用的是电影片段，安寂和女主角陆依依的镜头穿插其中，加在一起最多只有一分钟。为了更深切地体现出"生死门"唯美玄幻的意境，背景将通过电脑制作，两名主角全程只在绿幕前拍摄。没有什么特别的动作，就是一些面部特写和琐碎片段，从难度上来说几乎为零，难怪导演会同意起用陆依依这个没有一点儿表演经验的新人。

安寂牵着陆依依的手，低头静静地走过漫长的道路。两个人一起依偎在墙角，头碰头紧靠着彼此。偶尔转身回眸，偶尔紧紧相拥。没有太多台词，全都是眼神和心灵的交流。

一旦开机四周就瞬间安静下来，两个人的眼中都只剩下彼此。仿佛是一次心灵的旅行，穿越了时间，回到记忆中最痛苦的那一晚。当时流下的眼泪，分离的悲伤，真实得近在眼前……

可以这样坦然地把那晚的心情演出来，证明那已经不是安寂心中不可触碰的伤口了。

"不如来一段吻戏吧！"为了让结局显得光明一点儿，导演临时起意，提出让他们亲一下。

"什么？"刚刚入戏的陆依依立即跳脱出来，惊讶地盯着导演兴奋的脸。

她向安寂投去求救的目光，谁料安寂却说："那就亲额头吧。"

导演爽快地答应了。陆依依看到大家这么专业，反而觉得好像是自己杂念太多，不够坦诚，内心稍微挣扎了一会儿，终于鼓起勇气说："那……那好吧……"

听到导演一喊开始，陆依依就乖乖闭上眼睛。即便看不到安寂亲下来的样子，还是紧张得眉头微蹙，心脏怦怦乱跳。等了一会儿，没有任何感觉。咦，出什么状况了？导演一直没喊停，她也不敢睁眼睛。只好又等了一会儿，好像感到有暖暖的气息扑到鼻尖。

等等，怎么会是鼻尖？陆依依还没有反应过来，突然感到唇瓣传来软软的触觉。

什么情况！就在她吓得全身僵直，下意识睁眼的瞬间，导演喊停的声音同时传来。

"好好好，一条过，大家都辛苦了，今天收工吧。"紧接着周围响起一片掌声。

被突如其来的急转折吓得大脑一片空白的陆依依呆若木鸡，傻傻地盯着近在咫尺的安寂。他不但不道歉，还一脸满足地坏笑。答案显而易见，他一开始就没有亲额头

第十章 灿烂美好的未来

的打算!

被……被骗了,我是笨蛋……

一个礼拜后,MV在网上公开了。因为化妆师的技术太高超,画面中又加入了朦胧虚幻的特效,室友二哈愣是没有认出女主角就是近在咫尺的陆依依,还惊讶地拉着陆依依嚷道:"依依,你看,这个女主角长得和你好像哦!"

废话,她就是我。陆依依忍住没说,不然肯定会被二哈严刑拷问。她才不想自讨麻烦呢。

"啊啊啊,不要不要!Kiss(接吻)了!居然敢吻我的男神,我要诅咒这个女人!"

呃。陆依依一阵后怕,拍拍胸口,心想:幸好没说实话……

望着画面中在柔和光晕中亲吻的两个人,身为当事人之一的陆依依居然看得脸红了。当时闭着眼睛没感觉,现在睁开眼睛看到那一幕,真是……真是太羞人了!

一切宛如梦境般美好,这是新的开始。

——本季完——

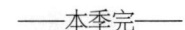

意林品牌书系推荐

意林女生文学·《小小姐》品牌书系　中国女生文学第一品牌，纯正、阳光、向上，优质女孩必选文学读物

萌灵小说系列
《悠莉宠物店Ⅰ》	18.80
《悠莉宠物店Ⅱ》	18.80
《悠莉宠物店Ⅲ》	19.90
《悠莉宠物店Ⅳ》	19.90
《悠莉宠物店Ⅴ》	19.90
《悠莉宠物店Ⅵ（大结局）上》	19.90
《封印之书·九尾狐》	19.80
《封印之书·独角兽》	19.80
《玛丽晴异闻录》	19.90
《薇妮天使旅行》	19.90
《苍岛有风①·人鱼过境》	19.90
《萌物委托社①世外萌龙天然呆》	22.80

冒险励志系列
《迷藏·海之迷雾》	18.80
《迷藏Ⅱ·月影迷踪》	19.90
《迷藏Ⅲ·幻梦迷城》	19.90
《花与梦旅人Ⅰ》	19.80
《花与梦旅人Ⅱ》	19.90
《花与梦旅人Ⅲ》	19.90
《花与梦旅人Ⅵ（大结局）》	19.90
《花与守梦人①·大公的苏醒》	19.90
《花与守梦人②·占星师的眼泪》	19.90
《萌侦探纪事Ⅰ》	18.80
《萌侦探纪事Ⅱ》	19.80
《萌侦探纪事Ⅲ》	19.90
《萌侦探纪事Ⅳ（大结局）》	19.90
《迷宫街物语》	19.80
《艾蜜儿宇航日记》	19.90

幸福蔷薇系列
《蔷薇少女馆Ⅰ》	18.80
《蔷薇少女馆Ⅱ》	18.80
《蔷薇少女馆Ⅲ》	19.80
《蔷薇少女馆Ⅳ》	19.90
《蔷薇少女馆Ⅴ》	19.90
《蔷薇少女馆Ⅵ》	19.90

浪漫古风系列
《七寻记Ⅰ》	18.80
《七寻记Ⅱ》	19.90
《七寻记Ⅲ》	19.90

果绿年华系列
《蝴蝶飞过旧时光》	19.80
《第一女执政官》	19.90
《风之少女琪琪格》	19.90
《霓裳小千金》	19.90
《两生花开时》	22.00
《风云俏萝莉》	19.90

月舞流光系列
《前方江湖请绕行》	19.90
《三色堇骑士之歌》	19.90
《守望彼岸星海》	19.90

萌淑女驾到系列
《萌淑女驾到之美女训练营》	19.80
《萌淑女驾到之天使候补生》	19.80
《萌淑女驾到之人鱼的信奉》	19.90
《萌淑女驾到之天鹅公主成人礼》	19.90

星愿大陆系列
《星愿大陆①·天命巫女》	19.90
《星愿大陆②·白银蔷薇》	19.90
《星愿大陆③·幻月手杖》	19.90
《星愿大陆④·永恒星钻》	19.90
《星愿大陆⑤·夜之王子》	19.90
《星愿大陆⑥·晨光微曦》	19.90
《星愿大陆⑦·琉光暗影》	19.90

浪漫星语系列
《处女座：完美年华初相见》	20.90
《天蝎座：假面黑桃Q》	20.90
《双子座：闯进你的孤单星球》	20.90
《巨蟹座：追梦的水晶鞋》	20.90
《天秤座：优雅走过下雨天》	20.90
《白羊座：裙摆是花开的地方》	20.90
《摩羯座：寄给青春一座城》	20.90
《双鱼座：浪漫满分灰姑娘》	20.90
《金牛座：微笑天使倔强心》	20.90
《狮子座：再会，骄傲小时光》	20.90

淑女风尚馆·气质养成系列
《我要我的淑女范儿》	18.80
《优雅女孩的秘密》	18.80
《清新森女在路上》	18.80
《俏女孩的甜美主义》	18.80

小MM迷你爱藏本
《蝴蝶停在十六岁》	18.80
《焦糖玛奇朵天使咒》	18.80
《那一年，花开半夏》	18.80
《雨季微凉时》	18.80
《只穿一天公主裙》	18.80
《月色银蔷薇》	18.80
《傲娇公主的美丽回旋》	18.80

《花田明月照年少》	18.80	《少女果味杂志书⑧：樱桃芝士号》	18.80
《亲爱的小气鬼》	18.80	《少女果味杂志书⑨：蓝莓布朗号》	18.80
《青春如诗，静谧花开》	18.80	《少女果味杂志书⑩：薄荷方糖号》	18.80
重磅作家系列		《少女果味杂志书⑪：樱桃紫苏号》	18.80
《薄荷香女孩》	19.80	《少女果味杂志书⑫：柠檬红茶号》	18.80
《不说再见好吗（上）》	17.90	**蝴蝶蓝系列**	
《不说再见好吗（下）》	17.90	《蝴蝶蓝（第一季）·千面桃花姬》	19.90
《风走过树林》	17.90	《蝴蝶蓝（第二季）·紫莲山庄》	19.90
《忆棠的夏天》	17.90	《蝴蝶蓝（第三季）·落跑小郡主》	19.90
唯美新漫画系列		**班花朵朵系列**	
《钢琴小淑女（第一季）》	17.90	《班花朵朵①·我是艺术生》	20.90
《钢琴小淑女（第二季）》	17.90	《班花朵朵②·电影初体验》	20.90
《钢琴小淑女（第三季）》	17.90	《班花朵朵③·偶像保卫战》	20.90
《钢琴小淑女（第四季）》	17.90	**现在是女生时代系列**	
《钢琴小淑女（第五季）》	17.90	《现在是女生时代！》	28.80
《最佳女主角（第一季）》	18.80	《现在是女生时代！②·我们闺蜜吧》	28.80
《七寻记·鎏金龙纹镯（漫画版）》	15.00	《现在是女生时代！③·女生都是小怪物》	28.80
《七寻记·夔龙黄玉佩（漫画版）》	15.00	**小MM六周年主题书**	
《天鹅座·鹅黄》	18.80	《淑女王冠》	29.80
《天鹅座·柳青》	18.80	**欢乐联萌系列**	
《天鹅座·冰蓝》	18.80	《养只萌呆镇镇宅①》	19.90
《天鹅座·禧红》	18.80	《养只萌呆镇镇宅②》	19.90
《天鹅座·蜜粉》	18.80	《养只萌呆镇镇宅③》	19.90
《天鹅座·浅紫》	18.80	《养只萌呆镇镇宅④》	19.90
绘色缤纷系列		《养只萌呆镇镇宅⑤》	19.90
《淑女绘·花的学校》	22.00	《萌师上线，顽徒请签收①》	19.90
《淑女绘·童话诗人》	22.00	《千金当道（一）》	19.90
《淑女绘·雪花的快乐》	22.00	**天使在身边系列**	
日光倾城系列		《路过心上的哈士奇》	20.90
《巧克力色微凉青春Ⅰ》	20.90	《当心！浣熊出没》	20.90
《巧克力色微凉青春Ⅱ》	20.90	《萌动之森①·雪地精灵伶鼬》	20.90
《巧克力色微凉青春Ⅲ》	20.90	**公主天下系列**	
《浅蓝色时光舞步Ⅰ》	20.90	《清河公主·洙宛传》	22.80
《女生宿舍Ⅰ·南栀向暖》	20.90	**小MM花漾青春版**	
纯美小说系列		《少女说①·花醒了》	22.80
《少女果味杂志书①：甜心草莓号》	14.80	《少女说②·青春里的不速之客》	22.80
《少女果味杂志书②：蜜桃慕斯号》	14.80	**极致小清新系列**	
《少女果味杂志书③：焦糖布丁号》	16.80	《女孩子的清甜小说绘①·淡白栀子号》	20.90
《少女果味杂志书④：香草海绵号》	16.80	《女孩子的清甜小说绘②·浅草茉莉号》	20.90
《少女果味杂志书⑤：可可森林号》	18.80	《女孩子的清甜小说绘③·鸢尾蝴蝶号》	20.90
《少女果味杂志书⑥：果果米苏号》	18.80	《女孩子的清甜小说绘④·冰蓝花楹号》	20.90
《少女果味杂志书⑦：香橙泡芙号》	18.80		

《意林·轻小说》·轻文库品牌书系　　引领校园小说阅读新潮流

绘梦古风系列		《山寨世家》	23.80
《公主驾到》	23.80	《倾世迷迭书》	23.80
《花颜错》	23.80	《凤九卿（一）》	23.80

《凤九卿（二）》	23.80	《我的青春,以你为名①偶像来了!》	23.80
《凤九卿（三）》	23.80	**奇幻仙境系列**	
《凤九卿（四）》	23.80	《彼渡少年与妖怪契约》	23.80
《凤九卿（五）》	24.80	《神典·末夜公主》	23.80
《凤九卿（六）》	24.80	《御灵骑士团·诺茵与彩狸》	23.80
《美人千千泪西楼》	23.80	《逆世界之瞳》	23.80
《郡主驾到·壹》	24.00	《玫瑰帝国·荆棘鸟之冠》	25.80
《郡主驾到·贰》	24.00	《玫瑰帝国·黑羽蝶之翼》	25.00
《木兰帝（上）》	23.80	《玫瑰帝国·白蔷薇之祭》	26.80
《木兰帝（下）》	23.80	**暗影迷踪系列**	
《俏娇小仙闹皇宫》	23.80	《终极推理事件簿》	22.80
《连城赋（上）》	23.80	《超级学园探案密码》	22.00
《连城赋（下）》	23.80	**新炫武侠系列**	
《千凰令（一）凤鸣倾城》	20.80	《邻家武圣》	23.80
《千凰令（二）情牵一线》	20.80	**星光璀璨系列**	
恋之水晶系列		《轻星球·仙女星云号》	19.80
《致淡玫瑰色的你》	22.80	**灵气少女系列**	
《宁负流年不负君》	22.80	《星有灵犀遇见你》	20.80
《世界第一的假面殿下》	25.00	《萌熊改造计划》	20.80
《脱线萌星易容记》	25.00	《守护极速甜心》	20.80
《指尖花凉忆成殇》	22.00	《元气星女倾城记》	20.80
《欢歌犹在意微醺》	22.00	《公主病》	20.80
《欢歌犹在意微醺Ⅱ》	22.00	**轻舞飞扬系列**	
《绯色樱花圆梦纪Ⅰ》	23.80	《毛毛熊的浪漫樱花雨》	19.80
《见习保镖呆呆兽》	25.00	《发梢轻绾茉莉香》	19.80
《可可少女梦想纪》	25.00	《迷迭香在青春里绽放》	19.80
《后天男神Ⅰ》	25.00	**私人定制少女馆**	
《后天男神Ⅱ》	25.00	《恋恋星煌十二宫》	25.00
《后天男神Ⅲ》	26.80	《守护十二生辰石》	25.00
《世界第一的公主殿下Ⅰ》	23.80	**暖爱青春馆系列**	
《世界第一的公主殿下Ⅱ》	23.80	《少年北顾，唯愿君安（上）》	25.00
《世界第一的公主殿下Ⅲ》	26.80	《少年北顾，唯愿君安（下）》	25.00
《挥手告别小时光》	23.80	《若你离去，后会无期》	22.80
《少年住在云之彼岸》	23.80	《想你的时候，抬头微笑》	22.80

《意林·小文学》品牌书系　　阳光阅读·快乐写作

成长物语系列		《鬼马女神捕①：绝密卧底（下）》	14.80
《艾丽鲨半成年》	19.90	《鬼马女神捕②：绝命预言（上）》	14.80
《换双翅膀飞翔》	19.90	《鬼马女神捕②：绝命预言（下）》	14.80
《琥珀青春》	19.80	《天神学院·魔女见习生》	19.90
魅力悦读系列		**动物奇缘系列**	
《程家兄妹·永不毕业的少年》	19.90	《萌兽报到，请多关照》	19.90
《逃之"妖妖"》	20.90	**五周年主题书**	
幻之星球系列		《青春，是与七个自己相遇》	26.80
《地球假日①：寻找洛神》	19.90	**独家策划系列**	
爆笑学园系列		《长大，是不期而遇的温暖》	26.80
《鬼马女神捕①：绝密卧底（上）》	14.80	《谢谢你，出现在我的青春里》	26.80